U0103199

肯定和否定的對稱與不對稱

石毓智 著

臺灣 學生書局 印行

石毓智先生

著者簡介

　　石毓智，生於一九六三年十月，河南省
洛陽人。蘭州大學文學士。華中理工大學
語言學碩士。現為華中理工大學中文系講
師，兼任該校中國語言研究所研究人員。已
發表的主要論文有《現代漢語的否定性成
分》、《現代漢語的肯定性形容詞》、《肯定式
和否定式使用頻率差別的原因》、《謂詞的
定量與肯定》、《現代漢語顏色詞的用法》、
《動詞的數量特徵與其肯定否定的用法》、
《自然語言肯定否定的使用法則》、《主賓語
的定語對句型的選擇》、《漢語形容詞的有
標記和無標記現象》等。

「現代語言學論叢」緣起

　　語言與文字是人類歷史上最偉大的發明。有了語言，人類才能超越一切禽獸成為萬物之靈。有了文字，祖先的文化遺產才能綿延不絕，相傳到現在。尤有進者，人的思維或推理都以語言為媒介，因此如能揭開語言之謎，對於人心之探求至少就可以獲得一半的解答。

　　中國對於語文的研究有一段悠久而輝煌的歷史，成為漢學中最受人重視的一環。為了繼承這光榮的傳統並且繼續予以發揚光大起見，我們準備刊行「現代語言學論叢」。在這論叢裡，我們

I

有系統地介紹並討論現代語言學的理論與方法，同時運用這些理論與方法，從事國語語音、語法、語意各方面的分析與研究。論叢將為分兩大類：甲類用國文撰寫，乙類用英文撰寫。我們希望將來還能開闢第三類，以容納國內研究所學生的論文。

在人文科學普遍遭受歧視的今天，「現代語言學論叢」的出版可以說是一個相當勇敢的嘗試。我們除了感謝臺灣學生書局提供這難得的機會以外，還虔誠地呼籲國內外從事漢語語言學研究的學者不斷給予支持與鼓勵。

湯 廷 池

民國六十五年九月二十九日於臺北

湯　序

　　最近幾年來，海峽兩岸的學術交流逐漸活絡起來。從前被列
爲禁書而只能在特藏圖書室裡經過特別的允許才可以瀏覽的大陸
語言學書籍，開始公開的進入臺灣。最近在國內召開的幾次學術
會議，如第四屆計算語言學研討會、第二屆中國境內語言暨語言
學國際研討會、第三屆世界華語文教學研討會等，都有大陸的語
言學家與語文教師提交論文。可惜，由於海峽兩岸的種種限制，
這些語言學家與語文教師都未能飛越海峽親自參加會議。

　　做爲二十世紀最後十年的知識份子，我們覺得有責任來努力
縮短海峽兩岸在學術空間上的人爲距離。因此，我們在兩年前便
開始與大陸的語言學界接觸，並試探在臺灣出版大陸語言學家論
著的可能性。結果，事情的進展比我們預先所想像的還要麻煩。
從作品的選擇、與作者的連絡、文稿的審查與修改、乃至排版、
印刷、書局與作者的契約合同等等，爲大陸的學者出版一本書所
要付出的時間與心血，遠超過爲臺灣的學者出版十本書所花費的
工夫。今天由於作者石毓智先生鍥而不舍的努力以及臺灣學生書
局當仁不讓的決心，終於爲大陸的語言學家出版了第一本新書
《肯定和否定的對稱與不對稱》。我們此刻的心情眞是感慨萬千！

　　關於作者石毓智先生的生平與本書的內容，我們不準備在這
裡一一詳述；因爲石先生自己寫的〈前言〉，對於作者研究漢語
語法的心路歷程有生動感人的描述，本書的〈目錄〉與〈內容簡

介）也對於書裡的章節與內涵有簡潔扼要的敍述。石先生是年輕
有爲的大陸漢語語言學家。他是武漢華中理工學院黃國營教授的
得意門生。他的論文在《語言研究》、《漢語學習》、《中國語
文》等學術刊物上相繼發表，並獲得呂叔湘、朱德熙、陸儉明、
刑福義、李臨定、陳平等著名學者很高的評價。我們選擇石毓智
先生的《肯定和否定的對稱與不對稱》做爲《現代語言學論叢》
爲大陸語言學家出版的第一本新書，因爲我們相信中國的前途與
遠景完全寄託在中國年青一代的愛心、智慧、堅毅與奮鬥上面。
我們也虔誠地祈望，在石先生的新書之後，還有無數大陸語言學
家的新書在臺灣出版。

湯　廷　池

一九九二年三月二十九日

內 容 簡 介

　　本書從一個全新的角度來觀察、分析語言現象。認為句法規則是現實規則在語言中的投影，注重從現實、思維與語言三者相互制約的關係中探討語言規則的深層機制，系統地使用演繹法來分析語言問題，力求對各種現象進行證明。有一套分析語言現象的固定程序：第一步，把與現實對象聯繫最密切的語言層面——語義歸結為抽象的量；第二步，根據語義量上特徵與其句法表現之間的對應關係得出普遍結論；第三步，用普遍結論來解釋、證明各種各樣的具體問題。我們把具有上述理論和方法的學科命名為"分析語言學 (Analytical Linguistics)"。本書就是這種新的理論和方法的一個嘗試。

　　本書的理論體系核心是從一條簡單明瞭的客觀規則抽象出的自然語言肯定和否定公理，它提供了鑒別詞語肯定否定用法的意義標準。運用定量和非定量概念設立了判別不同詞類肯定否定用法的形式標準。引入連續量和離散量一對概念區別出"不"和"沒"否定上的分工。從多側面考察了漢語肯定和否定的對稱與不對稱，譬如肯定性成分、否定性成分、羨餘否定、肯定式和否定式的使用頻率差別和語義變異等。本書實際上是以肯定和否定用法為綱，討論并解決了許多句法和語義上的疑難問題，如虛擬句和現實句的句法對立，具有重疊表遍指功能的詞語範圍，時間的一維性與介詞

V

產生之關係,形容詞的有標記和無標記等。

通過本書的研究工作,可以深化人們對漢語的認識,使人們瞭解占世界四分之一人口所運用的語言規則是異常和諧、嚴謹的。也希望我們所使用的方法能給從事漢語研究的人一些啟示。書中所總結出的大部分規律都是置根於客觀規則,因為全人類都生活在同一個物質世界中,所以這些規律也都有普遍意義,可以用它們來解釋其它語言,因此本書對於從事普通語言學工作者也有一定的價值。語言是人類大腦對客觀世界各種各樣現象長期抽象、提煉的產物,我們是通過還原這一過程來探討語言問題,從中也可以發現人類大腦的許多功能和奧秘,因此本書對心理學領域的人也有用處。本書的語法規則嚴密而且適用性強,又有形式標準便於把握,對於漢語學習和教學以及從事機器翻譯、人工智能等方面的人都會有所裨益。

前　言

　　大學一年級時我的興趣在文學上。二年級學了美學懂得最高層次的美是和諧與簡潔，它們在自然科學尤其是數學中得到了充分的體現。此後就開始看些數學書籍。真正把我領入數學殿堂的是英國出版的一套普及性的現代數學叢書，它們用生動的文筆、形象的比喻介紹了數論、圖論、集合、拓樸學、數理邏輯、抽象代數等現代數學的主要分支，令人愛不釋手，使我深深體驗到了表面上抽象枯燥的數學擁有許許多多瑰麗多姿的景觀。隨着對數學的興趣越來越濃，我的思維習慣和審美觀點發生了變化，注意力轉到了跟數學特點比較相近的語言學上來。

　　看漢語語法的書多了，就發現通行的語法體系存在着很大的缺陷，所講的規則也多不嚴謹。同時，也聽到了不少認為漢語的語法不嚴密一類的觀點。這引起了我的思考：形成這種狀況的原因是漢語本身沒有嚴密的語法呢，還是所運用的方法不當而沒有揭示出漢語的真正規則的緣故呢？漢語是具有高超智慧的漢民族思維的結晶，它負載着中華民族幾千年的燦爛文化，我深信其中必然蘊藏着嚴密的規律，因此就考慮從一個新的角度加以探討。要實現這一理想，必須藉助於精密科學的思想和方法。此後，就有計劃地系統學習大學數學系本科的課程和部分研究生課程，與此同時也閱讀了大量邏輯學書籍。我懂得，只有具備一個合理的知識結構和科學思維的習慣，才能找到一個適合於分析漢語現象的新途徑。

現在這個題目是受一本談自然科學哲學問題的書的啟發而想到的。書中講到，自然界的各種各樣事物，當它們的構成元素達到完全對稱、平衡時，就會變成死的、失去功能的東西，一個活的、具有某種功能的體系內部各要素之間必然存在着不對稱性。由此聯想到，語言的各種不對稱性或者不規則現象是與它作為活的、具有交際功能的系統有關。此後就開始收集語言中的不規則現象，試圖從哲學的高度來加以解釋。經過很長時間的苦苦思索，感到語言中的不規則現象太雜亂，很難理出頭緒來，而且從哲學的角度解釋也容易流於空泛。這時恰好來了個到北京開會的機會，帶着我的材料和構想拜訪了一批知名的學者，這使我思路開闊了，目標更明確，最後決定以肯定和否定的對稱與不對稱現象作為研究整個問題的突破口。

盡管學了不少數學知識，但是怎么同漢語研究聯繫起來，心裡還沒個底。真正認識到可以用量的思想解釋語言這一點歸功於一次偶然的發現。一天吃晚飯時，眼睛下意識地看着那滿滿一桌的只用於否定結構的詞語卡片，忽然發現它們的共同特徵都是語義程度極低的，接着又驚喜地發現語義程度極高的詞用法恰好相反，不能用於否定結構，只能用於肯定結構。這使我看到了各種句法規則的背後都有相應的客觀規則在制約着，可以把句法歸結為量的問題，用數學的思想和方法去解釋、論證。到這個時候，長期的知識準備都派上了用場，構造出現在這個比較滿意的體系。在這裡，表面上極不相同的現象找到了它們之間的內在聯繫，紛紜復雜的用法

可以用極為簡單的規則來描寫，自己一直追求的和諧、簡潔的審美
理想也在一定程度上實現了。

　　從題目的選擇，到畢業論文的完成，又到寫成一本書，這期間
得到過國內不少語言學家的指點和幫助。首先要感謝我的導師黃
國營先生，本書的理論雛型是在讀研究生期間形成的，其中的很多
問題曾跟他討論過，有些觀點是在與他的辯難之中成熟起來的。寫
作過程中，先後拜訪過呂叔湘、朱德熙、陸儉明、邢福義、李臨定、陳
平等著名學者，他們的熱情鼓勵、中肯批評和各自的獨特思維方法
給了我完成這項工作的信心和啟示，謹致謝忱。本書的構思也與許
多年輕的同仁交流過，受益匪淺，特此致謝。

　　最後，要特別感謝湯廷池教授，他開明的思想，獎掖後學的精
神，使這本書得以出版。

　　　　　　　　　　石毓智　一九九一年六月識於武昌

肯定和否定的
對稱與不對稱

目　錄

第一章　總論

　　語言擁有多種多樣的屬性，諸如社會上的、自然上的、生理上的、心理上的等。從不同的屬性研究語言，就形成了語言學的不同分支：社會語言學、數理語言學、心理語言學等。迄今為止，每一個分支中都有許許多多有趣的發現，并總結出了一系列規律。語言的特點給我們提供了廣闊的研究空間，使眾多的研究者都能在這一領域裡一展才華。

　　研究語言如同觀風景，站在不同的位置，所看到的景致可能會截然不同。每一個學者都自覺或不自覺地根據自己的知識背景和哲學觀點來探索語言問題，所以對同一現象往往會得出不同的結論,結果就形成了各種各樣的語言學流派。換句話來說,語言學者在從事研究工作時必然受到其主觀條件的限制,不同的學識和語言觀上的差異決定了各自的研究興趣,甚至影響到所取得的成果的大小。

　　為了幫助讀者更好地理解本書內容,下面介紹一下本書的理論背景和所使用的方法。

1.1　語言與現實

　　在討論語言和現實之間的關係之前,先看一下"現實"這個概念的涵義。簡單地說,"現實"就是客觀存在的事物。可是,什麼叫"客觀",持不同哲學觀點的人對它的理解會大相徑庭。關於這個問題,我們不想陷入純粹哲學的思辯之中。這裡給出一個簡單明瞭、適合本書內容的關於"現實"的定義:所有可作為語言表達對象的東西都叫做現實。自然界的事物,社會現象,思維規律,情感世界,人們所創立的知識體系,包括語言系統自身,等等,它們都可以作為語言交際的內容,因而都屬於"現實"範疇。

　　語言是由三個層面組成的:語音、語義和語法,它們都與現實有着密切的聯繫。先就語音來看,不同的語言具有不同的音位系統,所使用的音素的個數多少也不一,大多數語言都有一些自己獨特的語音。表面上看起來選用什麼樣的聲音形式來表達語義內容是完全隨意的、自由的,其實,這隨意的背後有着種種的限制,自由的背後有着不自由。全人類的語言所使用的用於辨義的音素(音位）加起來不過一百餘個，而現實中的聲音種類卻有成千上萬，為什麼人類只選這一百餘個作為語言的聲音形式呢？這主要是受人的生理構造的限制。人的發音器官的生理構造決定了所發出的聲音種類是有限的，有很多聲音人是無法發出的，比如各種樂器的聲音，鳥鳴的聲音，等等。另一方面，人的接收聲音的器官的辨音能力也有很大的局限性，兩個聲音之間的差別小到一定程度時人的聽覺就無法辨認了，因而進一步縮小了人類語言可利用的聲音種類的範圍。由此可見，人類語言的聲音形式的選擇受其現實條件——生理構造的影響是很大的。

語音的發展及語音、語義兩者的結合上同樣也受到外部條件的制約。一個或一組語音總是朝着與自己發音的生理特點密切相關的另一個或一組語音的方向發展，譬如現代漢語的 f 聲母是從古漢語的 b 聲母的一部分字變化而來的，這主要是因為 f 和 b 都是唇音，兩者的發音特徵很接近。一種語言的幾十個音位，它們可能有的組合方式是個龐大的數目，每一種語言都是只利用其中的很小一部分。這上面也受到了人的發音器官生理特點的限制，兩個緊密相連的音素讀起來不能過於拗口。語流音變、語音的弱化、脫落等現象大都是受人的發音生理上影響的結果。普遍認為，什麼樣的語音與什麼樣的語義結合成詞的過程遵循“約定俗成”的原則，即完全是隨意的。一定的音怎麼跟一定的義結合在一起現在已無法系統地、精確地加以考究，不過從現在可以獲得的證據來看，兩者的結合也受到某些現實條件的限制。漢語的絕大多數方言以及世界上的很多語言中稱呼母親的詞都有雙唇音 m，這是因為兒童在沒有長出牙齒之前或者發音器官尚無發育成熟之前，雙唇音是

最容易發的一個音,它就很自然地成為兒童進入成人的語言系統
之前最先學會的詞——母親的語音形式。音、義結合受現實條件限
制最明顯的例證是像聲詞,這類詞必須與所描摹的對象聲音相接
近,比如"嘩啦"形容水聲,"撲哧"形容笑聲,"砰砰"形容槍聲,等
等,它們的語音形式都是不能互換的.當一種語言的詞彙系統初步
形成以後,爾後所出現的新詞取什麼樣的語音形式往往受到已有
詞彙系統的語音體系的限制。漢語中的"同源詞"就屬於這種情況,
這類詞語義上相類似、語音形式相類相同,比如空——孔、廣——
曠、寬——闊、溟——茫。由此可見,音、義結合成詞的過程也受種
種外部(現實)條件的制約。

在語言的三個層面中,與現實聯繫最密切的要數語義了.語義
是人的大腦對客觀存在的各種各樣的事物、行為變化、性質、聯繫
等概括抽象的結果,每一個語義範疇都能在現實中找到它的原型。
象龍、神、鬼、麒麟等這些人們主觀想象出的東西,盡管在現實中不
能直接找到它們的原型,但是把它們各自的整體形象拆開來看,它
們的構成部件都是取材於現實中存在的東西,比如龍頭的造型是
根據馬的腦袋,龍的軀體是根據蛇身,等等。現實中存在着的事物
就同如來佛的手掌,不論人們怎麼馳騁想象,總跳不出它的範圍。
所以,從這個意義上講,"龍"等也是對現實的反映,不過它是把不
同的事物形象組合到一塊罷了。還有一種情況需要說明一下,語言
中的虛詞是不是也有現實原型呢?如果是,那麼諸如與、於、的、得、
嗎、呢等虛詞所反映的對象是什麼呢? 其實,連詞和結構助詞是現
實中事物之間關係的反映,假如現實中沒有"并列"這種關係,就不
會有并列連詞"和"、"與"等;現實中沒有"擁有"這種關係,也就不

會有表從屬的結構助詞"的",等等。看來,虛詞"與"、"的"等跟實詞"人"、"馬"等的真正差別在於它們所反映的現實對象的類別不同,前者是事物之間的關係,後者是一類一類具體的事物。疑問語氣詞是對人們使用語言過程中不同語氣的記錄,可以認為它們也是有現實基礎的。總而言之,語義系統內部的各種各樣的範疇都可以找到它們的現實原型。但是,語義範疇與現實對象之間并不是一一對應的關係,前者在數量上總是小於後者,因為總存在着很多人們尚未認識到的東西。

語義範疇之間的親疏關係完全由所反映對象之間的親疏關係所決定,比如跟"紅"關係最密切的是其它顏色詞藍、綠、黃等,跟"香"關係最密切的是其它味覺詞臭、酸、甜等。說它們關係密切,有兩層含義,一是指它們的句法功能高度一致,二是當其中的一個發生變化時最容易影響到另外的。詞義的發展方向也受現實條件的約束,古漢語的"走"相當於現代漢語的"跑",兩者都是下肢運動,反映的情況很接近,因此前者可以發展成為後者。一個詞的基本意義能孳生轉移出多少種引申義也是由與各自所代表的現實對象相關聯的事物的多少決定着的,比如跟"老"的性質相關的有"陳舊"、"經常"、"長久"、"原來"、"歷史久"等,所以它可以向這些性質引申,而不可能朝跟其性質差別比較遠的顏色詞"紅"、"黃"、"藍"或者味覺詞"香"、"臭"、"酸"等方向引申。當然,現實條件只能給詞義的發展或引申方向劃出一個大致的範圍,而不能給其精確的預測。總之,一個個語義範疇的建立、語義系統的形成、語義發展和引申的方向都是由現實情況決定的。

通過以上的分析,可以看出語言的前兩個層面——語音、語義與現實是怎麼一種關係,那麼第三個層面——語法(句法)與現實有沒有關係呢?如果有,又是怎樣一種關係呢?為了回答這個問題,讓我們先來觀察以下的事實。

每一種語言都有動詞、形容詞、名詞等詞類,它們分別對應於現實中不同類別的對象:動詞代表的是事物的行為,形容詞代表的是事物的性狀,名詞代表的是事物的名稱,等等。不同的詞類具有不同的句法功能,就漢語來說,名詞之前可以直接用數量詞修飾,動詞、形容詞等其它詞類則不行;動詞之後可緊跟時態助詞"了、着、過"等,其它詞類則不行;形容詞之前可以直接出現程度副詞"很"、"十分"、"非常"等,其它詞類一般不能够,等等。這些句法上的差異是由它們所指代的現實對象的不同決定着的,客觀事物都是一個個界限分明的實體,可以用準確的數字計算其數量,因此代替事物實體的名詞都可以用數量詞稱數。時間的流逝只能從事物的運動變化中看出來,比如計量時間常常是靠鐘表指針的運動、日落日出、由年輕到衰老,等等,如果這一切都停止了運動,將無法知道時間的發展,因此在語言中,時間信息自然是在代表事物運動變化的動詞上體現出來,所以動詞可以跟時態助詞。事物的性狀是一種連續的東西,而且有程度高低之分,因此表示事物性狀的形容詞可以用具有連續和模糊量的程度副詞修飾。不僅詞類之間存在着句法對立,而且同一詞類中不同範疇的詞的句法特點也不盡相同。以上所說的各詞類的句法特點,都是很籠統的說法,實際情況要復雜得多。名詞人、馬、山等是不能加時態助詞,但是表時間的名詞則可以,比如"春天了"、"已經星期天了"等。形容詞香、美、鬆等之前不能加準確的數字,可是表示事物三維性質的形容詞高、長、寬等

則可以,比如"那棵樹有 9 米高"、"這張桌子有 1.2 米寬"等。動詞
看、說、跑等都可以加"着、了、過",而表示時間運動變化的"流逝"
等則只能加"着",不能加"了、過",等等。同一詞類中表達不同範疇
的成員之間存在着的這種句法差異也是由其所表示的現實對象的
性質造成的,表示時間的名詞都有一種發展過程,因此可以加動態
助詞"了";事物的三維性質都是可以用尺子精確量度的,所以相應
的形容詞之前可以有準確的數字;時間的運動是一種不可間斷的
連續過程,故"流逝"等不能跟完成態或經驗態助詞"了"或"過"。根
據所表達的現實對象的不同,還可以對詞進行更細的分類,每一級
類別之間都存在着一定程度的句法差異,這些差異都是由其所表
達的對象的不同特點造成的。從理論上講,沒有兩個詞的句法特點
是完全一致的,因為每一個詞所代表的都是現實中不同類的對象,
而不同類的對象之間總存在着這樣那樣的差異,影響到語言就會
產生它們之間的句法對立。當然,語法研究的任務是尋找有規律性
的東西,不能僅局限於個別詞的研究,所以常常是選擇某一級類別
的詞作為研究的對象。

　　不同級類別的詞之間總存在着句法差異,而它們又分別對應
於不同類的現實對象,可見句法和現實對象之間存在着函數關係。
如用 x 表示現實對象,y 表示句法,兩者之間的關係可以描寫為:

$$y = f(x)$$

至此,可以建立這樣一個假設:句法規則是現實對象的規律在語言
中的投影。

1.2 假說的根據

上一節，通過分析句法與現實之間的依變關係，提出假設"句法規則是現實規律在語言中的投影"。要把這一假設上升為科學假說還需要做進一步的論證。本節將從語言的發生、人類語言的共性和論證的規則三個方面來說明提出上述假設的根據。

一、語言的發生

看東西、吃飯等能力是與生俱來的，小孩不需要學習就會，但是一個小孩從出生之時起就把他（她）與現有的語言環境隔離開，是不會掌握這種語言的，可見，語言能力是後天習得的。由此可以推知，語言是人類在地球上出現相當長一段時間之後才創立的。在人類語言尚未形成之前，跟今天一樣，人們也有交際的需要，一個人如果想把他從周圍世界裡所看到的各種各樣的行為、變化、性質或者自己心裡所想的等方面的信息告訴別人，可以藉助除語言外的其它手段，諸如手勢、表情、具體的實物或者沒有固定意義的聲音等，不論用什麼方式，只要達到交際的目的就行了。這種原始的交際是相當粗糙的，不能準確地表意，自然也就不存在什麼句法規則。隨着這種原始交際的長期進行，作為交際內容的現實對象中存在的各種各樣原理、規則、規律等被人類的大腦自覺不自覺地提煉出來。被提煉出的規則反映了各現實對象之間的邏輯關係，人們的交際內容就是表達現實對象之間發生了什麼事情、存在着什麼關係等,所以來自於現實的規則很自然地作為語言產生後的句法。這一過程具有強制性,因為只有用現實對象本身的規律作為句法規則才最適合於表達現實中各種各樣的信息。

在語言的產生過程中,由於交際目的要求,現實規則很自然地被選用來作為語言交際的規則。

二、人類語言的共性

不同語言的語音系統、文字符號以及句法規則存在着明顯的差異,對一種外語如果不加以系統地學習,就無法看懂或聽懂用該語言表達的內容。在學習一門新的語言時,要花大量的時間學習該語言的語法,這常給人們造成一個錯覺,似乎不同語言的語法是截然不同的。其實,世界上的各種語言的語法規則除了具體的表現形式外,它們中間有許許多多的共性,表現在其深層句法規則是相同的。

從大的方面來看,每種語言的詞類是基本相同的,都有名詞、動詞、形容詞等,而且各詞類的句法功能也是很接近的,比如名詞常用作主語或賓語,動詞常作謂語,形容詞常出現在名詞之前作定語,等等。不同語言的句子成分的數目也是大致相當的,都主要是由主語、謂語、賓語、定語、狀語、補語構成的。盡管有 SVO 語序的語言和 SOV 語序語言之別,如果不考慮它們表層位置上的差異,它們的構成成分是一樣的。在不同的語言裡,同一詞類所對應的現實對象也是相當的,人、馬、車等都是名詞,說、看、走等都是動詞,高、好、長等都是形容詞,等等。換個角度來看,表達同一現實對象的詞不僅屬於同一詞類,而且句法功能也常常一致,比如漢語中的

"立刻、馬上"是副詞,在句子中做狀語,相對應的英語 right away,
at once 等也是副詞,而且也是只能做狀語。這方面的例子還有很
多。上述現象似乎沒有什麼新鮮的,每一個學過外語的人都會有這
種感性認識。但是,不同類型的語言在一些句法細節上的高度一致
就不能不引起我們的深思。當客觀地詢問物體的上下距離時,所有
的語言都是問"它有多高",而不是"它有多低",除非已假定所問的
對象是相當低的才會有後一種說法。這裡"高"被認為是無標記的,
"低"被認為是有標記的。類似的情形中,寬、長、重等也是無標記
的,窄、短、輕等是有標記的。世界上的語言在有、無標記上表現了
高度的一致性。在不同的語言中,表示鼓勵、規勸、提議、建議等概
念義的詞,都要求其後從句中的動詞只能採用原型的形式,不能再
有時態變化,比如"我鼓勵他考研究生"中的"考"不能再跟"着、了、
過"等時態助詞。人類語言在句法上表現出的共性是非常多的,不
可能一一列舉,這裡只做舉例性的說明。

那麼,是什麼原因形成了人類語言語法規則上的共性?可以運
用邏輯學上的"求同法"來加以探討。可能影響語言規則的因素,除
了上邊提出的"現實規則"外,還有各民族的思維習慣、文化傳統、
社會習俗等,那麼就有下表:

語言	現實規則	思維習慣	文化傳統	社會習俗	語法共性
A	R	T_1	C_1	S_1	u
B	R	T_2	C_2	S_2	u
C	R	T_3	C_3	S_3	u
D	R	T_4	C_4	S_4	u
⋮	⋮	⋮	⋮	⋮	⋮

在可能影響語言的諸因素中,不同民族的思維習慣、文化傳統、社會習俗等是各不相同的,唯一不變的因素就是"現實規則"。全人類都生活在同一個物質世界裡,都受同樣現實規則的制約,也可以說不同的民族都位於同一"規則空間"之中。另外,在人類創立語言的過程中,不可能事先制定若干條要求各民族都遵循的規則。至此,很自然地得出結論:語法共性形成的原因是,不同的民族生活在同一世界中,都受同樣現實規則的制約,換句話說,共同的現實規則在語言中的投影就表現為不同的語言在句法上的諸多共性。

三、論證的規則

迄今為止,人們所認識到的絕大部分語法規律都是用不完全歸納法總結出來的。比如看到了動詞"說"是可以用"不"或"沒"否定的,"看"也可以,"走"亦是如此,等等,然後就得出結論說"動詞的句法特徵是可以用'不'或'沒'否定"。那麼,語法規律能不能象數學、邏輯學等精密科學那樣,系統地按照演繹法對其進行證明呢? 一般學者都傾向於,語言規則都是"約定俗成"的,沒有什麼理據可言,因此無法象演繹科學那樣對它們加以證明。我們的觀點是,語法規律是有層級之分的,其表層的具體表現形式大都是遵循"約定俗成"的原則形成的,不大可能對其進行證明。比如問上下距離時,英語中的 high 要被特指疑問代詞 how 提到句首,而且系詞 be 與主語的位置要顛倒:"How high is the tree?",而漢語的語序則與陳述句的相同:"那棵樹有多高?"。這種語序上的差別就屬於表層形式問題,不大可能對其進行證明。但是,語法的深層規律卻是有理據可言的,是可以加以證明的。比如,客觀詢問上下距離時都是只用"高"而不用"低"，這是由物體的三維性質決定的(詳細證明見本書的 10.4)。

語法規律的可證性不僅是由其深層規律的特性決定的，也是語法科學精密化的要求。僅用不完全歸納法得出的結論具有很大的或然性，因此用該方法總結出的規律大都缺乏嚴謹性，表現在現有的很多語法規律都存在着大量的"例外"，有很多現象無法解釋。根據常見的若干個動詞的特點總結出的句法規律，例如"動詞都可以用'不'或'沒'否定"，如果考察的對象一多，就會發現很多例外，比如"放聰明一些"和"看問題要全面"中的"放"和"看"就不能用"不"或"沒"否定，動詞重疊以後也都不能用於否定結構，比如不能說"他不/沒看看電影"或者"他不/沒開開車"等。其實動詞的肯定否定用法遵循着異常嚴整的規律，這個規律可以根據否定詞的特性一步一步地推演出來(詳細證明見本書的第四章)。語法學要由傳統的經驗學科發展成為一門現代的精密科學，在研究方法上必須有個轉變，由主要依賴歸納法變為歸納和演繹并重的方法，對總結出的句法規律必須進行論證。

既然語法規律的證明不僅是可行的，而且也是必須的，那麼根據論證的性質，進行證明時必須在語言系統之外找論據。這是因為，如果證明工作是單獨在語言這個孤立系統內部進行，必然導致兩種結果：一是循環論證，論斷 A 要靠 B 來證明，論斷 B 又要靠 C 來證明，這樣下去，最後一個論斷的真實性又要靠前面的某個論斷來證明；二是論證的工作永遠沒有終結，一直持續下去，這又是不可能的。因此，作為證明的出發點的基本判斷或基本概念只能是語言系統之外的東西，而存在於現實對象間的各種規律或邏輯結構很自然地被選用來擔當這一角色,因為它們與語言間是表達對象和表達工具的關係,兩者的關係最為密切。

從以上的分析可知,假說"語法規律是現實規則在語言中的投影"是有多方面的科學根據的。本書就是在這一假說的指導下對漢語語法所做的一個初步探討。

1.3 現實規則的層次

現實規則是包羅萬象的,日常生活的道理、道德準則、自然規律等都可以叫做"現實規則",很顯然,它們不都能影響到語言規律,能影響到語言的只是其中的一小部分。語言規律和現實規則之間的關係是異常復雜的,對此我們目前僅有一個初步的認識,究竟有多少條現實規則能影響到語言、怎樣影響等問題尚不十分清楚。因此,本節只能給可能影響到語法規律的現實規則劃出一個大致的範圍。

社會生活各領域的規律不能够影響到語言,諸如文化傳統、道德準則、法律條文、政治制度等與語法構造之間沒有關係。各門科學中的特殊的原理、定理等也不會影響到語言,比如自由落體定理、萬有引力定理等看不出對語言有任何影響。以上兩種規律,前一種是純粹人為的,具有不確定性,隨不同的民族、不同的時代而變化,後一種是經過科學家的艱苦探索得來的,在沒有發現它們之前其真實性不容易被一般人所感知。根據我們的研究經驗,在現實規則中,只有那部分普遍存在的、具有穩定性的而且其真實性極易為人們所感知的部分才會影響到語言。比如"量小的事物易消失，量大的易保持自己的存在"這一現實規則就具有上述特性，對語言的影響為：語義程度高的詞語經常用於或只用於肯定結構，語義程度低的則經常用於或只用於否定結構。再如客觀存在的物體都具有三維性質和質量，這一現實規則也具有普遍性、穩定性和易被感知的性質，其對語言規則的影響就為：表示物體這方面屬性的一對具有反義關係的形容詞，積極的、表量大的一方具有無標記的用法，消極的、量小的一方則沒有這種用法（詳見 10.4）。又如時間從過去到現在再到將來一維性質地流逝，這一現象也具有易影響語言的現實規則所擁有的性質，其對語言的影響就為：一個句子中如果有兩個或兩個以上的動詞所表示的動作行為是發生在同一時間，那麼只有一個而且只能有一個動詞可以有與傳遞時間信息有關的語法特徵（詳見 6.8）。總之，制約語言規律的現實規則，往往是樸素、簡單的，其真實性是不證自明的。

1.4　人的思維模式

現實規則和語法規律之間不能够直接發生關係，需要通過人的大腦（思維）這個媒介。正是因為人的大腦這個媒介的參與，使得現實規則和語法規律之間的對應關係復雜化了，主要表現在同樣的現實規則在不同語言中的具體表現形式可能很不一樣。現藉用一個幾何圖形來說明現實規則、人的思維和語法規律之間的關係。

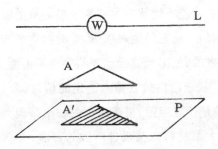

上圖中，W 為一光源，A 為懸於空中的一個正三角形，A′ 為 A 在平面 P 上的投影（三角形 A 平行於平面 P）。當 W 位於 A 的正上方時，A′ 也是一個正三角形。但是，當 W 沿直綫 L 左右移動時，A 在平面 P 上的投影就不是正三角形了。盡管投影 A′ 的形狀是隨光源 W 位置的變化而改變的，但是它仍保持着一些主要的幾何性質不變，比如 A′ 在平面 P 上始終是一個由三條直綫圍成的一個封閉圖形，其三內角之和是 180° 等。

現實規則、人的思維和語法規律之間的關係也可以用上圖來説明。W 為不同的民族觀察事物的視點，A 為某條現實規則，A′ 為 A 在不同語言中的具體影響方式。由於不同民族觀察問題的視點可能不同，同一條現實規則在不同民族語言中的投影（具體表現形式）相應地也可能差別很大，然而，在同一現實規則制約下所產生的語言現象的本質特性是相同的。

盡管不同的民族觀察問題的視點可能會有差異，但是全人類的大腦的生理構造是一樣的，人的思維的共同生理基礎決定了全人類的思維模式上有諸多共性。人的大腦功能是十分復雜的，這裡只討論其中的與本書理論體系有關的一種：以簡馭繁。

　　研究大腦的功能不能單靠生理學或解剖學的辦法。當把大腦打開時，所看到的只是它的生理構造，至於以往的知識是以什麼樣的形式儲存起來的、是怎麼進行推理的等都不得而知。這一領域常用的方法就是"灰箱法"，給它輸入一定的信息，看它做怎樣的"反饋"及反饋出的是什麼東西，根據這一過程來發現大腦的功能。據我們收集到的大量材料以及親自所做的實驗，人們在認知過程中所遵循的思維模式是，對於極度復雜的現象，總是嘗試從最簡單的、最基本的部分入手，一步一步地加以認識，或者說把它們由復雜化歸為最基本、最簡單的東西，并且在各現象之間建立起聯繫來。這就是所謂人的"以簡馭繁"思維模式。

　　人的上述思維特點是由其大腦功能的局限性決定的。這可以從人的記憶能力方面加以說明。從理論上來說，人的記憶能力幾乎是無限的，可是對於不同性質的對象，表現出了很大的差異。對一串好無意義的字母排列，比如 niositopsrepu，記憶起來十分困難，即使記住了也很容易忘掉。如果把這串字母組合成為一個英語單詞 superposition，并且知道它對應於漢語中的"重疊"，跟大腦已儲存的信息建立起聯繫，這時就比較容易記了。可是，對於一組英語單詞，比如 position（位置）、composition（成分）、deposite（儲蓄）、interpose（插入）、transpose（調換）、superposition（重疊）等，盡管我們都知道它們所對應的漢語意思，仍然是個很大的記憶員擔。假如知道這組詞都是由同一個詞根 posit，pos（放，置）派生來的，它們的詞義都與詞根義有關，先把詞根義記住，然後用繫聯的辦法就很容易把這一大串詞記住，而且記憶的牢固程度很高，當把其中的一個忘掉時，可以通過另外一個把它回憶起來。每個學過一門外語的人都會有這種經驗。這是為什麼呢？我們猜想這與人的"以簡馭繁"的思維模式有關，用詞根繫聯的辦法記憶單詞符合人的天生本領，所以記憶起來特別容易，效率也特別高。

儲存於大腦中的各種信息，不是雜亂無章、一盤散沙，如圖一，而是互相關聯、有條不紊，如圖二。

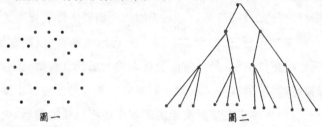

圖一　　　　　　　　　　　圖二

為了驗證這個推想，我們做了個實驗：分別讓二十多個人看圖一和圖二，讓他們說出哪個漂亮，都毫無例外地選擇了圖二。有人還說圖一給人一種煩燥不安的感覺，圖二則使人覺得舒適安逸。兩圖形的審美價值的差異，很可能是人的大腦"以簡馭繁"的思維模式決定的。

上述推想還有很多證據。電視上曾播演過一個節目，一個人能夠把《新華字典》六千多個漢字按照頁碼、順序記下來，她介紹經驗時說，首先憑聯想在各個漢字間建立起聯繫，把互不相干的字放在這個靠聯想編織起的網絡中。字典的每頁選定一個關鍵字，該頁的其它字都與此建立起有意義的聯繫，對每頁的關鍵字再組合成更小的有意義的群體，直到最後整部字典變成一個單一的整體，表演的時候就是通過由大到小聯想起來的。由此可見，這位小姐超人的記憶能力是她巧妙地利用了大腦的象圖二所描繪的思維模式。假如一個一個孤立地去記，是根本無法做到這一點的。大多數人都有這樣的體驗，當怎麼想也想不起來過去所經歷過的某一事件的發生時間時，可以回憶一下與這一事件有關的另一事件，一旦這另外一個事件的時間被確定，就很快能夠找到原來事件發生的時間。這一過程就是靠大腦中各種信息之間的相互關聯的性質實現的。大腦儲存信息的這種特點，一方面是人們有意識利用"以簡馭繁"的思維模式記憶的結果，另一方面也是人的大腦具有自動"組合"、自動"歸檔"的功能形成的。我對三年多來所教過的近三百個學生做過調查，有不少學生在學習英語的過程中都有這樣的體驗，與白天記憶的英語單詞概念義有關的具體形象出現在晚上的夢境中，而記這些單詞時根本沒有想到有關的具體形象。有個同學講，在他學習英語單詞 sly、crafty（狡猾）的當天晚上，夢到他孩童時期的一個小伙伴，該小伙伴常能夠要一些花招把別的小朋友的玩俱或好吃的東西騙到手，而那個同學說他在記單詞時只是注意其抽象的概念義，根本沒有想到那位小伙伴。這說明人的大腦具有自動歸檔的功能，把相同類型的信息放在一起，這一工作可以在人們好無意識的情況下進行。在大腦中同類的對象是儲存在一起的，因此當該類中的某一個受到刺激時，很容易聯想起相關的事物。

人的上述思維特點還可以從人們科學研究的活動中得到印證。迄今為止，人類已經建造起了許許多多富麗堂皇的科學宮殿，諸如數學、物理、化學、邏輯學等。這些科學體系的設計原理是一樣的，它們都是根據少數幾個基本的原理和概念，按照一定的規則一步一步地發展起來的。按照這一過程建立起的科學理論叫做公理化體系。人們對井然有序的東西會產生一種美感,而對雜亂無章的東西則會感到厭煩,因此公理化體系常能給人一種簡潔、和諧的審美意識。這與人的思維模式有關。科學研究中有一種方法叫做"簡單性原則",即力求用盡可能簡單的規則去解釋極度復雜的現象,并試圖發現表面上極不相同的現象之間的聯繫。人的思維模式決定了其簡潔與和諧的審美意識,科學的發現常常是在人類對這種美的追求的動力驅使下完成的,比如根據點、綫、面幾條公理所建立的歐基裡得幾何,牛頓的萬有引理定理所揭示的宇宙萬事萬物間的普遍聯繫,門捷列夫的元素周期表告訴人們的千差萬別的事物都是一百餘種基本的原素構成的,等等,都是這方面的例證。中國古代哲學關於世界起源於一元的說法,古希臘哲學中的"原子論",都是人的"以簡馭繁"的思維模式在認識上的反映。任何科學都是人造的自然,它建造的方式和認識的深度,受人的思維模式和大腦功能的制約。

人類語言的設計原理同公理化體系相類似,用幾十個音位跟意義結合成有限的詞(最常用的為三千餘個),再根據少數幾條語法規律生成無限多的句子,用以描寫無限多的現實對象。這也是由人的"以簡馭繁"的思維模式決定的。人類的語言有許多不足之處,諸如歧義、言不達意,只可意會不可言傳等都屬於這種情況,另外,每種語言都存在很多同音詞、多義詞,它們時常防礙我們的交際有效地進行。最理想的語言應該是,每一個事物都給一個名稱,每一種情況都設立一個特定的表述方式,這樣的話就不會再有歧義或者表達上的困難了,但是記憶負擔就比通常不知要大出多少倍,因為這時的詞彙數目不是幾千而是幾千個億,表述方式則是個更大

的數目。不幸的是，人的大腦功能根本無法勝任這一負擔。世界上
所有的語言都是按照上述設計原理運轉的，可是語言的設計跟建
造樓房不一樣，樓房的建造是按照建築師事先精心制定的圖紙進
行的，創立語言之前不可能有一個先哲事先設計好語言運轉的機
制，然後讓各個民族都去遵循它，來創造自己的語言。所以，可以認
為語言的設計原理也是由人的大腦的功能特點決定的。

語言的語法體系是人類長期抽象思維的結晶，它也必然受人
的"以簡馭繁"的思維模式的制約。這就為我們提供了運用公理化
方法研究語法規律的可能性，即可以根據少數幾個基本的概念和
原理，按照若干個規則，推演出整個語法體系。本書的理論體系就
是按照這種方法建立起來的，首先確立出定量和非定量一對概念
和自然語言肯定否定一條公理，然後推演出若干條規則，來解釋紛
紜復雜的語言現象。

1.5 分析語言學

語言學家根據自己的語言哲學觀，採用不同的分析方法，結果
形成了各種各樣的語言學流派，諸如結構主義語言學（structural
linguistics）、轉換生成語法（transformational—generative grammar）、
格語法（case grammar）、蒙太格語法（Montague grammar）等。我們對
語言的基本假設是，所有的語法規律都是現實規則在語言中的投
影，既跟語義範疇和其現實原型之間的關係那樣，每一種句法規則

也都可以在現實中找到它的原型。基於這個語言觀,採用了相應地分析語言現象的程序:第一步,把與現實聯繫最密切的語言層面——語義歸結為抽象的量;第二步,根據詞語量上特徵與其句法功能之間的對應關係得出普遍結論;第三步,用普遍結論來解釋、證明各種各樣的具體問題。上述觀點和分析方法跟其它語言學流派不盡相同,可以給一個新的名子加以區別,暫且叫做"分析語言學(Analytical Linguistics)"。

"分析語言學"目前還處於草創時期,理論體系尚不成熟,下面根據我們的研究經驗描繪一下它的基本特徵。

一、不滿足於僅僅告訴人們語言的規律是什麼(what),還要嘗試回答為什麼語言規律是這樣而不是那樣(why),最後還要解釋這些規律是從哪裡來的(where)。通過研究現實規則、思維功能和語言規律三者之間的相互關係來實現語言研究中的三個W。比如,就各詞類的肯定否定用法而言,名詞只能用"沒"否定不能用"不"否定,形容詞則只能用"不"否定不能用"沒"否定,動詞卻既可以用"沒"否定,又可以用"不"否定,在總結出這些用法後,進而就要回答為什麼會形成各詞類肯定否定用法上的差異,并且嘗試找到這些差異是來自於它們所對應的現實對象的那些特性。

二、從詞語的數量特徵和其句法功能的對應關係中尋找規律。不同的詞類對應着不同類的現實對象,有些反映的是事物的實體(名詞),有些是事物的行為變化(動詞),有些是事物的性質(形容詞),有些是事物之間的關係(介詞、連詞),等等。相同的詞類所對應的現實對象的類別也不同,比如"人"和"馬"盡管都是名詞,可是兩者所代替的事物類別卻相差甚遠。科學研究的任務就是在對象之間找規律。語法規律是從某一類詞語中總結概括出來的,在做這項工作之前,首先要抽繹出同一詞類的不同的詞或者不同詞類的可比因素,因為它們所代替的是不同類別的現實對象,無法進行直接比較。我們認為,這個可比因素就是詞語的數量特徵。首先把各種詞語歸結為抽象的量,然後從其數量特徵與其句法功能的對應關係上尋找出普遍規律。比如名詞所代表的是一個個界限分明、獨立的實體,有數量多少之分,其數量特徵為離散性質的;此一特徵決定了它能够用數量詞修飾等一系列句法功能;形容詞所表示的是混然不分的性狀,有程度高低之分,其數量特徵為連續性的,由此產生了它能够用程度副詞修飾等一系列句法特徵,等等。

上述方法總是可行的。從數學的觀點來看,現實事物都具有量的性質,都可借用數學工具加以研究。那麼,語言中的各種成分都是從現實對象中概括出來的,所以可以根據它們所對應的現實對象的量上性質歸納出其數量特徵。從數量特徵上研究語言也是語言學向精密科學發展的要求。所有的精密科學都毫無例外地系統使用數學的思想方法,這是因為只有從量上才能對所研究 對象進行精確的描寫和分析。語言學要做到這一點,必須首先把研究的對象轉化為量。

三、對語法規律進行形式化、公式化地描寫。這有三層含義:第一,形式化後的語法規律具有簡潔、明瞭、便於人們操作的性質,人人都可以很容易地掌握這些規律,用它們來判斷新的語言現象的用法。第二,語法規律就象數學公式那樣嚴整,凡是具備某一數量特徵的詞語必然具有某種句法功能,凡是不具備某一數量特徵的則必然沒有相關的句法功能，絕無例外。第三，形式化、公式化的語法規律不僅可以有效地指導語言教學，而且也最便於為高科技領域所利用，諸如機器翻譯、人工智能等領域。

四、系統地使用演繹的方法。用歸納法所得出的結論具有或然性，即其真實性是不可靠的。目前通行的現代漢語教課書所講的語法規律幾乎都存在着大量例外，從而削弱了它的科學性，也大大降低了它的實用性。這種狀況是由所使用的方法造成的。迄今為止，漢語語法學的研究主要使用的方法仍是歸納法。演繹法是從普遍的原理出發，按照一定的規則，推出適合具體情況的結論。只要演繹的出發點是真實的，所得結論也必然是真的，也就是說演繹法的結論具有確定性。由此可見，選擇什麼樣的研究方法不僅僅是語言學者的個人愛好問題，也是語言學向精密化方向發展的必然要求。

演繹法所得的規律不僅具有必然性，也符合科學研究中的"簡單化原則"，具有簡潔、和諧的美學價值。我們所追求的目標是，用盡可能簡單的規律來解釋極度復雜的現象，努力發現極不相同的現象之間的內在聯繫。本書的整個理論框架就是根據演繹法中公理化方法建造起來的。

五、通過研究現實規則和語言規律之間的關係，來探求人類的大腦功能或認知規律。現實規則、大腦功能和語言規律三者之間存在着類似於原始數據、電腦和反饋信息之間的關係。三個方面的關係為，現實規則相當於原始數據，人的大腦好比電腦，語言規律就是反饋信息，跟通過對輸入原始數據的反饋信息的分析可以了解電腦的性能一樣，也可以對現實規則和語法規律兩者相互關係的研究，揭示人的大腦的奧秘。當然電腦畢竟是人造的機器，可根據其設計原理和內部結構精確地預測其性能,而人的大腦是由神經細胞組成的,它有許多功能不能靠生理解剖的手段發現,只能靠"刺激—反應"的方法加以研究。所以用上述方法研究大腦功能,不僅是可行的,有時也是必須的。目前我們的工作還主要是在探討語言規律和現實規則的對應上,等它們兩者之間的關係搞清楚了,就可以進而探索人類大腦的奧秘。研究人的認知規律是本學科的一個重要目標。

一門新學科的產生常常是由當時科學發展的水平和社會發展的需求決定的。迄今為止,結構主義、轉換生成語法等語言學流派所取得的豐碩成果,使人們對語言的結構規則已有了個清晰的認識,也使得我們有可能對語言規律和現實規則之間的關係進行研究。與此同時,語言學的現有水平遠遠不能滿足科學發展的要求,電子科學的發展已經給語言學提供了充分的技術條件,可是自然語言理解等領域仍進展緩慢,這主要是對語言規律的揭示十分不充分的緣故。分析語言學就是在這一背景下提出來的。

1.6 語言分析中的理想化狀態

我們分析語言事實是在一種理想化狀態下進行的,考察某個用例的用法是根據使用該語言的社會在正常條件下的情況。譬如,後文認為"介意"是否定性成分,這是因為它的 97% 用例都是否定結構,個別例外可能是因為受某些外界因素的干擾產生的,如下例中"介意"用於肯定結構是因為前文出現了"不介意",這裡只是作為修辭上的順說。

> 甲：　我不介意這些事情。

> 乙：　我介意。

再如,我們認為"銘記"是只用於肯定結構的,這是根據調查的結果它的 100% 的用例都是肯定結構得出的結論。這并不排除在特殊情況下,在它的前邊硬加上個否定詞"不"或"沒"使其用於否定結構,這樣說也不會妨礙對方的理解,但是它不是一種規範的用法,逸出了說該語言的人的常規使用情況。

任何一門科學中的規律都是在理想化狀態下得出的。物理學中的自由落體定律是在排除空氣的浮力,只在重力的作用下總結出的規律。而在客觀世界中,完全符合該條件的落體是不存在的,在下落過程中總要受到包括空氣浮力在內的這樣那樣外界因素的干擾。盡管如此,自由落體定理是在更深刻的層次上反映了下落物體運動的共同本質。最嚴密的科學——數學中的情況亦是如此。數學家們在處理實際問題時,都是採用由繁化簡,排除次要的、枝節的東西,抽象出它們共同的量的特徵,然後對其進行計算或推理。客觀世界中的圓沒有一個是跟平面幾何所講的完完全全一樣的,但是平面幾何的圓是在本質上反映了客觀世界中千千萬萬個圓的共同本質。語言規律和語言事實之間的關係也是這樣,譬如,第三章講的"自然語言的肯定和否定的使用模型",盡管沒有一個實際用例是完全與模型相吻合的,但是模型是深刻地反映了人類語言肯定和否定的本質,用它不僅可以解釋和預測詞語用於肯定結構或否定結構的頻率,而且也可以成功地解釋為什麼"動＋得＋補"

短語的否定式的使用頻率遠高於其肯定式的等漢語句法中的一些
疑難問題。

對例外的看法牽涉到科學思想方法的問題。對於語言學中的
規律，即使有個別例外，也不必驚慌，不要馬上得出結論說規律是
不正確的，因為這些規律是在理想化狀態下總結出來的。語言規律
有例外不是語言學本身的缺陷，更不能認為語言學是一門不嚴謹
的學科，因為這是人類所有科學的一個共同特點。

1.7　二值邏輯和多值邏輯在語言研究中的應用

迄今為止，語言研究中所使用的主要是傳統的形式邏輯。形式
邏輯的三個基本規律是同一律、矛盾律和排中律，其中"排中律"所
講的是在兩個矛盾判斷中必須二者擇一，其中必有一個而且只能
有一個是真的，即不能既不斷定某對象是什麼，又不斷定某對象不
是什麼。也就是說形式邏輯的判斷只有兩個值：真和假，要求結論
是說一不二的，對象的分類也是非此即彼。這種貌似嚴謹的規律在
實際研究工作中卻顯得相當粗疏，因為客觀事物包括語言現象中
的各種各樣的變化、性質等都具有連續性，用形式邏輯的規律來看
問題，往往是要麼忽略了中間狀態的存在，要麼是削足適履，強行
把它們歸入其中的某一類。這樣得出的結論往往會歪曲事實本身。

1965 年，美國控制論專家、加裡福尼亞大學教授 L. A. zadeh
提出了"模糊集合（fuzzy set）"的概念，這引起了數學界的一場革
命，也給研究自然現象和社會現象提供了強有力的工具。在該理論

的影響下出現了模糊邏輯，傳統的二值邏輯變成了多值邏輯，形式
邏輯中的排中律為似真推理所替代，在對於中間狀態的問題上，不
再是非此即彼了，而是利用隸屬度的概念，看其多大程度上屬於某
一類，多大程度上不屬於某一類。這樣就保證了研究的結論更細
致、更全面。

　　運用多值邏輯的思想分析語言現象的文章，近些年來已出現
了一些。但是，總的說來，語言學界主要還是使用形式邏輯的方法，
大多數語言學家的思維習慣還是二值邏輯，喜歡說一不二的結論。
本書採用的是多值邏輯，譬如在考察一個詞是肯定性成分還是否
定性成分時，只能用於肯定結構的詞自然是肯定成分，只能用於否
定結構的詞自然是否定成分，這都毫無問題，但是，對於那些可用
於兩種結構的詞要看它用於兩種結構的次數之比，譬如第三章講
到的否定性詞語"應聲"、"改口"等用於肯定式和否定式之比是 1
：5，一般而言，一個詞用於否定式的概率不會高於它用於肯定式
的，所以像"應聲"這種否定式的頻率遠高於肯定式的現象是很值
得注意的，因此書中把它們歸入否定性成分。詞語用於肯定式或否
定式的概率是個連續量，有些是只用於否定式，有些是多用於否定
式，有些是用於兩種結構的頻率差不多，有些是多用於肯定結構，
有些是只用於肯定結構。運用多值邏輯的方法可以細致地描繪語
言肯定和否定的使用情況。

第二章　否定的手段、涵義和條件

2.1　否定的手段

　　交際過程的否定手段是很豐富的，漢族人可以通過搖頭、擺手等體態語表示否定。就語言系統內部來說，否定的方法也是多彩多姿的，可以利用反問語氣、特指疑問代詞、有否定意義的詞語等手段達到否定的目的。例如：

　　①　不像話就不像話吧，像話誰又多給幾個錢呢？

② 人家讓太太親自送來，我好意思不收下嗎？

③ 他哪裡知道人家是在笑話他。

④ 他這個人死要面子，哪裡會認錯。

⑤ 他拒絕回答這個問題。

⑥ 他懶得去逛公園。

①和②是用反問語氣表示否定，如①的實際涵義為"像話誰也不會多給幾個錢"。③和④是用疑問代詞"哪裡"表示否定，這的"哪裡"可以用否定詞"不"替換。⑤和⑥是用具有否定涵義的詞語"拒絕"和"懶得"實現否定的目的，兩者的意義大致相當於否定詞"沒"。

漢語中最典型的否定方法是用否定標誌語"不"或"沒"進行否定，本書研究的否定結構主要是指這種具有形式標誌的。說"不"和"沒"的否定結構是最典型的，是指從它們中總結的規律同樣適用於其它否定手段，譬如說"介意"是只能用於否定結構的，其前一般都要有"不"或"沒"出現，也可以用疑問語氣詞和反問語氣等手段否定，例如：

⑦ 他難道會介意這些事情嗎？

⑧ 他是個心胸寬廣的人，哪裡會介意這點小事。

相反，"銘記"是只能用於肯定結構的，即其前不能加上"不"或"沒"否定，同時它也不能用反問語氣或疑問代詞否定。意義上的否定變幻莫測，不在討論範圍之內。

否定標誌語除"不"和"沒"外，還有在祈使句中表示否定的"別"、"甭"等，以及古漢語殘留的、書面色彩較濃的否定詞"無"、"莫"、"勿"、"未"、"休"、"毋"等，其中"別"、"甭"、"莫"、"勿"、"休"、

“毋”的用法相當於短語“不要”，“無”和“未”的用法與“沒”相同。所以弄清了“不”和“沒”的用法，其它否定詞的用法就可迎刃而解，它們只有文體上或者是地域上的差異。

2.2 否定式和肯定式變換中的語音和語義限制

2.2.1　由於漢語語音的特殊結構，音節對漢語語法的影響很大，譬如單音節的活動受限制，英國、法國，單說非帶“國”字不可，復音節的日本、哥倫比亞，難得聽到帶“國”字，說到一個人的歲數，“三歲”、“十歲”不能去掉“歲”單說，但是“十三歲”、“四十歲”也可以說“十三”、“四十”，等等。

音節對於肯定式和否定式之間的變換也有影響。有一些用例去掉否定詞“不”或“沒”從否定式變換為肯定式，必須配上適當的音節後才可以。要求音節和諧順口是漢語組詞造句的一大特色，在一些情況下，否定詞“不”或“沒”既有否定的作用，也有使音節搭配和諧的功能。音節對否定和肯定變換中的限制主要表現在由否定式轉換為肯定式上，因為這時去掉了否定詞一個音節，為了發音的順口需要補上一個音節，例如：

⑨　這兩個問題不同。　　　＊這兩個問題同。

　　這兩個問題相同。

⑩　資金更感到不足。　　　＊資金更感到足。

　　資金更感到充足。

⑪　方法始終不變。　　　　＊方法始終變。

方法始終在變。

⑫　不予辦理手續。　　　　　　＊予辦理手續。

予以辦理手續。

上述現象是漢語詞彙雙音節化趨勢的影響的結果。⑨和⑫的否定式都是"不＋單音節詞"，結構中的單音節詞大都是粘着語素，不能够獨立運用，所以轉化為肯定式時就得用相應的雙音節詞代替。

語音上的限制只是音節和諧的問題，不涉及語言肯定和否定的本質，故不在討論之列。

2.2.2　肯定式和否定式的變換還會受到語義的影響，表現在一些否定結構可以説得通的句子去掉否定詞意義上就發生了矛盾，而一些肯定結構如果直接加否定詞否定也會出現矛盾，例如：

⑬　沒有喝完的半杯水。　　　＊喝完的半杯水。

⑭　還欠三萬塊錢沒有還。　　＊還欠三萬塊錢還了。

⑮　好好學習英語。　　　　　＊好好不學習英語。

⑯　靜靜地坐着。　　　　　　＊靜靜地不坐着。

例⑬中的"水"喝完了就不存在了，所以沒有相應的肯定式。例⑮"好好"與"不學習"之間有矛盾，所以不能組合在一塊。

肯定和否定變換中的語義限制不是語法問題，只要用適當的詞替換，其肯定式和否定式之間就可以自由變換了。譬如跟⑬同結構的句子"沒有走的人"就可以去掉否定詞而成立："走了的人"。本書討論的肯定和否定的對稱與不對稱也不包括這種純粹語義的限制。

2.2.3　語義限制的一種特殊情況是，"沒"在否定已然行為

時,攝入了完成態助詞“了”,含“沒”的否定結構轉換為肯定結構時“了”又釋放出來,例如:

⑰　我沒看見你的鋼筆。

　　我看見了你的鋼筆。

⑱　衣服沒乾。

　　衣服乾了。

2.3　“不”和“沒”的性質

　　一般人都把“不”和“沒”看作副詞,也有人認為動詞前的“沒”是副詞,名詞前的“沒”是動詞,還有人認為不論是動詞前的還是名詞前的“沒”都是一個東西,都是動詞❶。這種分歧是由於研究方法的不同造成的,前兩種觀點都是用傳統語法學分析的結果,在那裡詞類和句子成分之間是嚴格對應的,動詞前的修飾成分一定是副詞,名詞前的非定語成分一定是動詞,所以就有了前兩種看法。後一種觀點是用結構主義語言學理論分析的結果,該理論在劃分詞類時強調在形式上的可驗證性,因為不論是動詞前的還是名詞前的“沒”都共同具有一般動詞的形式特徵,所以把兩種情況的“沒”都歸入動詞類。

　　把“不”和“沒”歸入什麼詞類是無關緊要的,關鍵是認清它們

❶　持前兩種觀點的代表是呂叔湘主編的語法詞典《現代漢語八百詞》,商務印書館,1980.5。持後一種觀點的是朱德熙《語法講義》,商務印書館,1982.9。

的實質。顯然，"不"和"沒"跟一般副詞的語法功能是很不一樣的，譬如動詞的重疊式是不能用"不"或"沒"否定的，而卻可以用其它副詞修飾，如可以說"好好學學數學"，"仔細觀察觀察"，"經常練練鋼琴"，等等。"沒"也與一般動詞的用法有明顯的差別，動詞通常不能像"沒"那樣用在其它動詞之前修飾限制它。可見，不論把否定詞"不"和"沒"歸入哪一詞類都有問題。

通過我們的研究工作發現，"不"和"沒"的用法完全受自然語言中的邏輯規則的制約，有些看似慣用法的問題，實際上都有其深刻的邏輯背影。孤立地看，"介意"只用於否定式似乎是一種習慣用法，然而跟"介意"概念義相同、語義程度相當的詞"在乎"、"在意"、"經意"也都是只用於否定結構。這些詞共同的語義特徵是程度都很低。再看一看其它概念詞的情況，就會發現這樣一條規律：在同一概念的一組詞中，語義程度最低的一個詞都是只用於或多用於否定結構。這種現象的背後是由人類語言肯定和否定的公理所決定的(見 3.2)。絕大多數人類語言盡管在肯定和否定的具體表現形式上紛紜復雜、各不相同，但是它們都遵循着一致的邏輯規則。

肯定和否定是自然語言的邏輯問題，因此可以把"不"和"沒"看作邏輯小品詞。

2.4 離散量詞和連續量詞

自然界的數有兩大類：離散的和連續的。自然數、形式邏輯的真假值、字母表等都是離散的量，實數、多值邏輯中的值、速度的變化等都是連續量。相應地數學也分為兩大門類：離散數學和連續數學，集合論、數理邏輯、數論等都屬於離散數學，數學分析、模糊數學、實變涵數等屬於連續數學。

客觀世界的量不外乎離散和連續這兩種量，語言的詞彙是對客觀世界種種現象的概括，所以從量的特徵上給詞彙也可分為兩類：離散量詞和連續量詞。當然，詞彙的離散量和連續量與客觀事物原來的情況不很一樣，但是它們在本質上是相通的。在詞彙內部，不同的詞類的離散量或連續量的具體形式也不完全一樣。

自然語言中的肯定和否定與詞語量上的特徵密切相關。"不"和"沒"具有明確的分工："不"只能否定連續量詞，"沒"只能否定離散量詞。下面是連續量詞和離散量詞的語義、形式特點和大致範圍。

在形容詞中，只能用"有點"、"很"、"最"等程度副詞修飾，不能在其前後加數量詞或不能跟完成態助詞"了"的，是純粹的連續量詞，只能用"不"否定，不能用"沒"否定。例如籠統、憨厚、平淡、勉強、渺茫、零碎、明亮、普通、含混、冷落等，這些詞只能用程度副詞修飾，程度詞的最大特點是它語義上的模糊性，這個程度和那個程度之間邊界交叉，沒有明確的界限或起迄點，如有點憨厚、比較憨厚、很憨厚、十分憨厚、最憨厚等，各量級之間在量上是個連續變化的過程，所以我們把只能用程度詞修飾的形容詞的量看作為連續的。可以說"這篇文章不籠統"，但不能說"這篇文章沒籠統"，等等。還有一種形容詞既能用程度副詞修飾，又可在其前後加上數量詞或跟助詞"了"，它們兼有離散和連續兩種量的性質，所以既能加"不"否定，又能用"沒"否定。譬如高、長、好、硬、瘦、胖、滿、冷、亂、繁等，"高"可以說"有點高"、"很高"，等，也可以說"一尺高"，"高一尺"，或者"高了"等，因此可以說"這棵樹不高"或"這棵樹沒高"，其它詞用法與"高"的相同。能用具體數量詞修飾或切分出界限分明的大小不等的量級，此特徵既是形容詞的，又是動詞的，這裡把它們看做是具有雙重量的特徵。

　　動詞最典型的量的特徵是離散性，表現為在其前後可以自由地加上數量成分，可以跟助詞"了"，可以加各種結果補語，這一切都表明動詞的量具有明確的起迄點。譬如"看"有"看三回"，"看了"，"看清楚"等，因此可用離散否定詞"沒"否定：沒看。跟形容詞的情況相似，動詞也具有雙重量的特徵，就作為一個完整的動作來看動詞可以用自然數稱數，是離散的，但就一個單獨動作的內部發展過程來看，它又具有連續性，是連續量，這時可以用"不"否定。動詞後跟有數量成分或結果補語時，只能是離散量，不能加"不"否定，例如不能說"不看三場電影"，"不看見他"，其中的"不"用離散否定詞"沒"替換就可以了。動詞前後沒有數量成分或結果補語，既可以把它看作一個有明確起迄點的完整動作，又可以把它看作具有連續變化的一個過程，前一種情況是離散量，可以用"沒"否定，後一種情況是連續量，可以用"不"否定。這種差異可以從含"不"和"沒"的否定式轉化為肯定式中看出來，"沒"否定動詞時，實際上是對"動＋了"詞組的否定，所以"沒＋動"的肯定式是"動＋了"，譬如"沒看電影"的肯定式是"看了電影"，等等。這裡的完成態"了"說明了在用"沒"否定時是把動詞作為有完整起迄點的離散量。然而，用"不"否定時，其肯定式不用加上"了"，表明是把動詞看作具有連續變化的過程，"不＋動"的肯定式是"動"，譬如"不看電影"的肯定式是"看電影"。

名詞是客觀事物的名稱。客觀事物的一個最大特點是它們都是一個個獨立的個體,可以用數量詞稱數,所以名詞都是離散的量。因此,所有的表客觀事物名稱的名詞都不能用連續否定詞"不"否定。凡是能用數量詞修飾的名詞都是離散的,可以用離散否定詞"沒"否定,譬如人、水、山、牛、衣服、家俱、書、桌子等都具有這個特點。

代詞的量性特徵是由它所替代的對象的量性特徵所決定的。人稱代詞我、你、他、它、我們、你們、它們等都是指代名詞的,只有離散性,所以只能用"沒"否定,不能用"不"否定。指示代詞有兩類,一是代替名詞的離散量詞,只能用"沒"否定,譬如這、那、這麼些、那麼些;二是代替動詞或形容詞的,兼有離散和連續兩種量的性質,所以既可以用"沒"否定又可以用"不"否定,譬如這樣、這麼樣、那麼樣。疑問代詞也有兩類,詢問事物本身的量的,是離散量詞,只能用"沒"否定,譬如誰、哪、幾個、多少;詢問動作或性質,兼有離散和連續兩種量的特徵,既可用"不"又可用"沒"否定,譬如怎麼樣。

量詞都是離散性質,所以都不能加"不"否定。量詞可以分為兩種情況:一是既可表事物又可稱量其它事物的臨時量詞,可以直接加"沒"否定,也可以加上數詞後再用"沒"否定,這類詞有桶、碗、池子、書架、箱子等;二是單純的數量詞,它們只有加上數詞變為離散量後才能加"沒"否定,這類詞有個、匹、頭、枝、套、斤、寸、尺、顆等。

副詞、連詞、助詞、語氣詞等都是後文所講的定量詞,因為不符合否定詞的語義要求,故都不能用"不"或"沒"否定。這點下節中還將詳細討論。

在表示客觀事物三維性質和質量的形容詞上,"不"和"沒"用法上的對立很典型。單純的形容詞所表示的是連續量,只能用連續否定詞"不"否定,不能用離散否定詞"沒"否定。當在這些形容詞前加上數量成分時,整個短語變成了離散的量,與前相反,不能用連續否定詞"不"否定,只能用離散否定詞"沒"否定。例如:

⑲　這張書桌不長。　　　＊這張書桌沒長。

　　＊這張書桌不四尺長。　＊這張書桌沒四尺長。

⑳　小趙不高。　　　　　＊小趙沒高。

　　＊小趙不一米八高。　　小趙沒一米八高。

㉑　那個瓜不重。　　　　＊那個瓜沒重。

　　＊那個瓜不十斤重。　　那個瓜沒十斤重。

㉒　離城不遠。　　　　　＊離城沒遠。

　　＊離城不五十裡遠。　　離城沒五十裡遠。

上述形容詞都是指它們單純表靜態性質時的用法,如果把它們看作動態時,就變成了離散量,可以用"沒"否定,例如:

㉓　甲:　這半年小趙高了不少。

　　乙:　我看沒高。

一般的語法書都把動詞和形容詞放在一塊談,甚至有人把兩者合稱為"謂詞"[1],他們這樣做的根據是結構主義的分布原則,結構主義對詞分類或考察某類詞的語法特點都是依據分布原則,即詞語在句子中出現的位置,或者說是擔任的角色。因為動詞和形容

---

[1]　見朱德熙《語法講義》,商務印書館,1982,北京。

詞都常作謂語,把它們放在一塊是有一定道理的。但是,在量的特徵上,動詞倒應該跟名詞歸為一類,因為它們最典型的量的特徵都是離散性質的,所以兩者最常用的否定詞是"沒";形容詞最典型的量的特徵是連續性的,所以它最常用的否定詞是"不"。我們認為不論是動詞前還是名詞前的"沒"都是一個東西,因為它們共同的深層語義特徵是量上的離散性,這與離散否定詞"沒"的語義要求相符,故都可以用"沒"否定。用結構主義的分布原則只能處理表層的結構問題,而且常常是給個名稱或貼上標籤就完了,不再深究,這樣常常是掩蓋了問題的實質。我們要揭示詞語搭配的真正奧秘還要藉助於其它手段。

客觀世界的離散和連續這兩種量對其它語言有同樣的影響,表現在絕大多數人類語言在離散量否定和連續量否定上都有形式上的差異,對動詞的否定、形容詞的否定、名詞的否定大都採用不同的方法。英語的情況跟漢語的很相似,動詞的否定格式是 do+not+v.,形容詞的否定格式是 be+not+adj.,名詞的否定格式是 no+n.,none of n.,或者 not all of n.❶。三類詞的量的特徵不一樣,否定時採用不同的形式,這說明英語跟漢語一樣,在離散否定和連

---

❶　英語的 be+not+adj. 相當於漢語的"不+形"和"不+是+形","不+形"是程度否定,只否定"形"的程度而不否定它的存在,譬如"這瓶墨水不黑"是指還是黑的只是程度不高,"不+是+形"是性質否定,指"形"的性質完全不存在,譬如"這瓶墨水不是黑的"是指"黑"以外的性質。性質否定的對象可以是名詞。可見英語的 be+not+adj 是兼有程度否定和性質否定兩種功能,它表性質時 adj. 可以用 n. 替換。性質否定的規則跟形式邏輯的規律完全一樣,不在我們的討論範圍之內。

在省略的句式中,名詞可以用 not 直接否定,例如

The students went on strike, but not the teachers.

續否定上有明確的形式差別。我們預測大多數語言在離散否定和
連續否定上都會有不同的方式。盡管有些語言用同一個否定詞,然
而在不同的量上特點的詞語前,其涵義是不一致的,譬如俄語實際
上只有一個否定詞 не,相當於"不",名詞前的 не 相當於"不是"。由
此可見,在否定的手段上,漢語屬於最細致、最嚴緊的語言之一,甚
至比英語的還要嚴密,英語的形容詞性質否定和程度否定是不分
的,而漢語的性質否定格式是:不+是+形+的,程度否定格式是:
不+形。形態變化最復雜的俄語的否定方法最為粗疏。事實上,有
沒有形態變化或者形態是否豐富,與表義是否嚴緊、細致并不是一
碼事。有人認為漢語的語法不嚴緊,那是因為我們看問題的方法有
問題,也是因為我們的研究尚不深入。隨着研究的深入,漢語的嚴
密的規律逐漸被揭示出來,那時人們將會看到漢語確實是一種博
大精深的語言。

2.5 定量和非定量

Jesperson 的名著 The Philosophy of Grammar❶ 中專有一章
Negation 討論人類語言的否定問題。葉氏在調查了大量語言之後,
得出結論:所有的語言(或者是絕大多數語言)中的否定詞涵義都
是"少於、不及(less than)",換句話說,語言的否定不是完全否定,

---

❶ 1924,London.

而是差等否定，譬如 not good 意為 inferior，但不會是 excellent；not lukewarm 指出一個低於 lukewarm 的溫度，即位於 lukewarm 和 icy 之間的某一溫度，絕不可能是 lukewarm 和 hot 之間的某一溫度。再譬如，not much＝a little，not a little＝nothing。

　　漢語的"不"和"沒"的涵義也是 less than，譬如，"不很好"是指好的程度位于"很好"和"壞"之間的，有時"不"直接否定形容詞也只是對該形容詞程度上的否定，而不是指該形容詞的性質不存在，如"這瓶碳素墨水不黑"是説"黑"的程度不高，但墨水仍然是黑的；再如説"這碗湯不鹹"是指甜鹹適中，而不是指湯是甜的。與"不"的情況相同，"沒"也是差等否定，譬如"小趙沒一米八高"是指高度不到一米八，絕不會是一米九；"他沒學習三個鐘頭"是説學了但不及三個鐘頭；"昨天我們沒上四節課"，是説課是上了，但不到四節。用"沒"否定述補結構或由述補結構構成的復合詞時，它只否定補語所代表的結果，而不能否定述語所表示的行為，譬如"他沒有吃完那個蘋果"意為蘋果還剩下一些，"吃"的行為已經發生；"我沒有説服她"是指："勸説"的行為已經發生，只是沒有達到目的。

　　"不"和"沒"上述的共同涵義，要求所否定的對象在量上必須具有一定的伸縮性，以便能够容下被否定後的涵義 less than。這種量上具有一定伸縮幅度的詞後文稱為非定量詞，該類詞都可以用"不"或"沒"否定。那些在語義上只表示一個點的詞，沒有空間容下否定後的涵義 less than，相應地把該類稱作定量詞，它們都不能用"不"或"沒"否定。

　　各類詞的定量和非定量的本質是一致的，但是它們的具體表現形式不同。形容詞的量主要表現在程度的高低，可以用能否加程

度副詞的方法來鑒別它們的定量和非定量性,凡是可以用有點、
很、太、十分、最等程度詞分別加以修飾的形容詞是非定量的,都可
以用"不"否定;凡是不能用這些程度副詞修飾的,屬於定量的,都
不能用"不"否定。動詞的量主要表現為重復次數的多少、持續時間
的長短等,它們的定量或非定量性質表現在是否對其後的賓語成
分有特殊的量的要求上,鑒別的方法是:凡是其後的賓語可以自由
地加上和刪去數量成分的動詞,是非定量的,可以用"沒"否定❶;
凡是對其後的賓語有特殊的量的要求的動詞,是定量的,不能用
"沒"否定。定量動詞有兩種情況:(一)要求其後的賓語必須有數量
成分;(二)其後的賓語不能有數量成分。名詞的定量和非定量主要
表現在數量多少上,凡是能用數詞或數量詞稱數的名詞都是非定
量的,可以用"沒"否定;凡是不能用數詞或數量詞稱數的是定量
的,都不能用"沒"否定。

形容詞大、紅、甜、冷清、活潑等都可以用程度詞有點、比較、
很、太、十分、最等切分出一系列大小不等的量級,屬於非定量詞,
都可以用"不"否定。形容詞中❷、粉、疑難、油黑、冰涼等,不能用程
度詞有點等修飾,是定量詞,都不能用"不"否定。例如:

㉔　這棵樹有點(比較、很、太、十分、最)大。

　　這棵樹不大。

---

❶　對於形容詞凡是不能用"不"否定的一定不能用"沒"否定;對於動詞,凡是不
能用"沒"否定的一定不能用"不"否定。"不"和"沒"更細致的使用條件將在第四、五章
討論。

❷　朱德熙先生在形容詞中特設立"區別詞"類,這裡的中、粉都歸入其中。我們認
爲中、粉等與其它形容詞用法上的差異是由它們量上的特徵造成的。這點將在第十一
章"詞語的量的特徵與其句法活動能力之關係"一節中專門討論。

㉕　這孩子有點(比較、很、太、十分、最)活潑。

　　這孩子不活潑。

㉖＊這朵花有點(比較、很、太、十分、最)粉。

　＊這朵花不粉。

㉗＊這個問題有點(比較、很、太、十分、最)疑難。

　＊這個問題不疑難。

　　動詞看、學、開、説、切等單獨用時，其後的賓語可以自由地增刪數量成分，因此它們是非定量的，可以用"沒"否定。但是，這些動詞的重疊式對其後的賓語有特殊的量上限制，要求其賓語不能再有數量成分，這時它們就轉化為定量的了，不能再用"沒"否定❶。動詞得(děi)、共計等也是定量的，不過它們的情況恰好與動詞重疊式的相反，要求其後的賓語必須有數量成分，這類詞也不能用"沒"否定。例如：

㉘　他看了一場(兩場、三場、……)電影。

　　他沒看電影。

　＊他看了看一場(兩場、三場、……)電影。

　＊他沒看看電影。

㉙　學了一個(兩個、三個、……)鐘頭英語。

　　沒學英語。

　＊學學一個(兩個、三個、……)鐘頭英語。

　＊沒學學英語。

---

❶　這裡指的是表現實的陳述句。而在表虛擬的假設句中，動詞重疊式可以用"沒"否定。我們考察肯定和否定的對稱與不對稱是在現實句中進行的。現實句和虛擬句的句法差異第三章有專門討論。

㉚　這項任務得十個(兩個、三個、……)人。

　　* 這項任務得人。

　　* 這項任務沒得十個人。

㉛　兩件共計五十(六十、七十、……)圓錢。

　　* 兩件共計錢。

　　* 兩件沒共計五十圓錢。

　名詞人、車、書、紙、山等都可以用數詞加上量詞個、輛、本、張、座等稱數,它們都是非定量的,可以用"沒"否定。而大家、車輛、景況、個頭、馬匹等都是不可數名詞,這些都是定量的,不能用"沒"否定。例如:

㉜　一個(兩個、三個、……)人。

　　屋裡沒有人。

㉝　一座(兩座、三座、……)山。

　　周圍沒有山。

㉞　* 一個(兩個、三個、很多、……)大家。

　　* 屋裡沒有大家。

㉟　* 一座(兩座、三座、很多、……)山勢。

　　* 周圍沒有山勢。

　按理說,量詞前邊都是可以加上數詞的,應該都是非定量的,其實不然。量詞也分兩類:(一)其前可以自由地添加數詞的,是非定量的,可以用"沒"否定;(二)其前只限於用一個或數個特定數詞的,是定量的,不能用"沒"否定。量詞塊、套、張、條、場等都可以用任意數詞修飾,是非定量的,因此可以用"沒"否定,譬如"沒一塊板子"、"沒一套傢俱",等等。量詞"碼"前的數詞只限於"一"和"兩",

譬如只能説"一碼事"或"兩碼事",而不能説"三(四)碼事",也不能用"沒"否定。"記"用於稱數"耳光"時是量詞,其前只限於用數字"一",譬如"打了一記耳光",因此它也不能用"沒"否定。量詞"番"前通常也只能用"一"修飾,用"三"只限於在固定結構"五次三番"中,譬如"思考一番"不能説是"沒有思考一番"。量詞重疊後就轉化為定量的了,其前只能用數詞"一"或者沒有數詞,這時它們也就不能用"沒"否定了。例如:

㊱　一(兩、三、……)張桌子。

　　沒有一張桌子。

＊兩(三、四、……)張張桌子。

　　沒有張張桌子。

注意,不要把定量和非定量與量的大小混在一起,定量和非定量是詞語抽象的量上特徵。相同概念範圍的詞中,定量的詞的程度也許比非定量高,也許比非定量的低,譬如同是表量的程度的大、中、小三個詞,"中"是定量的,"大"和"小"都是非定量的,而"中"語義程度比"大"小,比"小"大。

定量和非定量是本書最基本的一對概念,是解釋語言的肯定和否定的對稱與不對稱現象的理論核心,它們與另外一對概念離散量和連續量一起,編織成了本書的理論體系。用定量和非定量的概念來鑒別哪些詞可以用於否定結構,哪些詞不能用於否定結構(只能用於肯定結構),然後用離散量和連續量的概念來考察"不"和"沒"在否定非定量詞時的分工,哪些詞是只能用"不"否定,哪些詞是只能用"沒"否定,哪些詞是既能用"不"又能用"沒"否定的。

2.6 否定範圍的規律

　　既然自然語言否定詞的涵義都是"不夠"、"不及"(less than),那麼由此可以推出否定的範圍是等於大於所否定的量。譬如"小趙沒有一米八高"的否定範圍是$\geqslant 1.80$米。我們可以用一個封閉的系統來建立否定範圍的公式,該系統中,最大的量為L_7,最小的量為L_1,用在其上加一橫"—"表示對該成分的否定,"$\wedge$"表示"并且"(邏輯學上的"合取"),這樣就有下面的否定公式。

$$\overline{L_7} = \overline{L_7} \tag{1}$$

$$\overline{L_6} = \overline{L_6} \wedge \overline{L_7} \tag{2}$$

$$\overline{L_5} = \overline{L_5} \wedge \overline{L_6} \wedge \overline{L_7} \tag{3}$$

$$\overline{L_4} = \overline{L_4} \wedge \overline{L_5} \wedge \overline{L_6} \wedge \overline{L_7} \tag{4}$$

$$\overline{L_3} = \overline{L_3} \wedge \overline{L_4} \wedge \overline{L_5} \wedge \overline{L_6} \wedge \overline{L_7} \tag{5}$$

$$\overline{L_2} = \overline{L_2} \wedge \overline{L_3} \wedge \overline{L_4} \wedge \overline{L_5} \wedge \overline{L_6} \wedge \overline{L_7} \tag{6}$$

$$\overline{L_1} = \overline{L_1} \wedge \overline{L_2} \wedge \overline{L_3} \wedge \overline{L_4} \wedge \overline{L_5} \wedge \overline{L_6} \wedge \overline{L_7} \tag{7}$$

　　(2)式的意思是對L_6的否定,可以推知對L_7的否定。餘此類推。

　　從上面各式可以推導出兩條規律:

　　(一)較低量級的否定包括了對較高量級的否定,較高量級的否定不包括對較低量級的否定,所以可以用對較低量級的否定式來實現對較高量級的否定,而不能用較高量級的否定式來否定較低量級。譬如，$\overline{L_5}$包括了$\overline{L_6}$，但是不能用$\overline{L_6}$代替$\overline{L_5}$。

(二)否定的量級越小，它的否定範圍越大，同時其否定程度也就越高。在上述只有 7 個量級的封閉系統中，$\overline{L_4}$的否定範圍是 4 個量級，$\overline{L_3}$的否定範圍是 5 個量級，$\overline{L_2}$的否定範圍是 6 個量級，對 L_1 的否定包括了對該系統全部量級的否定。在語言運用中，往往是利用對最小量級的否定來實現完全否定，譬如"沒有絲毫問題"、"沒有一點問題"。

自然語言的否定都是差等否定，設 x 為某一量，$\bar{x}$ 的否定範圍是$\geqslant x$ 的所有的量；同時 $\bar{x}$ 也肯定了一個量 y，y 的值為 $x > y \geqslant 0$。我們用"$\vee$"表示"或者"(邏輯學上的"析取")，那麼上述封閉系統中各量級的肯定範圍如下。

$$\overline{L_7} = L_6 \vee L_5 \vee L_4 \vee L_3 \vee L_2 \vee L_1 \tag{8}$$

$$\overline{L_6} = L_5 \vee L_4 \vee L_3 \vee L_2 \vee L_1 \tag{9}$$

$$\overline{L_5} = L_4 \vee L_3 \vee L_2 \vee L_1 \tag{10}$$

$$\overline{L_4} = L_3 \vee L_2 \vee L_1 \tag{11}$$

$$\overline{L_3} = L_2 \vee L_1 \tag{12}$$

$$\overline{L_2} = L_1 \tag{13}$$

$$\overline{L_1} = 0 \tag{14}$$

顯然，某一量級的否定範圍與其肯定範圍的大小是成反比例關係的，其否定範圍愈小，那麼其肯定範圍也就愈大，反之亦然。在封閉系統中，任一量級的肯定範圍和否定範圍之和都是 7。對最小量級 L_1 的否定等於完全否定，它的肯定範圍為 0。

對 L_1 的否定是完全否定，用 L_0 表示完全否定，那麼$\overline{L_0}$是肯定

了一個 L_1 至 L_7 之間的一個量。有(15)式：

$$\overline{L_0} = L_1 \vee L_2 \vee L_3 \vee L_4 \vee L_5 \vee L_6 \vee L_7 \qquad (15)$$

就否定後的肯定範圍來觀察，對 x 的否定往往是肯定了一個逼近 x 的較小的量，這個被肯定的量盡管是模糊的，一般不會無限的低於 x。(8)—(15)式只是肯定範圍的抽象模型，最有可能被肯定的是接近被否定的這個量級的一到兩個量級，隨着量級遞減，它們被肯定的可能性也就愈小，譬如 $\overline{L_7}$ 最有可能肯定的量級是 L_6 或者 L_5，而不大可能是 L_2 或者 L_1。例如，"那個水塔沒有 10 米高"意味着塔的高度可能是接近 10 米的某個量，比如可能是 9 米或 8 米，一般不可能是 2 米或 1 米；如果實際上塔的高度是 2 米左右，一般不會說"沒 10 米"高，真的這樣說了，只能證明判斷上的誤差。在(15)式中，對完全否定的否定，從理論上講，是肯定了一個 L_1 至 L_7 之間的一個量，實際應用中最有可能被肯定的是接近 L_0 的兩個量級 L_1 或者 L_2。譬如"你不是沒有一點責任"是指"有一點"或"有一些"責任，而一般不可能是說"有很大的責任"。

否定範圍規律在語言交際中有廣泛的應用。下面舉兩個例子加以說明。

㊲　a.　大海上沒有波濤。

　　b.　大海上沒有波浪。

"波濤"意為"大波浪"，如果面對的是風平浪靜的海面，說㊲a 就不恰當，因為它仍含有存在小波浪的意思，應該用㊲b。只有海面上沒有大波浪而有小波浪的情況下，㊲a 的表達才是準確的。在遇到程度不等的詞語時，可以利用否定範圍規律使表達準確細致。

《參考消息》1988 年 9 月 14 日第 4 版有這樣一則關於漢城奧

運會的報道：

  在報名參加漢城奧運會的 161 個國家和地區中，有

121 個國家在歷屆奧運會上沒有得過一塊金牌，有 91 個

國家連一塊銀牌或者銅牌也沒有得到過。

  由這段話可以推知，有 40 個國家和地區得到過金牌，還有 30 個國家和地區雖沒得到金牌，但得到過銀牌或者銅牌，最後一句話頗令人費解：從字面來看，剩下的 91 個國家中，有一部分雖沒得到過銀牌但得到過銅牌，另外一部分任何獎牌也沒有得到過。因為根據否定範圍的規律，"沒有得到過銀牌"意味着可能得到過銅牌。我們核查了一下在 88 年之前的歷屆奧運會中得獎牌的資料，事實上是 91 個國家和地區任何類型的獎牌也沒有得到過。最後一句應該改為：有 91 個國家連一塊銅牌也沒有得到過。根據否定範圍的規律，對最 小量級的否定等於完全否定，銅牌是獎牌類中的最低一級，對它的否定意味着什麼獎牌也沒有得到過。報道者本想使意思周詳，結果適得其反，反而造成了表意上的混亂。由此可見，自覺地利用否定範圍的規律，可以使文章既準確又簡潔。

2.7　不同量級的詞素構成的復合詞的否定

  漢語中有一類復合詞的兩個構詞詞素在語義程度上高低有別，它們一般不能加"不"或"沒"否定。譬如復合詞"喜好"的兩個詞素"喜"和"好"的意思分別為："喜"是"喜歡"，"喜歡"詞典解釋為

"對人或事物有好感或感到興趣"❶;"好"意為"愛好","愛好"詞典解釋為"對某種事物具有濃厚的興趣并積極參加活動"。顯然,"愛好"在程度上比"喜歡"高一個量級。"喜好"一般不能用"不"或"沒"否定,如果硬在其前加上否定詞,一般人就會感覺到不順、別扭。這是為什麼呢?

否定範圍規律可以解釋上述現象。沒(不)喜好=沒(不)喜歡+沒(不)愛好,根據否定範圍規律"否定的範圍是大於等於所否定的量"和"對較大量的否定往往肯定了接近它的一個較小量的存在",這裡的"愛好"比"喜歡"大一個量級,"沒(不)愛好"很大程度上肯定了"喜歡"的存在,而"沒(不)喜好"也同時具有"沒(不)喜歡"的涵義,這樣一方面肯定了"喜歡"存在,又同時否定了"喜歡"的存在,結果造成了表意上的矛盾。這就是為什麼我們不能用否定詞直接否定由不同量級的詞素構成的復合詞的原因。

同時,我們卻可以利用否定範圍規律從意義上對"喜好"進行否定。如果只是"喜歡"而不"愛好",就用"他不愛好"或者"他沒愛好上"就行了。如果是對既不"喜歡"又不"愛好"這種情況的否定,就用"不喜歡"或者"沒喜歡上"表示,因為對較小量級"喜歡"的否定也包括了對較高量級"愛好"的否定。"不愛好"可能是"喜歡",但是"不喜歡"絕對不可能是"愛好"。

所有用不同量級的詞素構成的復合詞都有"喜好"的用法特點,都不能直接在其前加"不"或"沒"對其否定,從意義上對它們進

❶ 本書關於詞語的釋義除特別聲明外,都是根據《現代漢語詞典》(中國社會科學院語言研究所詞典編輯室編,商務印書館,1979)。

行否定的方式與"喜好"的相同。這類詞有：

爭持：爭取而相持不下。

仰望：敬仰而有所期望。

榨取：壓榨而取得。

甄別：審查辨別。

瞻念：瞻望并思考。

印行：印刷并發行。

愚弄：蒙蔽玩弄。

憂煩：憂愁煩惱。

倚重：看重而信賴。

永贊：歌頌贊美。

評介：評論介紹。

贊佩：稱贊佩服。

誘掖：誘導扶植。

疑慮：因懷疑而顧慮。

憂：憂慮害怕。

憂傷：憂愁悲傷。

擁戴：擁護推戴。

聽信：聽了并相信❶。

---

❶ 單純做"相信"講時則可以用"不"或"沒"否定，例如"他們沒有聽信謠言"。

2.8 極小量詞與完全否定

　　由否定範圍規律可知,在給定的範圍內,對其中最小一個量級的否定等於對整個範圍的否定。"1"是自然數中最小的一個,所以常常藉用它與適當的量詞相配表示完全否定。"一"加量詞做完全否定的手段是有條件的,"一"必須能用其它數詞自由替換,譬如一句、一口、一點、一張等,其中的"一"都可以用其它數詞替換,因此都可做完全否定的手段,如"一口飯沒吃"、"沒有一點困難"等。但是,一刹那、一番、一骨碌、一股勁、一陣子、一溜兒、一概、一路上、一并,等等,這些詞中的數詞"一"不能用其它數詞替換,其中一刹那、一并等乾脆不能用於否定結構,而一路上、一概等雖有時可用於否定結構,但只能出現在否定詞前邊,"一句"類則可以出現在否定詞前後。例如:

　　⑩　他一句話沒説。　　　　他没説一句話。

　　⑪　他一口飯沒吃。　　　　他没吃一口飯。

　　⑫　他一路上没説話。　　＊他没説話一路上。

　　⑬　他一概不予答服。　　＊他不予答服一概。

　　用作完全否定手段的"一+量"短語是虛指,而相應的肯定式卻是實指。例如:

　　⑭　a. 没喝一口茶。　　b.　喝了一口茶。

　　⑭a 的"一口茶"是虛指,不是説那裡有一口茶或若干口茶而沒有喝,只是用它對喝茶這種行為進行完全否定。而⑭b 的"一口"

是指一個實實在在的量。

有一些"一＋量"短語，在肯定句中只能用在動詞的後邊，而在否定句中則動詞前後都可以出現，如⑤⑥。還有一些"一＋量"在肯定句中乾脆不能與其後的名詞搭配，只有在否定句中才有這種搭配，如⑦、⑧。

⑤　a.　留下了一點後遺症。

　　b.＊一點後遺症留下了。

　　c.　沒留下一點後遺症。

　　d.　一點後遺症沒留下。

⑥　a.　他犯了一點錯誤。

　　b.＊他一點錯誤犯了。

　　c.　他沒犯一點錯誤。

　　d.　他一點錯誤沒犯。

⑦　a.＊他有半點私心。

　　b.＊他半點私心有。

　　c.　他沒有半點私心。

　　d.　他半點私心沒有。

⑧　a.＊他半分錢往家裡寄。

　　b.＊他往家裡寄半分錢。

　　c.　他半分錢不往家裡寄。

　　d.　他不往家裡寄半分錢。

"一"也常用於"連"字結構中表示完全否定，例如：

⑨　他連一聲也不吭。

　　屋裡連一個人也沒有。

　　疑問代詞誰、怎麼、什麼、任何等可以表示遍指,當它們在否定句時,可用"一＋量"短語替換;當它們是在肯定句時,則不能。例如:

⑩　a.　誰都知道事情的真象。

　　b.＊一個人都知道事情的真象。

　　c.　誰也不知道事情的真象。

　　d.　一個人也不知道事情的真象。

⑪　a.　怎麼搬都搬得動。

　　b.＊一點搬都搬得動。

　　c.　怎麼搬也搬不動。

　　d.　一點也搬不動。

　　還有一些表示極小量的副詞也常用於否定式加強否定語氣,譬如絕、毫、毫髮、絲、絲毫、壓根兒、斷,等等。而一些表示極大量的詞似乎也常用於否定式,其實與前者很不相同,譬如千萬、萬萬等一般只用於虛擬句,可以説"萬萬不可大意"和"千萬不要忘記帶字典",這兩句都是祈使句,都不能去掉表祈使語氣的"可"和"要"而成句。但是,極小和極大本來就是辯證統一的,實現完全否定的方法有兩個完全相反的角度,"一點無"和"全部無",所以"萬萬"等有時也可以在現實句中加強否定,譬如"他萬萬想不到",而其中的"想不到"又不能變為肯定式"想得到"。

　　在否定句中,數量短語位於動詞前跟位於動詞後的涵義大不一樣,在動詞前是完全否定,在動詞後是不完全否定,例如:

⑱　他三個小時没學≠他没學三個小時

⑲　他四個蘋果没吃≠他没吃四個蘋果

⑩　他四天沒上課≠他沒上四天課

⑪　他五次會議沒參加≠他沒參加五次會議

⑧的前一句是完全否定,指有"三個小時"他根本沒有學習;後一句是說他學了,但不到三個小時,顯然是差等否定。其餘三句情況與⑧類似。但是,最小的數量成分在否定句中用在動詞前和動詞後的意思完全一樣,形成這種現象的邏輯根源是:數量成分在否定式的動詞前是完全否定,而盡管在動詞後的是不完全否定,但是當數量成分為最小一個量級時,根據否定範圍的規律其涵義也是完全否定,所以,當數量成分是最小量級時,完全否定結構"數量成分＋沒＋動"和不完全否定結構"沒＋動＋數量成分"兩者表達的意思完全相同。例如:

⑫　他一點蘋果沒吃＝他沒吃一點蘋果

⑬　他一次會義沒參加＝他沒參加一次會議

除了用數詞"1"和極小量詞表完全否定外,還可以用構詞法來達到這一目的。譬如,漢語普通話中,"動＋頭"構成的詞語有小意,如"甜頭"的意思是"微甜的味道","扣頭"的意思是打折扣時扣除的較小的金額。同類的詞還有:商量頭、想頭、饒頭、看頭兒、聽頭兒、說頭兒、念頭兒,等等,這些詞用於否定結構的語氣很強,相當於完全否定,例如:

⑭　這件事沒有商量頭,你們必須照辦。

⑮　這部電影糟極了,沒看頭兒。

2.9 判斷詞"是"的否定

前文講過名詞都是離散的量,都不能用連續否定詞"不"否定,但大都可以用"不是"否定。這兩種現象并不矛盾,"不+是+名"短語的層次為:

不　　　＋　　　是　　　＋　　　名

可見,"不"并不是直接否定名詞"桌子",而是先否定判斷詞"是",然後再一起否定其後名詞。在上述結構中,"不"和其後的名詞并不在一個層次上。

"是"有動詞和形容詞雙重的性質:經常帶賓語,而且其賓語中的數量成分可以自由地增删,譬如"是一(兩、三、⋯⋯)張桌子"和"是桌子"都可以説,根據 2.5 所講的判別定量和非定量動詞的標準,"是"屬於非定量動詞,故可用否定詞否定;又,"是"是描寫事物性質的,不能用數量詞稱數,即不能給它從程度上分出一個個界限分明的單位,可見"是"表示的是一個連續量,因此它只能用連續否定詞"不"否定,一般不用離散否定詞"沒"否定。

"不是"是性質判斷的否定,它跟"不"或"沒"直接加在其它成分前的否定涵義很不一樣。"他沒學三個鐘頭"是説學了不到三個鐘頭,而説"他不是學了三個鐘頭"就有兩種情況:一是不到三個鐘

頭,二是超過了三個鐘頭。可見,"沒"否定的是大於等於其後的量,
"不是"否定的只是等於其後的那個量。對於形容詞,"不"和"不
是"的否定意義差別也很大。"不是"一般不直接否定形容詞,要在
形容詞之後加上助詞"的"使其轉化為名詞性成分後才能用它否
定,譬如一般不說"這瓶墨水不是黑",而說"這瓶墨水不是黑的"。
該句話的意思是墨水是黑色以外的其它顏色,而說"這瓶墨水不
黑"是指墨水的顏色還是黑的,只是黑的程度不高。由此可見,"不
是"是對其後形容詞的完全否定,而"不"是對其後形容詞進行程度
上的否定。

　　我們只考察"不"或"沒"直接加在其它成分之前構成的否定結
構,說某個詞語能否被否定,是看能否在其前加上"不"或"沒"。"不
是"這種性質否定不在我們的討論範圍之內。

第三章 肯定和否定的公理

3.1 現實句和虛擬句

現實是指客觀存在的事物、行為、性質、變化、關係、量等,表達這方面情況的句子稱之為現實句,語言中多用陳述句的方式來表示。相反,虛擬是不符合事實的、假設的、主觀幻想、不真實的事物、行為、性質等,對這些內容進行表述的句子就相應地稱之為虛擬句,語言中用條件句、假設句、意願句、祈使句、疑問句等加以表示。

現實和虛擬這兩種對立的現象在語言中表現為現實句和虛擬句在句法上的一系列差異。譬如英語的虛擬句敘說現在的事情要用過去時,意願句中的動詞不論什麼時態都用原形。俄語中的假設句不論是過去時還是將來時都用過去時形式。❶ 法語中的動詞也有陳述式和虛擬式之分,當表示客觀事實、確信、肯定等時動詞用陳述式,當表示主觀願望、懷疑、否定等時,動詞用虛擬式。❷。在德語中,表示虛擬情況有虛擬式、條件式等特殊形式加以表示。❸。既然現實句和虛擬句之間的句法對立是客觀存在的現實和虛擬這對矛盾現象在人類語言中的投影,那麼全人類都生活在同一個世界中,它們的規則空間是一樣,我們漢民族也不例外,這樣就產生了

---

❶ 俄語中的假定式用動詞過去時形式加語氣詞 6H(6) 構成,假定式沒有語法上的時間範疇,例如:

Éспн бы онй не помещáли мне, я кóнуил бы рабóту вчерá.

假如他們不打擾我們,昨天我就結束工作了。

Éсли бы бнлá лóдка, мы сейчác были бы ужé за рекóй.

如果有船的話,我們現在已經在河對岸了。

Я ирищёл бы зáвтра, éсли бы погóда былá хорóщая.

天氣好的話,我明天來。

❷ 法語中的陳述式和虛擬式有不同的形式:

陳述句	虛擬句
Je sois qu'il viendra demain.	Je veux qu'il vienne immédidtement.
我知道他明天會來。	我要他立即來。
Je crois que la conférence se réunira.	Je doute que la conférence se ré unisse.
我相信大會快要召開了。	我懷疑大會就要召開了。

❸ 這裡以德語中第一虛擬式的第三人稱單數為例加以說明德語中虛擬句和現實句的句法對立。

虛擬式	陳述式
er brauche	er braucht
需要	需要
es gebe	es gibt
給	給
er habe	er hat
有	有

這樣一個問題：漢語中是否也存在現實句和虛擬句之分，或者說在表現實和虛擬情況時，漢語中是否也有句法上的對立？回答是肯定的。

盡管漢語中現實句和虛擬句之間的句法差異的具體表現形式跟印歐語言的很不一樣，但是它們之間的差別是顯著的。下面我們結合本書的主題，主要從肯定和否定的角度來考察漢語中現實句和虛擬句的特點。

一、賓語有數量短語時，謂語動詞在陳述句中不能直接加"不"否定，而在假設句、條件句、疑問句中則可以。例如：

① a. 一間屋子住四個人。

b. * 一間屋子不住四個人。

c. 如果一間屋子不住四個人，那麼就有一些人沒地方住。

d. 你們這裡一間屋子不住四個人嗎？我們那邊都是一間屋子住四個人。

② a. 一條褲子穿三年。

b. * 一條褲子不穿三年。

c. 一條褲子不穿三年他是不肯換新的。

d. 你一條褲子不穿三年嗎？我的每條褲子都要穿三年多。

二、動詞重疊式在現實句中不能直接加"不"或"沒"否定，而在表虛擬的條件句、疑問句中則可以。

③ a. 每天早上都鍛煉身體。

b. ＊每天早上不(沒)鍛煉鍛煉身體。

c. 每天早上不鍛煉鍛煉身體一天都會感到難受。

d. 早上你沒鍛煉鍛煉身體嗎？怎麼看起來這麼沒精神呢。

④ a. 每星期都看看電影。

b. ＊每星期不(沒)看看電影。

c. 每星期不看看電影就會覺得少了點什麼。

d. 你上星期沒看看電影嗎？看電影是消除疲勞的最好辦法。

三、動詞加"着"表進行態時，陳述句中不能加"不"否定，而在表虛擬的條件句、疑問句中則可以。例如：

⑤ a. 他聽着收音機。

b. ＊他不聽着收音機。

c. 他不聽着收音機就學不進去。

⑥ a. 他拉着自己的車子。

b. ＊他不拉着自己的車子。

c. 他覺得，不拉着自己的車子，簡直像是白活。

四、英語中動詞 advise, demand, propose 等表示勸說、要求、建議等虛擬詞要求其後從句中的動詞不論什麼時間都用原形，漢語中相應的動詞也有這個特徵，也要求其後從句中動詞不能再跟時態助詞"着、了、過"，譬如可以說"我勸他學習"，而不能說"我勸他學習過(了、着)"。在英語中，該類動詞後的從句動詞只能直接加 not 否定，而在現實句中要用 do＋not 否定，漢語中該類動詞的從

句中動詞只能用虛擬否定詞"別"、"甭"否定,一般不能用"不"或"沒"直接否定。例如:

⑦　a.　大家都勸他別生氣。

　　b.　*大家都勸他不(沒)生氣。

⑧　a.　我們都要求他別去那個地方。

　　b.　*我們都要求他不(沒)去那個地方。

⑨　a.　我們建議他甭理那個人。

　　b.　*我們建議他不(沒)理那個人。

⑩　a.　大家都鼓勵他別泄氣。

　　b.　*大家都鼓勵他不(沒)泄氣。

　　五、在某些句型中,否定詞的位置隨表陳述和虛擬的不同而變化。在句型"代+X+對+代+Y+形(動)"中,否定詞出現在 X 位置時,一般是表示條件、意願等虛擬情況;否定詞出現在 Y 的位置時,一般是表示現實情況的。例如:

⑪　a.　他們對我不好,所以我很生氣。(現實)

　　b.　他們不對我好,我就不理他們。(假設)

　　c.　你怎麼不對他好點兒呢?這不,把人家給氣走了。(疑問)

　　d.　你叫我對他好,我偏不對他好。(意願)

⑫　a.　你對他不夠照顧。(現實)

　　b.　你不對他照顧點兒,他就沒辦法生活。(假設)

　　c.　他的生活那麼困難,你怎麼不對他照顧點兒呢?

　　六、現實句中被認為是不合法的句法結構,而在疑問句中都可能是正常的句型。例如:

⑬ a. ＊她不又念唐詩了。

　　b. 　她不又念唐詩了？

⑭ a. ＊不就得少賣點。

　　b. 　這樣一來不就得少賣點嗎？

⑮ a. ＊不省得每天麻煩。

　　b. 　把一星期的菜一次買足，不省得每天麻煩嗎？

⑯ a. ＊你強拿個理由哄得過他。

　　b. 　你強拿個理由哄得過誰？

　　上述這些只有疑問句才有的結構，在書面語裡不需要問號的幫助就可知它們是疑問句。在印歐語言中，陳述句和疑問句的句型有明顯的差異，譬如英語的是非問句要把助動詞 be, do, have 等放在句首。這種陳述句和疑問句在形式上的差異也反映了客觀存在的現實和虛擬的對立對語言的影響，因為陳述句一般是表現實情況的，疑問句一般是用於不確定、虛擬的情況。現實句和虛擬句在句法結構上的對立是人類語言的普遍現象。通過以上的分析，可以看出，盡管具體的表現形式很不一樣，漢語跟印歐語言一樣，現實句和虛擬句之間的句法差異也是十分顯著的，足以在漢語中劃分出這兩大句型。

　　有人認為原始漢語的語序是 SOV，理由是在上古漢語中否定句和疑問句中的賓語是代詞時，一般總是放在動詞的前面。例如：

⑰ 居則曰：“不吾知也。”（論語·先進）

⑱ 我無爾詐，爾無我虞。（左傳宣公十五年）

⑲ 大道之行也，與三代之英，丘未之逮也。（禮記·禮運）

⑳ 諫而不入，則莫之繼也。（左傳宣公二年）

㉑ 吾誰欺？欺天乎？（論語·子罕）

㉒ 鄉人長於伯兄一歲，則誰敬？曰：敬兄。（孟子·告子上）

㉓ 梁客辛垣衍安在？（戰國策·趙策）

㉔ 二國有好，臣不與及，文誰敢德？（同上）

我認為上述現象不能說明是原始漢語 SOV 句式上的殘留，後來才完全變為今天的 SVO 句型，而是上古漢語採用的疑問句區別於陳述句的特殊方式，現在雖然不用這種顛倒謂賓的辦法，現代漢語中的陳述句和疑問句之間仍保持着句法上的對立。這種論斷是基於現實句和疑問句之間的句法差異是絕大多數語言共有的現象這一點做出的。那麼為什麼上古漢語中唯獨否定句跟疑問句有上述共同特徵呢？從後文中分析否定性詞語時將會看到，否定句和疑問句之間有極強的親和性，表現在那些極小量的詞雖不能用於肯定句中，卻可以用於否定句和疑問句中。

肯定和否定的對稱與不對稱現象十分復雜，只有在一種純化的狀態下才能把問題研究清楚。我們區分現實句和虛擬句正是為了達到這一目的而做的準備工作。本書考察肯定和否定的對稱與不對稱是在陳述句中進行的，說某個詞語能否加否定詞否定等都是指它們在陳述句中的使用情況而言的，并不排除它們在虛擬句中有時也可以加否定詞的情況。之所以以現實句作為考察範圍，也是因為現實句具有普遍性、代表性，虛擬句的肯定和否定的使用情況本質上是與現實句一樣的，故現實句中的問題搞清楚了，虛擬句中的問題也就可以迎刃而解。

沒有現實句和虛擬句的區分，很多句法現象是發現不了的。譬如理睬、有臉、像話、好意思、摸頭等詞語,它們的肯定和否定用法在陳述句中和虛擬句中是互補的:在陳述句中,它們只能用於否定結構;在疑問句中,它們只能用於肯定結構。例如:

㉕ a. 太太叫二少爺親自送來,這點意思我們不好意思(* 好意思)不領下。

b. 太太叫二少爺親自送來,這點意思我們好意思(* 不好意思)不領下麼?

㉖ a. 這樣做太不象話(* 象話)了。

b. 這樣做象話(* 不象話)嗎?

3.2 自然語言的肯定和否定的公理

3.2.1 邏輯學中"公理"的涵義是,在一個系統中已為反復的實踐所證實而被認為不需證明的真理。可作為證明中的論據。譬如"等量加等量其和相等"、"整體大於部分"、"A=B,B=C,則 A=C"等都是公理。很多富麗堂皇、十分復雜的數學分枝都是由極為簡單、明瞭的公理推演出來的,譬如平面幾何就是從關於點、綫、面的基本公理發展出來的。

下面我們從一個非常直觀的、顯而易見的客觀世界和日常生活中存在的一條常理出發,然後抽象出一個量的模型,最後以該模型作為肯定和否定的公理,并由該公理推演出幾條肯定和否定的使用規則,來解釋自然語言中紛紜復雜的肯定和否定使用情況。

3.2.2 客觀世界和日常生活中存在着這樣一條規則:量大的事物能夠長期保持自己的存在,量小的容易消失。譬如,沙漠裡的一塊廣闊的綠洲可以在風沙的侵襲下長期存在下去，而一塊面積很小的綠洲就會很快被風沙吞沒掉；大海是不會被太陽蒸發乾的，而陸地上的一個小池塘就很容易在短期內被蒸發掉；一支數目龐大的軍隊可以在戰爭中長期存在下去，而只有若干個人的小部隊就很容易被消滅；一個腰纏萬貫的百萬富翁可以保持長期富有，而身上只有幾個銅子的就很容易把錢花光而淪為窮光蛋；……。

把上述各種具體的事例歸結為抽象的量，就得出下面的肯定和否定公理。

肯定和否定公理——量大的事物肯定性強，量小的事物否定性強，中間量的事物其肯定程度和否定程度相當。

量大的事物意味着能夠肯定自己的存在，肯定性強和生存能力強在這裡是同義的；量小的事物意味着趨向於無，即容易消失，否定性強和容易消失是同義的。中間量的事物的生存能力也位於中間，即比量大的低，比量小的高。注意，這裡量的大小並不是指某

一具體的量，它們相當於數學中的無窮小量❶和無窮大量。❷ 這條
規則的正確性是顯而易見的，它是適合於各種各樣情況的一個公
理。該公理在不同的領域具有不同的表現形式，它在人類自然語言
中的投影就成了自然語言肯定和否定的公理。

自然語言肯定和否定公理——語義程度極小的詞語，只能用
於否定結構；語義程度極大的詞語，只能用於肯定結構；語義程度
居中的詞語可以自由地用於肯定和否定兩種結構之中。

語義程度的高低是一個連續變化的過程，因此它們用於肯定
結構和否定結構的頻率也是一個連續變化的過程，語義程度接近
極小的詞語是多用於否定結構，少用於肯定結構，隨着語義程度從
小到大的變化，用於否定結構的頻率由大到小，而用於肯定結構的
頻率則由小到大。

自然語言肯定和否定公理的最典型表現是，在一組概念義相
同的詞中，如果按照它們語義程度的大小從左到右排成一個序列，

---

❶ 以零爲極限的變量，叫做無窮小量。例如，由於 $\lim\limits_{n \to \infty} \frac{1}{2^n} = 0$，所以 $\frac{1}{2^n}$ 是當 $n \to$
∞ 時的無窮小量。或者說，如果對於每一個預先給定的任意小的正數 e，總存在着一個
正數 δ（或正數 N），使得對於適合不等式 $0 < |x - x_0| < \delta$（或 $|x| > N$）的一切 x，所對
應的函數值 $f(x)$ 都滿足不等式 $|f(x)| < e$，那麼函數 $f(x)$ 就叫做當 $x \to x_0$ 時（或當 $x \to$
a 時）的無窮小。

❷ 在無限變化過程中，變量的絕對值無限增大，就叫這個變量爲無窮大量。或者
說，如果對於一個預先給定的任意大的正數 M，總存在着一個正數 δ（或 N），使得對於
適合不等式 $0 < |x - x_0| < \delta$（或 $|x| > N$ 的一切 x），所對應的函數值 $f(x)$ 總滿足不等
式 $|f(x)| > M$，那麼函數 $f(x)$ 叫做當 $x \to x_0$（或當 $x \to \infty$）時的無窮大。

例如，函數 $f(x) = \frac{1}{x-1}$，當 $x \to 1$ 時，絕對值 $|f(x)| = \frac{1}{|x-1|}$ 無限增大，所以
$f(x) = \frac{1}{x-1}$ 是當 $x \to 1$ 時的無窮大。

那麼位於左端的詞是只用於或者多用於否定結構,位於中間的詞可以自由地用於兩種結構,位於右端的詞多用於或只用於肯定結構。同概念的詞多的可以在十個以上,少的也有三、四個,相鄰語義程度的詞語的先後順序頗難排定,為了便於說明問題,我們只取兩極和中間三個關鍵點。例如:

a. 介意	記得	銘記
b. 認賬	佩服	欽佩
c. 理睬	説話	傾訴
d. 對茬	相符	吻合
e. 景氣	繁榮	鼎盛
f. 頂用	適用	萬能
g. 在意	注意	專注
h. 當(dàng)	認爲	咬定
i. 二話	牢騷	中傷
j. 聲息	聲音	響音

上述十組詞中的左端成分,《現代漢語詞典》都注明是"只用於或多用於否定式"的,它們的共同語義特徵都是語義程度極小,這一點可以憑其構詞語素、釋義和説漢語人的語感判斷出,在3.3節中還將從構詞、詞源、方言、外語等方面來詳細地論證這一點。h組的"當"的用法比較特殊,雖然它表面上不能加否定詞"不"或"沒"否定,但是因為它語義程度極低,自身就具有否定的意思,譬如"我當他已經來了",實際上是説他還沒有來;又如"我當這事已經做完了",實際上是指事情還沒有做完。上述各組的中間成分的語義程度沒有明顯的傾向性,它們都可以自由地用於肯定和否定兩種結

構中,這一點可以從它們可以自由地用"不"或"沒"否定上看出。各組的右端詞語的語義程度都是極高的,詞典雖都沒有注明它們只能用於肯定結構,但從它們不能直接加"不"或"沒"否定這一點上可以斷定它們是只用於肯定結構的。

以上各組詞在它們抽象的量上特徵與其肯定和否定用法上都是一致的,在其它方面也有相同的地方,譬如左端的詞多用於消極情況,口語化比較強,右端的詞多用於積極情況,書面語色彩比較濃。這些用法上的特點也與他們量上的大小密切相關。

3.2.3　客觀事物都具有質和量的規定性,從理論上講,任何事物、行為、變化、性質、關係等都可以歸結為量,從客觀世界中概括出來的詞語也都可以抽象出它們量上的特徵。下面我們用一個數學模型來描寫自然語言肯定和否定的用法。

下圖中,1 表示極大量,0 表示極小量,在區間[0,1]中可以分出若干個大小不等的量級。用 L_i 表示量級,i 值越大,相應的量級的量也就越大。

```
0  0.1      0.3      0.5      0.7      0.9   1
|---|--------|--------|--------|--------|---|
L₁  L₂      L₃       L₄       L₅      L₆   L₇
```

區間[0,1]可以分出無限多的量級,就描寫自然語言的肯定和否定情況而言,分出七個量級已經夠了。

根據上述模型,肯定和否定公理又可以表述為:位於或逼近 0 的詞語只用於或多用於否定結構,位於 0.5 的詞語肯定和否定自由,位於或逼近 1 的詞語只用於或多用於肯定結構。

　　上面構造的是個隸屬於"極大量"的模糊子集● 模型,綫段上方的值代表的不是一個個準確的數目,而是表示對"極大量"集合的隸屬度。❷ 語義程度的高低是個模糊量,無法準確稱量,用"隸屬度"來描寫比較合適。一個詞語隸屬於"極大量"集合程度越高,説明它的語義程度越高。在模型中,各量級對"極大量"的隸屬度分別為:$g(L_1)=0$,$g(L_2)=0.1$,$g(L_3)=0.3$,$g(L_4)=0.5$,$g(L_5)=0.7$,$g(L_6)=0.9$,$g(L_7)=1$。$g(L_1)$的值為0,表明L_1完全不屬於"極大量"集合;$g(L_7)$的值為1,表明L_7完全屬於"極大量"集合。

　　反過來看,把0定義為"極小量",那麼各量級對"極小量"的隸屬度可由1減去其對"極大量"的隸屬度得出。用$f(L_1)$表示各量級對"極小量"集合的隸屬度,那麼$f(L_1)=1-0=1$,$f(L_2)=1-0.1=0.9$,……,$f(L_7)=1-1=0$。$f(L_1)$的值為1,説明L_1完全屬於"極小量"集合;$f(L_7)$的值為0,説明L_7完全不屬於"極小量"集合。

　　如用"肯定程度"替換"對極大量的隸屬度",用"否定程度"替換"對極小量的隸屬度",前者用正值表示,後者用員值表示,有下圖。

　　● 在普通集合裏,一個集合必須有明確的界限,對於一個對象,要麼屬於給定的集合,要麼不屬於給定的集合,二者必居其一。

　　1965年,美國控制論專家加裡福尼亞大學教授查德(L. A. Zadeh)提出了"模糊集合"的概念(fuzzy set)。模糊集合與普通集合的根本區別是:模糊集合的界限不明確,例如,禿頭人的集合就是一個模糊集合。因爲"禿頭"概念的外延是模糊的。到底幾根頭髮以下算禿頭,沒有一個明確的界限。

　　查德是從一個對象屬於某給定集合的程度——隸屬度($0 \leqslant$隸屬度$\leqslant 1$)來定義模糊集合的。對於普通集合,一個對象對於給定集合的隸屬度只有兩種:0和1。其中0表示不屬於,1表示屬於。但是,對於模糊集合的隸屬度可以在0—1之間。

　　❷ 見上。

```
        0   0.1     0.3     0.5     0.7    0.9   1
       —1 —0.9    —0.7    —0.5    —0.3   —0.1   0
       L₁   L₂     L₃      L₄      L₅     L₆   L₇
```

在這個模型中，L₁ 只有否定程度，沒有肯定程度；L₇ 只有肯定程度，沒有否定程度；其它量級兼有肯定和否定兩種性質。每一個量級 Lᵢ 的肯定程度與其否定程度的絕對值之和都等於 1，隨着一個量級的肯定程度的增大，其否定程度的絕對值相應地減低，反之亦然。

在上述模型中，肯定和否定公理又可表述為：只有否定程度的詞語，只能用於否定結構；只有肯定程度的詞語，只能用於肯定結構；肯定程度和否定程度相等的詞語用於肯定結構和否定結構的概率也相當。還可以更細一點說，位於 L₂、L₃ 位置的詞語，其語義中所包含的否定程度大於肯定程度，因此它們用於否定結構的概率也大於用於肯定結構的；而位於 L₅、L₆ 位置上的詞語，其語義中的肯定程度大於否定程度，因此它們用於肯定結構的概率大於用於否定結構的。表示作出判斷的"當"、"以為"、"認為"三個詞，按語氣的強弱或者肯定程度的高低來分，"當"顯然比"認為"弱，"以為"位於"當"和"認為"中間，相應地，"當"只用於與事實不符的論斷，"認為"一般只用於正面的論斷，"以為"卻既有"當"的用法又有"認為"的用法，例如：

㉗　我以為水的溫度很合適。

㉘　他們以為，只要能進入半決賽，冠軍還是有可能爭取到

的。

㉙　我以爲有人敲門，其實不是。

㉚　原來是你，我還以爲是老五呢。

㉗和㉘的"以爲"是正面論斷，㉙和㉚是與事實不符的論斷。

　　詞典中注明的只用於或多用於否定結構的詞語的數目是很有限的，很多日常交際中常用的這類否定性詞語都沒有指出，尤其是那些只能用於肯定結構的詞語一個都沒有注出。有了自然語言肯定和否定公理，就可以幫助我們判斷它們的用法。例如，談論某件事的幾個詞是：叙説，提起，挂齒，説起，傾訴，訴説，談論，等等，它們語義程度由低到高的順序爲：

　　　挂齒　提起　説起　談論　叙説　訴説　傾訴

這時我們就會清楚地看到，"挂齒"是只用於否定結構的，表現在運用時，其前一般要有否定詞"不"或"沒"出現；語義程度最高的"傾訴"只用於肯定結構，表現在不能在其前加"不"或"沒"否定；語義程度居中的"談論"可以自由地用於兩種結構，表現在其前可以自由地增删否定詞而在肯定式和否定式之間轉化。靠近左端的"提起"和"説起"經常用於否定結構，靠近右端的"叙説"、"訴説"經常用於肯定結構，表現在前者在其前加上否定詞"沒"念起來更順口，而後者加上"沒"後讀起來很別扭。單憑語感做出的判斷或然性比較大，不如準確的統計數字做論據來得可靠。搜集這幾個詞的用例可能需要上百萬字的資料，個人是很難勝任這項工作的，所以上面憑語感做出的論斷的方法只是權宜之計。但是，我們相信，將來有條件進行大量的統計工作時，統計的結果也會證實我們的論斷的。

3.3　否定性詞語

3.3.1　《現代漢語詞典》釋義中已注明的"多用於否定式"或"只用於否定式"的詞條約 150 個,這中間動詞和形容詞占大多數,名詞和副詞只有一小部分。例如:

一、名詞:

二話　聲息　好氣兒

二、形容詞:

雅觀　起眼兒　像話　濟事　景氣　打緊　得了　礙事　抵事　受用　中用

三、動詞:

介意　相干　在意　在乎　理會　理睬　吭聲　作美　捉摸　容情　認賬　買賬　照面　務正　問津　消受　罷休　招惹　打價　承望　插腳

四、副詞:

絕　毫　斷　毫髮　厭根兒

上面的四類詞雖然都是只用於或多用於否定式的,可是它們的否定式的具體構造很不一樣。盡管如此,它們在本質上是相通的,共同遵循自然語言肯定和否定公理,它們的語義程度很低決定了它們只用於或多用於否定式的特點。自從傳統語言學和後來的結構主義語言學把語言中的詞劃分出名、動、形、代、副、量、數、介、連、語氣、助等幾個大的詞類之後,人們的研究視野多囿於某一特定的詞類之內,頂多考察一下有相近功能的詞類動詞和形容詞的共同之處,誰也不會想到名詞與動詞、形容詞甚至副詞還有共同的句法特徵。隨着我們研究方法的更新和觀察問題角度的變換,各個詞類之間的句法鴻溝將會逐漸縮小,有希望最後找到一個統一的理論來解釋各類詞句法上的異和同。

3.3.2 詞語肯定程度的高低與其用於肯定式和否定式的關係,可以藉助於直接從小說等中摘錄例子來釋義的詞典的幫助加以説明。某個詞的肯定式和否定式出現的比例很能説明問題,因為詞典的編纂者沒有理由對某個詞的肯定式或否定式有任何的偏愛。這方面較好的工具書是福建人民出版社出版的《動詞逆序詞典》,❶ 它是從大量的文學作品中選錄例子給動詞釋義,而且每條用例都還注明了出處。以下各組詞中每個下邊所標出的兩個數字是"否定式:肯定式"之比,它們都是根據《動詞逆序詞典》。

a. 認賬	服氣	佩服	欽佩
3 : 0	2 : 1	0 : 3	0 : 3
b. 介意	記得	牢記	銘記
3 : 0	1 : 3	0 : 3	0 : 3
c. 打岔	妨礙	阻礙	阻撓
3 : 0	3 : 0	0 : 3	0 : 3
d. 理睬	提説	談説	訴説
3 : 0	2 : 1	0 : 2	0 : 3

雖然詞典收例較少,每個詞條一般都在 3 個左右,但是仍反映了語義程度低的成分多用於否定結構和語義程度高的成分多用於

---

❶ 張立茂、陸福慶編,福建人民出版社,1986。

肯定結構的特點。對於一組同義詞，根據它們的否定式出現頻率由多到少或者肯定式出現頻率由少到多排成一個序列，該序列的語義程度也是由低到高。這說明了詞的語義程度與它們的肯定和否定用法是密切相關的。

　　概念義相同的一組詞總可以根據某種特定的量對它們進行排序。譬如 a 是根據對某人信服程度高低排列的，b 是根據記憶的牢固程度排列的，等等。它們具體內容雖然不同，但是它們量上的特徵是一致的。這好比"3 個蘋果＋2 個蘋果＝5 個蘋果"和"3 張桌子＋2 張桌子＝5 張桌子"兩式的抽象算術表達式都是"3＋2＝5"。

　　3.3.3　自然語言的肯定和否定用法是客觀存在着的肯定和否定規則對語言影響的結果，那麼該規則對其它語言也會同樣產生影響，如果情況真的是這樣的話就會大大加強我們的論斷。就初步考察英語的情況來看，和漢語一樣，遵循同樣的自然語言肯定和否定公理。例如：

　　　a.　budge,　　move,　　quake

　　　b.　care,　　like,　　devoted

　　　c.　mind,　　oppose,　　abbor

　　　d.　brook,　　tolerate,　　endure

　　上面這四組詞中，左端的單詞在中型的英語詞典中都注明它們一般是用於否定句或疑問句，從各種語法書和詞典用例來看，也證實了這一點。中間這些詞語肯定和否定沒有什麼限制，從搜集的用例來看，它們既有否定句又有肯定句。右端的詞幾乎全部是用於肯定結構。下面我們來考察一下各組詞語義程度的高低。

budge 的詞典釋義為：❶ move slightly, move very little, make the slightest movement。move 的詞典釋義為：change position or posture。quake 的意義為 (of earth) shake。顯然，budge 的語義程度最小，move 是個中性詞，quake 的語義程度最強。三者的肯定和否定用法也都遵循自然語言肯定和否定的公理。

在表示喜歡義上，care 為 feel interest about, have a taste for；like 為 find agreeable or pleasant, prefer, be inclined to；devoted 為 very loyal or loving, enthusiastic。很明顯，在喜歡程度上，care 最低，like 一般，devoted 最高，它們的用法也遵循自然語言肯定和否定的公理。

在表示不喜歡義上，mind 的意義是 feel objection to, have charge of for a while；oppose 的意義是 place contrast to, set oneself against, resist；abhor 的意義是 regard with disgust, think with hatred。顯而易見，這組詞中，mind 的語義程度最低，oppose 居中，abhor 的最高，因此它們的用法也證實了自然語言肯定和否定公理的正確性。

brook 在詞典中分為兩個詞條，第一個詞條意為 small stream，第二個詞條為 put up with, tolerate。詞典編纂者這樣做的原因大概是因為看不出兩個詞條在意義上有什麼聯繫，實際上，brook 的 tolerate 義和只出現於否定式的用法特點都是從其 small stream 義中的 small 發展來的，漢語中也有很多這方面的例子(見下文)，原

---

❶ 本文的英語釋義都是據 F. G. 福勒和 H. W. 福勒原編、R. E. 艾倫修訂的《牛津當代英語詞典》，第 7 版，牛津大學出版社。

來是表極小量的事物後來引申為表其它意義時大都是用於否定結
構。利用自然語言的肯定和否定公理可以發現許多詞義之間被忽
視的聯繫。brook 的程度小義雖單獨看不明顯,但考察一下它的本
義就可明顯看出。d 組的另外兩個詞的涵義分別是:tolerate 為
allow the existence or occurrence of without authoritative interference;
endure 為 suffer,undergo pain,hardship,etc. 。比較一下各詞的涵義,
可看出 brook 語義程度最低,tolerate 呈中性,endure 最高,因此它
們肯定和否定的用法也證實了自然語言的肯定和否定公理。

英語中也有一批詞在詞典釋義中已注明是只用於否定結構的
詞,它們這一使用特點都可以用自然語言肯定和否定公理來解釋。
我們也考察了日語中的個別用例,也證實了公理的正確性。其它語
言的情況還沒有做調查,但是我們相信,隨着研究領域的擴大,自
然語言的肯定和否定公理會被證實是人類語言的一條普遍法則。

3.3.4 否定性成分形成的原因是邏輯問題,有些看似慣用法
的情況,其背後都是有肯定和否定公理在制約着。同一概念中語義
程度相當的詞在肯定和否定上往往有相同的用法。例如:

a. 介意   在乎   在意   經心   經意

b. 理睬   理會   搭理   搭腔

c. 吭聲   做聲   吱聲   言語   言聲

d. 濟事   中用   抵事   頂事   頂用

e. 毫發   絲毫

f. 打緊   要緊

g. 得勁   受用

h. 由得   得已

　以上各組詞的概念義相同,語義程度相當,它們的用法也一致:都是否定性成分,只用於或常用於否定結構之中。

　同一語義程度的詞在詞典中往往互相注釋,既然根據公理同一語義程度的詞在肯定和否定用法上有相同的特點,那麼就可以用輾轉繫聯的辦法尋找有共同使用特點的詞。譬如《現代漢語詞典》對介意等和濟事等的各個詞釋義如下:

A　a.　在乎:在意;介意

　　b.　介意:把不愉快的事記在心上;在意

　　c.　在意:放在心上;留意

　　d.　經意:經心;留意

　　e.　經心:在意;留心

B　a.　中用:頂事;有用

　　b.　抵事:頂事;中用

　　c.　頂事:有用

　　d.　頂用:有用;頂事

　　e.　濟事:能成事;中用

　"介意"和"中用"詞典釋義中都注明"多用於否定式",據此可以判斷與它們輾轉互注的一組詞也都具有這個特點。從我們的語感也可以明顯感覺到這一點。詞典中常用概念義相同、語義程度相當的詞互注,語義程度相差很近的詞互注還勉強,差得太遠就不能互相注釋了,譬如用"記得"來注釋"介意"還可以,但決不能用"銘記"來注。

　否定性成分都是各自概念中語義程度最小的一個詞,相當於模型中的 L_1。跟同概念的其它詞相比,否定性成分用於否定結構

的否定程度最高,譬如"不理睬他"比"不跟他説話"的否定程度高,
"不像話"比"不合理"的否定程度高,等等。也就是説,語義程度極
小的詞只用於或常用於否定結構的現象,可以看做是人們自覺地
利用否定範圍規律來實現對所在概念進行完全否定的手段的結
果,因為由 2.5 所講的否定範圍可知,對語義程度極小詞語的否定
的否定程度最高,等於完全否定。同一概念的一組詞中,那個語義
程度最小而且只用於否定結構的詞,可以看做是由自然語言肯定
和否定公理和否定範圍規律雙重作用下選出的一個專職完全否定
的手段。

    3.3.5 一種完善的理論,不僅要具有解釋性,還必須有可預
見性和驗證性。前文給出的判斷詞語肯定和否定用法的模型就具
有這些優點。根據模型可以預測詞典中沒説明的詞語的肯定和否
定用法。例如:

a. 勉強　強制　勒令

b. 顧及　照看　照料

c. 紅臉　吵嘴　撕打

d. 饒人　原諒　寬恕

e. 吐口　講話　闡論

f. 肯　顧意　樂得

以上六組詞都是按語義程度從低到高排列的,左端語義程度
最低的詞一般是只用於否定結構的,在具體的用例中它們一般都
不能去掉否定詞而轉換為肯定式。例如:

㉛ 小倆口從來沒有紅過臉。

   * 小倆口經常紅臉。

㉜ 他這個人沒有耐心,嘴上又不饒人。

＊他這個人很有耐心,嘴上又饒人。

㉝ 他們沒有勉強我,我仍然一個人生活。

＊他們勉強了我,使我的生活不得安寧。

3.3.6 語義程度極低的一般只用於否定結構,語義程度極高的一般只用於肯定結構,兩者都是肯定和否定不對稱的,前者肯定受到限制,後者否定受到限制。可以預測,在同概念的一組詞中兩端的肯定或否定受到限制的詞使用頻率應該低於中間的肯定和否定自由的詞,而且兩端詞的使用頻率也應該大致相當。《現代漢語詞頻詞典》的統計結果證實了這個預測。例如:

a. 例詞:	介意	記得	牢記
詞次:	7	148	6
頻率:	0.00053	0.01126	0.00046
b. 例詞:	打岔	干擾	阻撓
詞次:	8	32	7
頻率:	0.00061	0.00243	0.00053
c. 例詞:	服氣	佩服	崇拜
詞次:	14	19	11
頻率:	0.00107	0.00145	0.00084

上述各序列中的詞出現的頻率呈正態分布的趨勢。

3.3.7 有一類否定性成分的形成很有趣,是從時間的先後次序的比喻用法引申來的。具體的做法是用靠前的行為表示其後的行為往往帶有小量義,從而使得靠前行為的詞表其後行為時一般只出現於否定結構。譬如"開口"這種行為是在"說話"行為之前的,要說話必須得先開口,也可以把"口"作為說話行為的前行為視點,用"開口"表示說話行為時具有極小義,從而使得以"口"為詞素構成的詞一般只用於否定結構。跟"口"情況相同的還有聲、氣、腔、嘴、齒等,它們都是說話動作的前行為視點,用它們組成的詞表說話行為時一般只出現於否定結構。

如果就孤立的少數幾個詞的否定式多於肯定式也可能是偶然的,不能說明什麼問題,但是幾十個有相同構詞特點的詞都是一般只出現於否定結構,這就不能說是偶然的了,而是由它們的語義特徵決定的。我們還可以從反面來說明這一點。如果以口、氣、聲等為詞素構成的復合詞是表示說話行為的終止,那麼口、氣、聲等就成了表示終止說話行為的後行為視點,因為終止說話行為之後緊接着的往往是閉口、收聲等行為。這時用口、氣、聲構成的詞帶有程度高的意義,與前一種情況相反,這類詞一般只用於肯定結構。

下面列表說明《動詞逆序詞典》釋義中否定式用例和肯定式用例之比。

表1 "動+口,聲,氣等"構成的表說話行為的詞的肯定式和否定式的比例

例 詞	否定式	肯定式	例 詞	否定式	肯定式
吭聲	3	0	齒❶	3	0
作聲	3	0	饒舌	3	0
吱聲	3	0	斗嘴	1	2
應聲	2	1	通氣	2	0
出口	2	0	插嘴	3	0
啟口	2	0	頂嘴	2	1
張口	2	0	多嘴	3	0

---

❶ 例如,這種作品為正統文學所不齒。

開口	2	1	啟齒	3	0
搭腔	2	1	還嘴	2	1
開腔	1	2	回嘴	2	1
鬆口	2	1	拌嘴	2	1
交口	1	0	改口	2	1
吐口	1	1			

表2 "動＋口,嘴,聲等"構成的表終止說話行為的復合詞的肯定式和否定式比例

例　詞	否定式	肯定式	例　詞	否定式	肯定式
緘口	0	3	減口	0	2
住口	0	2	噤聲	0	3
閉嘴	0	2	住嘴	0	3

合計起來,表1類表說話義的動詞否定式跟肯定式之比為51：13,表2類表終止說話行為的動詞的否定式跟肯定式之比是0：15,兩類詞肯定和否定用法差異是十分懸殊了。

《動詞逆序詞典》沒有收入的表1類詞還有挂齒、則聲、出聲、言聲兒等,這些詞在詞典釋義中大都已經注明是一般只用於否定式的。"聲"和"氣"在作說話行為的前行為視點上是等值的,所以兩者可以在"吭聲"和"吭氣"詞中互換,既不改變意思,又不改變語義程度與用法。

表1類一般不能去掉否定詞"不"或"沒"由否定結構轉化為肯定結構,相反,表2類詞一般不能用"不"或"沒"否定。例如:

㉞　我沒吱聲,心裡想她說得對。

㉟　他不願別人提說這件事,就不再作聲了。

㊱　王先生看見她走過來就立即緘口了。

㊲　爺倆正在說話,聽到門聲,這才閉嘴。

3.3.8　由"動＋意"構成的復合詞,動為"進入"義多用於否定式,動為"發出"義多用於肯定式。下面是《動詞逆序詞典》收錄的該組詞肯定式和否定式之比。

動為"進"義	否定式	肯定式	動為"出"義	否定式	肯定式
在意	3	0	致意	0	3
介意	3	0	示意	0	3
滿意	2	1	授意	1	2

　　由"動＋面"構成的復合詞表"見面"意義時,"面"也是前行為視點,使其構成的復合詞也有了程度小義,這些復合詞多用於否定結構,譬如照面、露面、謀面等。由"動＋手,足"構成的復合詞表示"做事"意義時,也有程度小義,一般只用於否定結構。根據《動詞逆序詞典》,這些詞用於否定式的概率顯著高於肯定式的。以上各類語義程度小的詞的用法特點都是由其構詞詞素中名詞部分決定的。如果復合詞的動詞部分是個程度低的行為,使得其構成的復合詞也有程度低義,結果使它們一般只用於否定結構。譬如"識"具有"認識到"、"經得住"義,在這兩個涵義上它的語議程度都比較低,因此由其構成的復合詞"識羞"、"識逗"、"識耍"、"識閑兒"等都是語義程度很低,也都是一般只用於否定結構。再譬如以"服"為詞根構成的復合詞也都具有程度小和多用於否定式的特點,這類詞有服軟、服老、服窮、服輸、服氣等。

　　3.3.9　本小節從詞的本義和引申義的關係來考察否定性詞語的語義特點。

　　"碴兒"的本義是玻璃、冰等的小碎塊,"茬"的本義是農作物收割後留在地裡的莖和根，兩者都有一個共同的引申義是指提到的事情或人家剛説完的話。"碴兒"和"茬"的本義都含有事物整體中的一小部分之義，這個共同的語義基礎使它們有了共同的引申義，而且其引申義也帶上了程度小義。根據有關的工具書和從各種傳播媒介收集到的例子來看，"碴兒"和"茬"的引申義幾乎都是用於否定結構，而且也都不能去掉否定詞"不"或"沒"而成話，例如：

⊗　誰也沒有理他的碴兒（茬）。

　＊誰都理他的碴兒（茬）。

㊴　沒有人注意他的碴兒（茬）。

　＊有人注意他的碴兒（茬）。

"茬"和"碴兒"構成的復合詞也都有語義小義，而且也是常用於否定結構之中。這類詞有搭碴兒、答茬、對茬、找碴兒、話茬等，其中大多數詞中的"茬"和"碴兒"是可以互換的。

"轍"的本義為車輪壓出的痕迹，北京話中把它引申作"辦法"，"主意"講。因"轍"的本義"痕迹"是指很淺的印兒，使其引申義也帶上了程度小義，因此它用於引申義時也多用於否定結構。現在有很多用北京話錄制的電影、電視，隨着北京話的普及，"轍"的引申義用法也逐漸進入了普通話。

"理"本義是玉石的細小紋路，因受其本義表小量義的影響，後來發展出的引申義"對別人的言語行動表示態度"也具有程度小義，所以它一般只用於否定結構。由"理"構成的復合詞也都有這個特點，譬如理睬、理會、搭理等。"理"還有其它的引申義都是中性詞，譬如可做"管理"、"辦理"、"整理"講，這些涵義的用法都是肯定和否定自由的。我們的觀點是，本義的語義程度極小的詞，其引申義也很可能具有程度小義,結果形成了其引申義的用法一般只用於否定結構的現象,但是,這種結果不是必然的,并不排除本義程度小的詞發展出中性引申義的可能性。

“沾”的本義是稍微碰上或挨上,其語義程度小是很明顯的。“沾”在北方話中發展出個引申義,表示“能幹”,但是只用於否定結構,譬如可以説“這個人在種莊稼上不沾”,而不能説“這個人在種莊稼上很沾”。這也是受其本義中語義程度低影響的結果。由“沾”構成的復合詞也大都具有語義程度小和多用於否定結構的特點,譬如沾邊、沾惹、沾手、沾染等。

3.3.10　本節討論否定性詞語的否定結構的句法特點。下面用 F 表示否定標誌“不”或“沒”。

名詞、形容詞和副詞的問題比較簡單,否定性名詞一般用在“F＋名＋動”或“F＋動＋名”兩種結構中,譬如“沒二話可説”、“沒説二話”。否定性形容詞一般用在“F＋形”或“F＋名＋形”結構中,譬如“這個地方不景氣”、“沒有一個地方景氣”。否定性副詞一般用在“副＋F＋動”的結構裡,譬如“壓根兒不知道這件事”。否定性動詞的句法結構最為復雜,下面重點討論動詞的否定結構。

我們從《動詞逆序詞典》中共統計了 40 個否定性動詞釋義中的全部 103 個用例,統計結果見下表。下表中“顯性”是指含有否定標誌的結構,“隱性”是指用詞彙或反問手段表示否定的結構。“‘不’字”是指含有“不”的否定結構,餘此類推。

下表中,否定性動詞用“不”否定的是用“沒”否定的三倍,這表明了“不”和“沒”用法上的一些差異。對於動詞,“不”和“沒”的否定涵義是很不一樣的,“沒”可以否定帶數量賓語的動詞,如“山羊沒

	結構類型		用例數目	合計	
否定結構	顯性	"不"字	55	81	94
		"沒"字	19		
		"別"字	2		
		"無"字	3		
		"莫"字	1		
		"未"字	1		
	隱性	詞彙	8	13	
		反問	5		
肯定結構		現實句	5		9
		虛擬句	4		

吃一公斤草",也可以否定不帶數量賓語的動詞,如"山羊沒吃草";而"不"只能否定不帶數量賓語的動詞,譬如只能說"山羊不吃草"而不說"山羊不吃一公斤草"。更重要的是,在否定不帶數量賓語的動詞時,盡管"不"和"沒"都可以用,但是兩者的預設是明顯不同的,"沒"否定的動詞意味着該動詞所代表的行為以前曾經發生過,而"不"否定的動詞可以指該動詞所代表的行為從未發生過,因此只能說"山羊不吃肉(因為它們是食草動物)",而不能說"山羊沒吃肉",因為這樣說意味着山羊曾經有過吃肉這種行為。也就是說,單獨否定動詞時,"不"的否定程度往往比"沒"的高,常常是完全否定。根據2.5的否定範圍規律,對語義程度極小的詞語的否定等於完全否定,而這裡的否定性動詞的語義程度都是極小的,它們用於否定結構中相當於完全否定,這正與"不"否定動詞時的語義特點相吻合,所以它在對極小量動詞的否定上的使用頻率比所有其它的否定標誌詞的總和還高出許多。

在40個否定性動詞的103個用例中,否定結構占90%強,肯定結構只占10%弱。下面詳細地描寫否定性動詞的結構特點。

一、顯性否定結構

a. F＋動(＋名)

㊵ 請你莫介意適才的事,我完全是游戲。

㊶ 她不顧及路人的眼睛,緊緊倚靠着我。

F和動之間有時可插入程度副詞,F之前也可用各種詞語修飾。例如:

㊷ 有人管他叫老不進步,他也不十分在意。

㊸ 他已經不介意痛苦了。

㊹ 他矢口否認,直到打斷腿骨還不認賬。

b. F＋助動詞＋動

㊺ 她太軟弱了,吃了虧也不敢吭聲。

㊻ 那麼,幫我說話的人就不容易啓齒了。

助動詞和動詞之間也可以插入其它成分,例如:

㊼ 老伴見老漢動怒了,當下也不敢再言語了。

㊽ 上身是一件即使消價處理也不會被姑娘問津的月白色長袖襯衫。

c. F＋介＋名＋動

㊾ 她不出家門半步,不與鄰人照面。

㊿ 這是我一直沒和你通氣的原因。

d. F＋名＋動

(51) 誰見了他都躲着走,大年初一都沒人搭理。

(52) 這真是有趣的事,可惜我們現在早已無福消受了。

(53) 車開動時,沒有一個人吭氣,默默地回想着這座城市。

e. F＋動$_1$＋名＋動$_2$　其中動$_1$為一般動詞，動$_2$為否定性動詞。

(54)　我不希望有人來打岔。

(55)　他不想讓別人理他。

(56)　他不讓趙先生插嘴，一口氣説下去。

f. 動＋名＋F＋形

(57)　我們倆照面的機會不多，促膝長談的時間更少。

(58)　景氣的地方不多，大都有這樣那樣的問題。

二、隱性否定結構

a. 詞彙手段。動詞之前有“免得”、“難以”、“難於”、“很少”這類詞時，意味着動詞所代表的行為沒有發生或很難發生，它們的作用相當於否定詞，所以有該類動詞的結構可以看做是隱性否定結構。例如：

(59)　這折戲就要完了，等唱完了再去，免得打岔他們。

(60)　馬先生深知，德寬跟他在公司幹事用心，那是憋着一腔難以出口的氣呀。

(61)　後來瞭解到了事情的真象，有心要講，又難於啓口。

(62)　自從他當上系主任之後，工作忙碌，就很少顧及家裡的事了。

b. 反問。表面上看，這類格式沒有出現否定標誌語，實際上是利用反問的語氣表示否定。

(63)　小趙瞪了他一眼，心想：“你也敢插嘴？”

(64)　這是人家兩口子的事，何必去多嘴？

(65)　習慣於勞動的人怎能消受得這種閑散日子？

　　觀察否定性動詞的句法特點,可以給我們一些啟示。有時從形式上看,否定標誌語是位於主語的名詞前邊,好象是否定主語名詞所表示的事物的存在,而實際上否定指向是主語後的動詞,譬如"沒人吭聲"是指有人而沒説話,"沒人搭理"是指有人而沒搭理,等等。這説明語言的表層結構與其所表達的真正涵義之間有種種復雜的關係。有時主語位置上的修飾語會對謂語的肯定和否定產生影響,譬如"照面"和"景氣"是一般只用於否定結構,它們作主語的修飾語時,要求謂語用否定結構,譬如可以説"照面機會不多",一般不説"照面機會很多",可以説"景氣的地方不多",一般不説"景氣的地方很多"。由此可見,作修飾語的詞語有時會對整個句式的選擇起關鍵作用。研究句型時一般人都把注意力放在謂語中心語動詞上,在這裡我們看到了甚至主語的修飾語也會對句型的選擇起關鍵作用,在後文中將會看到主語位置上的名詞也對句型的選擇有重要的影響,這使我們認識到應該從多角度來研究句型。

3.4　"動＋得＋補"和"動＋不＋補"的使用頻率　　差別懸殊的原因

　　3.4.1　本節討論的"得"字短語是指搬得動──搬不動,看得見──看不見,來得及──來不及,等等。當把"得"字短語分開講時,"動＋得＋補"表示肯定式,"動＋不＋補"表示否定式。

　　趙元任《中國話的文法》❶已注意到了"動＋不＋補"的使用頻率遠高於"動＋得＋補"的，甚至一些"動＋不＋補"是逆派生的，就是說"得"字短語的肯定式是由否定式變換來的。劉月華《可能補語用法研究》❷對曹禺、老舍等人的一百一十萬字的作品進行了統計，"動＋得＋補"出現 24 次，"動＋不＋補"出現 1211 次，"動＋不＋補"的詞次是"動＋得＋補"的 50 倍強。還有其它一些論文和專著也談到了這種現象。

　　一些結合得比較穩固的"得"字短語可以利用《漢語頻率詞典》考察它們的使用頻率。下表就是該詞典的統計結果。

動＋不＋補	詞次	頻率	動＋得＋補	詞次	頻率
捨不得	46	.00350	捨得	4	.00030
要不得	4	.00030	要得	0	.00000
對不起	81	.00616	對得起	20	.00152
看不起	28	.00213	看得起	0	.00000
來不及	37	.00281	來得及	30	.00281
靠不住	4	.00030	靠得住	0	.00000
瞧不起	7	.00053	瞧得起	0	.00000
忍不住	57	.00434	忍得住	0	.00000
了不起	39	.00297	了得起	0	.00000
談不上	5	.00038	談得上	0	.00000
說不定	34	.00259	說得定	0	.00000
說不過去	3	.00023	說得過去	0	.00000
說不上	7	.00053	說得上	0	.00000
免不了	8	.00061	免得了	0	.00000
少不了	5	.00038	少得了	0	.00000

---

❶　丁邦新譯，中文大學出版社，香港，一九八〇年十二月初版。

❷　見《中國語文》，1980 年第 4 期。

用不着	55	.00418	用得着	4	.00030
行不通	4	.00030	行得通	0	.00000
合計	424	.03224	合計	62	.00470

　　頻率詞典收錄的所有"得"字短語中,都是否定式多於其肯定式。在表中,"動+不+補"的合計詞次是"動+得+補"的 7 倍左右。詞典中沒有統計到的相應的"動+得+補"的詞次和頻率在表中都記為 0,其中個別是不大能說的。

　　趙文只是指出了"得"字短語的否定式使用頻率遠高於其肯定式的現象,劉文用統計的方法歸納出"動+得+補"跟"動+不+補"的表達功能的差別,目的是解釋形成它們使用頻率差別懸殊的原因,這些對於認識這種現象是有幫助的。但是,要從根本上解決問題,必須回答為什麼會形成"動+得+補"和"動+不+補"表達功能的差別,以及為什麼"動+不+補"一般只出現於陳述句中,而"動+得+補"卻經常出現於疑問句中等。其實這種現象也跟"介意"類詞一樣,"得"字短語的用法特點也是自然語言肯定和否定公理制約的結果。本節用肯定和否定的公理來解釋形成"得"字短語否定式和肯定式使用頻率差別懸殊的邏輯根源。

　　3.4.2　漢語中有一類詞跟"得"字短語一樣,也是只用於或多用於否定結構,它們的這一特點在比較詳細的詞典中都予以注明,甚至單憑我們的語感就可以明顯覺察到這一點,譬如介意、理睬、買賬、挂齒、吭聲、中用、頂事,等等。下面稱這類詞為"介意"類,對此 3.3 節已做了詳細討論。

　　人們很容易產生這樣的聯想,既然"得"字短語跟"介意"類詞的肯定否定使用特點是一致的,那麼它們之間有沒有內在的聯繫呢？為了回答這個問題，先來考察一下"介意"類詞有些什麼特點。

一、籠統地說，"介意"類詞是多用於或只用於否定結構，仔細考察可以發現，"介意"類詞的肯定式和否定式在陳述句和疑問句中是互補的：在陳述句中，一般只用於否定結構，而往往沒有相應的肯定式；在疑問句中則相反，一般只有肯定式，而沒有相應的否定式。

3.3.10 對從文學作品中收集到的 100 餘條"介意"類詞的用例進行了歸類，其中 93 個是否定結構，而且都是陳述句。這時它們一般不能去掉否定詞而轉化為肯定式。例如：

⑥ 他并不介意別人的玩笑話。

* 他介意別人的玩笑話。

⑥ 他像一個聾子似的不理睬老頭子那早早夜夜的嘮叨。

* 他理睬老頭子的嘮叨。

另外幾個"介意"類詞的肯定用例大部分是用於問句中表反問的。跟上述情況相反，問句中的"介意"類詞一般不能加上否定詞轉化為否定結構。例如：

⑥ 我要是穿一身土布，象個鄉下腦殼，誰還理我呀！（老舍《茶館》）

⑥ 你怎麼知道？三皇是好惹的？（同上）

⑦ 那還用❶說嗎？天下太平了；聖旨下來，譚嗣同問斬！（同上）

---

❶ "用"作"需要"講時，一般只用於否定式，譬如"東西都準備好了，您不用操心了。"

⑦　太太叫二少爺親自送來,這點意思我們好意思不領下麼?
(曹禺《雷雨》)

⑦　人家二少爺親自送來的。我不收還象話麼?(同上)

雖然以上 5 個問句中的"介意"類詞形式上是肯定的,實際上是利用反問的語氣來表示否定,譬如⑩的實際意思是"三皇是不好惹的"。問句中的"介意"類詞之前一般不能加上"不"或"沒",譬如一般不能說"那還不用說呀?"

至此,可以看出"介意"類詞的第一個特點:多用於或只用於否定結構,而且其否定結構一般只用於陳述句中,其肯定式往往用於反問句中表示否定。

二、可以把"介意"類詞的成員放到與其相同概念義的一組詞中進行比較,它們在語義上有共同的特點,都是所在概念的一組詞中程度最低的一個。根據自然語言肯定和否定公理,語義程度極低的詞一般只用於否定結構,所以說,"介意"類詞一般只用於否定結構的特徵是由它們的語義程度極低形成的。3.3 已從英語、構詞、方言、本義等方面證實了這一點。

因此,"介意"類詞的第二個特點是:它們都是各自相同概念的一組詞中語義的肯定程度最低的一個。

三、2.5 講,自然語言的否定詞的意義為"少於"或"不及",對某個量的否定可以推知對等於和大於該量的所有量的否定。譬如"這個塔沒有 7 米"是指塔的高度不是等於或大於 7 米,而是低於 7 米的一個量。再如"這塊布不很紅"是指布紅的程度不及"很紅"高,但布的顏色仍是紅的,即仍有一定的紅的程度。由此也可以推知自然語言所遵循的一條否定規則:肯定程度越低的成分用於否

定結構的否定範圍越大,否定範圍越大的詞其否定語氣也就越強
(詳見 2.6 否定範圍的規律)。實際上,否定範圍的大小是否定語氣
強弱更具體、準確的說法。譬如,"沒有一米高"就比"沒有 7 米高"
的否定範圍大,否定語氣也高;"一點不紅"就比"不很紅"的否定範
圍大,否定語氣也高。

由 2.6 節的否定範圍規律可知:對肯定程度最低的成分的否
定等於完全否定。在應用中,經常藉用極小量的詞語來實現完全否
定,譬如"他沒吃一點東西","沒有絲毫的讓步",等等。這樣,對某
一概念要進行否定時,這個任務就自然落在該概念中肯定程度最
低的那個詞語身上,也就是說,很多個表相同概念詞語的完全否定
都由既定的一個肯定程度最弱的詞語來實現,結果就形成了表相
同概念的一組詞語中程度最低的那個詞只能用於或多用於否定結
構之中的現象。譬如要對欽佩、崇拜、佩服、服氣、買帳等進行完全
否定時,只用把程度最低的"買帳"用於否定結構就行了,這樣使用
的結果就形成了"買帳"用於否定式的頻率遠高於其用於肯定式的
使用頻率的現象。

概念義相同而程度不同的一組詞的否定也遵循否定範圍規
律。例如:

⑦ a. 不買張師傅的帳。

b. 不服氣張師傅。

c. 不佩服張師傅。

⑦ a. 不理睬她的建議。

b. 不同意她的建議。

c. 不贊成她的建議。

就肯定程度來說,佩服＞服氣＞買帳,贊成＞同意＞理睬;就否定程度而言,不買帳＞不服氣＞不佩服,不理睬＞不同意＞不贊成。⑦的對張師傅不信服的程度為:a＞b＞c;⑦表對她的建議不同意的程度為:a＞b＞c。

現在可以歸納出"介意"類詞的第三個特點:它們用於否定結構的否定語氣比其用於肯定結構的肯定語氣強得多。

"介意"類詞的特點 3 和特點 2 之間是充分必要條件關係,即由特點 3 可以推出特點 2,也可以由特點 2 推知特點 3。

3.4.3　在 3.4.1 部分已談到,"得"字短語的否定式比其肯定式的使用頻率高得多,這點跟"介意"類詞是一致的。下面來考察一下"動＋不＋補"和"動＋得＋補"在陳述句和疑問句中的分布情況如何。

一、我們對老舍、曹禺、趙樹理等人的一百餘萬字作品中的"得"字短語用於問句的情況進行了統計,"動＋得＋補"出現了 46 次,"動＋不＋補"出現了 16 次。值得注意的是,用於問句的"動＋不＋補"是有條件限制的,它們大部分是在與"動＋得＋補"對舉的情況下使用,有的是因為上文有了含"得"字短語的句子出現,只是作為一種修辭上的順說。例如:

⑦　找遍了你們全村兒,找得出十兩銀子找不出?(老舍《茶館》)

⑦　全世界,全世界找得到這樣的政府找不到?我問你!(同上)

⑦　怎麼著?我碰不了洋人,還碰不了你嗎?(同上)

⑦　打不了他們,還打不了你這個糟老頭子嗎?(同上)

⑦ 這地方不能住了!不論種上什麼,誰知道自己吃得上吃不
上?(趙樹理《靈泉洞》)

⑧ 玉梅還能提得動你提不動?(趙樹理《三里灣》)

⑦、⑥和⑦是"動+得+補"和"動+不+補"對舉,語義重點仍
在"動+得+補"上,即通過反問的語氣使"動+得+補"表示否定
的意義,從而使得整個句子具有否定的意義。譬如⑦是說"你們全
村連十兩銀子也找不到",而其中的"動+不+補"只是個連帶成
分,沒有實際的涵義。⑥和⑦的前一小句(陳述句)出現了"得"字短
語("打不了"、"碰不了"),問句中的"動+不+補"只是一種修辭上
的順說。⑧的"能提動"相當於"提得動",情況與⑥⑦相同。可見,
問句中的"動+不+補"受到了很大的限制,要麼意義上發生了偏
移,只作為陪襯成分,要麼是前文已出現了"得"字短語,只是一種
修辭上的順說。

盡管從總體上講,"得"字短語的肯定式的使用頻率遠不及其
否定式的,但是在疑問句中,"得"字短語的肯定式的使用頻率卻遠
高於其否定式的。還有一點應特別加以注意,所有用"動+得+
補"的問句都是反問句,即所表達的意思仍是否定的。例如:

⑧ 我這麼一積極,這回就派到"石鋼"去,"石鋼"啊,還了得
嗎?(老舍《女店員》)

⑧ 他準備用新的話頭岔開,讓金生不注意剛才吵架的事,可
是怎麼岔得開呀?小聚還站在那裡沒有發落呢!(趙樹理
《三里灣》)

⑧ 大海,你心裡想想,我這大年紀,要跟着你餓死;我要是餓
死,你是哪一點對得起我?(曹禺《雷雨》)

㉘ 我現在錢也沒有了,還用得着小心幹什麼?（同上）

㉟ 假若可能的話,他想要一點水喝;就是要不到水也沒關係;他既沒死在山中,多渴一會兒算得了什麼呢?（老舍《駱駝祥子》）

㊱ 常四爺：我這兒有點花生米,喝茶吃花生米,這可真是個樂子!

秦仲文：可是誰嚼得動呢?（老舍《茶館》）

㉛至㊱的問句變為陳述句的時候,其中的"動＋得＋補"都可轉化為相應的"動＋不＋補"。"動＋不＋補"的否定涵義是由中間的"不"表示的,問句中的"動＋得＋補"的否定手段是反問語氣,它們的否定手段雖不同,但同樣都是表否定的。其中"算得了"和"了得"等在陳述句中乾脆都不能說。

由以上的分析可知,"得"字短語跟"介意"類詞的第一個特點是一致的:它的否定式的使用頻率遠高於其肯定式的,而且否定式一般只出現於陳述句,肯定式一般用於反問句。

二、現在來考察"得"字短語的肯定程度的高低。以下都是《現代漢語詞典》的釋義。

A　a.　要不得：表示人和事物很壞;不能容忍。

　　b.　要得：好。

B　a.　捨不得：很愛惜,不忍放弃或離開。

　　b.　捨得：不吝惜;願意割捨。

C　a.　說不來：雙方思想感情不合,談不到一塊兒。

　　b.　說得來：雙方思想感情相近,能談到一塊兒。

D　a.　來不及：因時間短促,無法顧到或趕上。

　　　b.　　來得及：還有時間，能夠顧到或趕上。

E　a.　　吃不來：不喜歡吃；吃不慣。

　　b.　　吃得來：吃得慣（不一定喜歡吃）

F　a.　　拗不過：無法改變（別人的堅決意見）

G　a.　　説不得：極其不堪，無法談起。

H　a.　　了不得：大大超過尋常；很突出。

　　詞典只收錄了結合得比較穩固的"得"字短語，最後三例都沒有相應的肯定式。

　　從 A−H 可以看出，"得"字短語的否定式和肯定式在程度上是不對稱的，它們的否定式的否定程度遠高於其肯定式的肯定程度。A"要不得"義為"很壞"，跟它相對的肯定式的意思應為"很好"，而"要得"的語義程度是"好"。跟 B"舍不得"的"很愛惜"相對稱的肯定意思是"很不愛惜"，而"舍得"只是"不吝惜"，如把"很不愛惜"作"很大方"理解，"不吝惜"充其量也只能作"有點大方"解，顯然，"舍得"的程度低於"很不愛惜。"C 中，與"説不來"的"不合"相對稱的肯定式意思應為"相合"，而"説得來"的"相近"義顯然比"相合"程度低。D 例中，跟"來不及"的"時間短促"相反的是"時間充裕"，而"來得及"的"還有時間"所表示的只是時間勉強夠用。跟 E"吃不來"的"不喜歡吃"相反的應是"喜歡吃"，有趣的是，詞典特別注明"吃得來"是"不一定喜歡吃"，可見"吃不來"跟"吃得來"在程度上也是不對稱的。F、G、H 釋義中的"堅決"、"極其"、"大大"都顯示了"得"字短語的否定式的語氣是極強的。

　　詞典中收錄的都是些結合得比較穩固的"得"字短語，那些臨時性的情況如何呢？下面看⑧⑧例。

⑧ 到了西長安街，街上清靜了些，更覺後面的追隨。——車輪軋着薄雪，雖然聲音不大，可是覺得出來。（老舍《駱駝祥子》）

⑧ 黎明之前，滿院還是昏黑的，只隱約的看得見各家門窗的影子。（同上）

⑧和⑧的"動＋得＋補"短語前都有使行為結果難以實現的因素："聲音不大"和"昏黑"，可見"覺得出來"和"看得見"都只是一種勉強實現的結果，"看得見"前的修飾語"隱約"更明確地説明了這一點。這也説明"得"字短語的肯定式是表示一個程度很低的量。這一點還可以通過與"能"的變換比較中看出來。例如：

⑧ a. 衣服都擰得出汗來。

　　b. 衣服都能擰出汗來。

⑨ a. 他搬得動這塊石頭。

　　b. 他能搬動這塊石頭。

可以看出，"能＋動＋補"比"動＋得＋補"的語氣肯定得多。由此可見，"得"字短語的肯定式的程度是很弱的。

以上分析表明，"得"字短語與"介意"類詞的第二、三個特點也完全相符。

三、"得"字短語是表示其前動詞所代表的行為實現其後補語所表示的結果的可能性，也就是説該短語的基本功能是表可能的。現在建立一個表可能概念的量級模型，來確定"動＋得＋補"的程度。

"動＋得＋補"的肯定程度雖然很低，但仍有一定的量，相當於

0	0.1		0.3		0.5		0.7		0.9	1
L_1	L_2		L_3		L_4		L_5		L_6	L_7
必然非P	有點可能P		有些可能P		可能P		很可能P		十分可能P	必然P

模型的 L_2，語義解釋為"有點可能 P"。這一點也可以從其否定式的程度上得到旁證。前文講過，在自然語言中，肯定程度越低的成分用於否定結構的否定語氣越強。"得"字短語的否定式相當於"必然非 P"，譬如來不及、通不過、看不見、拗不過、受不了等都表示完全沒有實現某種結果的可能。既然"得"字短語的否定式等於對實現某一行為結果可能性的完全否定，根據 2.6 所講的否定範圍規律"對相同概念中量級最低成分的否定等於完全否定"，用逆推法可知"動＋得＋補"的肯定程度相當於上述模型 L_2 的位置，語義程度大致為"有點可能"。

3.4.4 "介意"類詞都是單詞，"得"字短語是一種結構，盡管兩者在構造上很不一樣，但是它們在肯定和否定上表現出極為一致的特點。形成這種現象的根本原因是它們語義的肯定程度都是極低的，都遵循自然語言肯定和否定公理。

"得"字短語的用法給我們一個啟示：不論是詞組還是一個個的單詞所遵循的規則是一樣的。根據公理，我們找到了與"介意"類詞相反的語義程度極高的詞只能用於肯定結構，譬如銘記、力持、擁戴、傾訴等。依照這個思路，也可以發現，那些表示程度極高的結構往往只能有肯定式，譬如"有＋代＋的＋名＋動"和"有＋的＋是＋名"都是強調"名"所代表的事物數量大或程度高，兩種結構的動詞之前都不能加上否定詞轉換為否定結構。例如：

⑨ a. 有你的錢花。　　＊有你的錢不花。

　　b. 有你的福享。　　＊有你的福沒享。

⑨ a. 有的是力氣。　　＊有的不是力氣。

　　b. 有的是衣服。　　＊有的不是衣服。

⑨和⑨中的動詞"花"、"享"、"是"在一般結構中都是可以用"不"或"沒"否定的，但是在進入了程度極高的句型之後，在自然語言肯定和否定公理的制約之下，使它們只能肯定。

3.5　否定句與疑問句的親和性

按照內容可以把語言的句子分為三大類型：肯定句、否定句和疑問句。三類句子之間的關係并不是平行的，否定句似乎跟疑問句之間的關係更密切些，表現在肯定程度極低的成分一般是既用於否定句又可用於疑問句，在 3.3 節的"介意"類詞和 3.4 節的"得"字短語的句法分析中，可以明確看出這一點。英語工具書中注明的一般只用於否定式的詞語，幾乎同時也注明它們可以用於疑問句，譬如 mind 作 object to, dislike, be annoyed by 講時，不僅可以用於否定句，也常用於疑問句，例如：

⑨Do you mind the smell of tobacco?

　　——Not at all.

⑨Would you mind opening the window?

⑨Do you mind if I smoke?

　　——No, go ahead.

第四章　動詞的肯定與否定

4.1　定量動詞和非定量動詞

4.1.1　絕大多數語法著作和現代漢語教材都認為,所有的動詞都可以用"不"或"沒"否定❶。我們在第三章中已經看到,事實

---

❶　持這種觀點的有:趙元任《中國話的文法(丁邦新譯,中文大學出版社,香港,1980)、丁樹聲等《現代漢語語法講話》(中華書局北京,1961)、胡裕樹主編《現代汉语》(上海教育出版社,上海,1987),等等。

上,不同的動詞用於肯定結構和否定結構的概率差別是非常懸殊的;有的經常用於或只用於否定結構,譬如介意、理睬、認帳等;有的經常用於或只用於肯定結構,譬如銘記、擁戴、欽佩等;有的可以自由地用於兩種結構,譬如記得、説話、佩服等。在能用否定詞"不"或"沒"否定的動詞中,也有好幾種情況:既可用"不"又可用"沒"否定的,譬如聽、説、看等;只能用"沒"不能能用"不"否定的,譬如倒、塌、燒毀、完成等;只能用"不"不能用"沒"否定的,譬如是、需要等。

經常用於或只用於否定結構的動詞在第三章中已有了詳細的討論,在那裡我們依據的主要理論是自然語言肯定和否定的公理。本章將用定量和非定量的理論來解釋動詞的另外兩種情況"肯定和否定自由的動詞與只能用於肯定結構的動詞;對於肯定和否定自由的動詞,還將運用離散量和連續量的概念討論"不"和"沒"的分工。

4.1.2 在對動詞的否定上,"不"比"沒"受到更多的限制。有些不能用"不"否定的動詞卻可以用"沒"否定,例如:

① a. 那堵墻沒倒。

　　b. ＊那堵墻不倒。

② a. 那座房子沒塌。

　　b. ＊那座房子不塌。

③ a. 上星期的那場大火沒有燒毀廠房。

　　b. ＊上星期的那場大火不燒毀廠房。

④ a. 他們沒有認清問題的實質。

b. ＊他們不認清問題的實質。❶

⑤ a. 　小王沒有吃完飯。

b. ＊小王不吃完飯。

　　除少數幾個靜態動詞，如是、需要外，對於一般動詞，凡是不能用"沒"否定的也不能用"不"否定，但是，有相當一部分動詞雖不能用"不"否定，卻可以用"沒"否定，如上例。後文的判斷中，說某類動詞不能用"沒"否定，也隱含了它們也不能用"不"否定；但是不能反過來認為，不能用"不"否定的動詞也不能用"沒"否定。據此可以把否定受到限制的動詞細分為兩類：（一）既不能加"不"又不能加"沒"否定的動詞，後文稱之為嚴式定量動詞；（二）可用"沒"但不能用"不"否定的動詞，後文稱之為寬式定量動詞。

　　4.1.3　第三章談到，否定性詞語在陳述句和疑問句中的用法是互補的，在陳述句中採用否定結構，在疑問句中採用肯定結構。與此情況類似，那些在陳述句中只有肯定結構的動詞，在表虛擬的疑問、假設、條件等句子中可採用否定結構。例如：

⑥ a. 　這項任務得十個人。

b. ＊這項任務不得十個人。

c. 　這項任務不得十人嗎？

⑦ a. 　他們已經認清了問題的實質。

b. ＊他們不認清了問題的實質。

c. 　不認清問題的實質就找不到解決問題的辦法。

---

❶　在表虛擬的假設句中可以用"不"否定，例如："不認清問題的實質就無法找到正確答案"和"不吃完飯就不能離開這裡"。本章考察動詞的肯定和否定用法的範圍也是現實句。

⑧ a. 我們討論了討論這個決議。

　　b. * 我們沒討論討論這個決議。

　　c. 在昨天會議上，你們怎麼沒討論討論這個決議呢？

⑥c 是問句，這裡是利用反問的語氣表達肯定的涵義，它的實際意思是⑥a"這項任務得十個人"。⑦c 是表示假設條件的，它的深層意思仍然是肯定的，即指所否定的行為"認清"是應該實現的。⑧c 也是利用反問的手段表肯定的意思，它的深層意思是"你們應該討論討論這個決議"。表面上看，這些動詞的用法在現實句和虛擬句中是對立的，但是它們本質上是相通的，虛擬句的深層語義仍然是肯定的。這也是我們為什麼以現實句作為考察肯定和否定用法的範圍的理由，因為現實句中的情況搞清楚了，虛擬句中的問題也就可以迎刃而解。

　　4.1.4 本小節用一組典型的用例來說明定量動詞和非定量動詞的概念。

　　漢語中表"應該有"這個概念的詞常用的有兩個，"得"和"需要"，但是"得"只能用於肯定結構，而"需要"卻可以用於肯定和否定兩種結構。例如：

⑨ a. 這項任務得十個人。

　　b. * 這項任務不得十個人。

⑩ a. 這項任務需要十個人。

　　b. * 這項任務不需要十個人。

現在讓我們來分析一下"得"和"需要"之間的其它一些用法上的差異。首先，"需要"可以用程度詞修飾，而"得"卻不行。例如：

⑪ a. 這項任務有點需要人。

b. 這項任務比較需要人。

c. 這項任務很需要人。

d. 這項任務最需要人。

⑫ a. ＊這項任務有點得人。

b. ＊這項任務比較得人。

c. ＊這項任務很得人。

d. ＊過項任務最得人。

"需要"能够用程度詞切分出一個大小不等的量級序列，由此可見它的量具有很大的伸縮性，有個量幅；"得"不能用程度詞切分，它所表示的是一個確定的量，相應地可以看作是一個量點。我們把"需要"這類可用程度詞修飾的詞稱作非定量成分。漢語中的形容詞也可以整齊地劃分為定量和非定量兩大類，所有定量形容詞都不能用"不"否定，所有非定量形容詞都能够用"不"否定。這將在第五章中詳細討論。

"得"和"需要"的另外一個重要差別是，"得"的賓語必須有一個數量成分，而"需要"有沒有都可以。例如：

⑬ a. ＊這項任務得人。

b. 這項任務得一（兩、三、……）個人。

⑭ a. 這項任務需要人。

b. 這項任務需要一（兩、三、……）個人。

這與兩詞的前一個特點是一致的："得"是一個量點，所以要求其後必須有個確定的數量成分；而"需要"是個量幅，所以對其後的數量成分的要求比較寬容，表現在可以自由地添上或去掉賓語上的數量成分。我們把"得"這種對其賓語有特殊的量上限制的詞語

也叫做定量成分,相應地把"需要"這種對其賓語的量性成分可以
自由增刪的詞語叫做非定量成分。根據賓語中的數量成分可否自
由地增刪可以把動詞分為兩類:(一)不能自由增刪其賓語中的數
量成分的是定量動詞,它們不能用"不"或"沒"否定;(二)可以自由
增刪其賓語中的數量成分的是非定量動詞,可用"不"或"沒"否定。

　　根據可否加程度詞修飾和賓語的數量成分能否自由增刪這兩
種方法來判別動詞和形容詞的定量和非定量性質,程度詞法主要
適用於形容詞,部分動詞也可以用它來判別;賓語數量成分增刪法
主要適用於動詞的判別。判別動詞或形容詞的定量和非定量性質
時應注意,不論是動詞還是形容詞只要滿足兩個標準的任何一個
就可以斷定它是非定量的,而只有在兩種標準都不能滿足時才可
認定它是定量的。

　　"得"和"需要"兼有形容詞和動詞雙重特點,用這對詞為例是
為了說明,盡管判別動詞和形容詞的定量、非定量性質的具體方法
不同,但是它們的實質是一樣的。

　　4.1.5　上面把對其賓語有特殊的量的限制的動詞叫做定量
動詞,這可分為兩種情況:(一)賓語必須有數量成分,譬如"得";
(二)賓語不能有數量成分,例如:

　⑮　a.　每天早上都學學英語。

　　　b. ＊每天早上都學學一(兩、三、……)個鐘頭英語。

　　　c. ＊每天早上沒(不)學學英語。

　⑯　a.　星期天在家洗洗衣服。

　　　b. ＊星期天在家洗洗一(兩、三、……)件衣服。

　　　c. ＊星期天在家沒(不)洗洗衣服。

⑰　a.　春色撩撥人。

　　b. ＊春色撩撥一（兩、三……）個人。

　　c. ＊春色沒（不）撩撥人。

⑱　a.　萬金油殺眼睛。❶

　　b. ＊萬金油殺一（兩、三……）雙眼睛。

　　c. ＊萬金油沒殺眼睛。

⑲　a.　能不能完成任務就看時間了。

　　b. ＊能不能完成任務就看一（兩、三、……）個鐘頭時間了❷。

　　c. ＊能不能完成任務沒（不）看時間了。

⑳　a.　他的意思是說❸不再派代表隊參加了。

　　b. ＊他的意思是說一（兩、三、……）回不再派代表隊參加了。

　　c. ＊他的意思是不（沒）說不再派代表隊參加了。

　　以上各例的謂語中心動詞都只能以光杆各詞作賓語,賓語中不能有數量成分,它們都是定量的,所以都不能加"沒"或"不"否定。

　　因此,可以從兩個角度判別動詞的定量和非定量:(一)賓語沒有量性成分時,如果加上量性成分句子仍成立,這時謂語中心動詞為非定量的,可加"沒"或"不"否定;否則為定量的,不能加"沒"或

---

❶　這裡"殺"的意義爲"藥物等刺激皮膚或粘膜使感覺疼痛"。後文中將會談到,同一動詞的不同義項的用法是很不一樣的。

❷　這裡"看"的意義爲"決定於"。

❸　這裡"說"的意義爲"指"

"不"否定。這種判別動詞性成分能否加"沒"或"不"否定的方法叫做賓語量性成分增刪法。下面兩節都是根據這種方法分析動詞的肯定和否定用法的。

4.2 嚴式定量動詞

4.2.1 本節討論的是既不能加"不"又不能加"沒"否定的嚴式定量動詞的類型。

動詞"得"要求其後的賓語必須有一個具體的量性成分,如果去掉量性成分句子就不成立了。根據賓語量性成分增刪法,它是定量的,因此不能加"沒(不)"否定。類似的例子如:

㉑ a. 兩處合計六十人。

b. ＊兩處合計人。

c. ＊兩處沒(不)合計六十人。

㉒ a. 一美元折合六元人民幣。

b. ＊一美元折合人民幣。

c. ＊一美元沒(不)折合六元人民幣。

㉓ a. 這件夾克頂三件襯衣。

b. ＊這件夾克頂襯衣。

c. ＊這件夾克沒(不)頂三件襯衣。

㉔ a. 一頭牛相當於十個人。

b. ＊一頭牛相當於人。

c. ＊一頭牛沒(不)相當於十個人。

跟㉑"合計"概念義相同的詞共計、總共、總計、一共等也都是

定量,都不能加"沒(不)"否定。跟㉒的"折合"有相同概念義的"兌換"則是非定量的,可加"不"否定,例如:

㉕　a.　美元兌換人民幣。

　　b.　一美元兌換六元人民幣。

　　c.　美元不兌換人民幣。

　　跟㉓、㉔的"頂"和"相當"概念義相近的"相等"、"等於"等都是非定量的,可加"不"否定。"相等"可以把其後賓語移前,譬如可說"在價錢上,夾克與襯衣相等","頂"無此用法。"等於"其後的數量成分也可以自由地增删,譬如既可說"這等於三角形的面積",又可以說"這等於五個三角形的面積";而"相當"的涵義是指"在數量、價值、條件、情形等上,兩方面差不多",它要求其後必須有具體的數量短語,譬如可說"這相當於五個三角形的面積"而不能說"這相當於三角形的面積",因此,"等於"是非定量的,"相當"是定量的。從語義上看,"相當於 x"有三種可能:小於 x、等於 x 和大於 x[1],而"沒+動+x"的涵義是不夠、小於 x,"相當"作動詞時已有了這層意思,故無需否定;"不等於 x"有兩種可能:小於 x 和大於 x,這兩層意思用"相當"替代"等於"已經有了,所以也無需用"不"否定。由此可見,"不"和"沒"與"相當"意義上有冲突,這也是它們不能搭配的原因。

4.2.2　跟"得"類要求其後必須有具體的數量成分的情況相

---

　　[1]　非定量動詞的量的變化幅度必須是從 0 到 N(N 為任意大於 0 的數字),"得"、"相當"等其後雖可以是任意數量成分,但變化的幅度沒有達到 0,所以仍是定量的。後文將討論一種要求其賓語為某一特定定量的定量動詞,例如"白了他一眼"中的"一眼"既不能去掉,又不能用其它數量詞替換。

反，還有一類定量動詞要求其後要麼只能是光杆名詞做賓語，要麼乾脆不能有任何成分，它們的共同特點是都不能有數量成分。例如：

撩撥	荏苒	連綿	撲面	交加	繚繞	連延	綿聯
綿亘	連亘	蔓延	逶迤	邐迤	縱橫	櫛乾	交集	花插
雜錯	錯落	雜糅	迴互	拱圍	環拱	偎依	相依	蕩漾
搖漾	奔流	潺溪	瀠洄	飄悠	披指	飛揚	撲騰	搖曳
聳立	屹立	舒卷	攣縮	瑟縮	舒展	障蔽	被覆	招展
轉悠	彌漫	浮蕩					

以上這些詞分兩種情況：(一)"撩撥"類，雖其後可以有名詞賓語，但不能有數量成分，譬如可以說"春色撩撥人"，而不能說："春色撩撥兩個人"等；(二)"荏苒"類，其後不能有任何成分，自然也不能有任何數量成分。根據賓語數量成分增删法，兩類都是定量，因此都不能加"不"或"沒"否定，譬如不能說："春色不撩撥人"、"光陰沒荏苒"、"白雲沒舒卷"、"清香不撲面"等。

"撩撥"、"荏苒"等還有個共同特點是，書面語色彩都很濃，而且大都只能與固定的詞搭配，譬如"撩撥"的主體只能是"春色"，"荏苒"的主體只能是"光陰"，"連延"的主體只能是"山嶺"，"繚繞"的主體一般是"炊烟"，等等。該類詞的歷史一般也都比較長，跟一般動詞相比，它們的句法話動能力極弱，可以把它們看做古漢語詞在現代語言中的化石。不論它們的歷史有多長、書面語色彩有多濃，都不是它們不能用"不"和"沒"否定的根本原因，這一用法特徵的本質原因還是它們的定量性。從定量和非定量思想研究詞語肯定和否定用法，就好比從化學和物理學的角度研究岩石的構成元素、強度等以決定它的用途一樣，不管這些岩石是水成的還是火成的或者是風化的，確定它們的用途是根據其今天的化學和物理性質。後文中將會看到，定量動詞的來源也是多種多樣的，除這裡講的古漢語的"化石"以外，還有從引申義、構詞、語法手段等方面形成的，考察它們的用法是根據其量上的性質，而不考慮它們的來源。

4.2.3　有一類動詞是可以用程度詞修飾的，可以用程度詞法判別它們的定量和非定量。在與可用程度詞修飾的非定量動詞表相同概念的一組詞中，那些不能用程度詞修飾的都是定量動詞，不能加"不"或"沒"否定。

"像"符合程度詞法，譬如"她有點（很、太、……）像她媽媽"，所以它是非定量的，可用"不"否定，如"她不像她媽媽"。跟"像"有相同概念義的活像、恰似、恰如、貌似、類乎、近乎、如同、如象等，都不能用程度詞切分，它們都是定量的，不能加"不"或"沒"否定。例如：

㉖　a.　她長得活像她的媽媽。

　　b. ＊她長得有點（很、十分、……）活像她的媽媽。

　　c. ＊她長得不（沒）活像她的媽媽。

"符合"、"相符"、"相配"等是可以用程度詞切分的，譬如"他的條件很（有點、十分、……）符合我們的要求"，因此它們都是非定量的，可以用否定詞否定，譬如"他的條件不符合我們的要求"。與"符合"概念義相同或相近的詞吻合、媲美、比美、匹敵、同等、偶合等不能用程度詞修飾，是定量的，不能用否定詞否定，例如：

㉗　a.　他的條件與我們的要求吻合。

　　b. ＊他的條件與我們的要求有點（很、十分……，最）吻

　　　　　合。

　　c. ＊他的條件與我們的要求不吻合。

　　表示人的心理狀態的詞也有兩類：（一）可以用程度詞修飾的是非定量詞，都可以用"不"或"沒"否定，如下面的類一；（二）不能用程度詞修飾的是定量詞，不能用"不"或"沒"否定，如下面的類二。

類一、

高興	開心	愉快	快活	快樂	喜歡	樂意	傷心	傷感
難過	難受	憂傷	痛心	心酸	憂愁	發愁	憂慮	擔憂
心煩	沉悶	憋氣	氣憤	惱火	生氣	解氣	解恨	得意
灰心	喪氣	泄氣	泄勁	頹廢	失望	掃興	滿意	合意
好聽	滿足	知足	舒暢	寬暢	輕鬆	自在	安心	緊張
慚愧	抱歉	心虛	鎮靜	沉着	鎮定	從容	平靜	安靜
慌張	心慌	塌實	着急	焦急	心急	起急	心焦	迫切
麻痹	鬆懈	疏忽	大意	專心	着迷	入迷	迷惑	留戀
懷念	習慣	上癮	懂事	奇怪	害怕	怯場	激動	興奮
感動								

類二、

歡樂	銷魂	開顏	歡躍	欣幸	哀傷	悲哀	凄迷	悲憤
痛切	斷腸	慘苦	凄楚	憂患	愁苦	過慮	悶氣	憤激
憤慨	惹氣	冒火	動氣	發狠	泄憤	惆悵	悵惘	頹喪
頹敗	頹唐	敗興	愜懷	酣暢	歡暢	快慰	羞愧	面赤
恬靜	寧貼	熨貼	警覺	失神	悉心	潛心	走神	沉迷
入魔	風靡	沉湎	沉弱	眷戀	成癖	詫異	奇異	驚怪

畏怯　膽寒　惶惑　危懼　驚恐　感觸　感恩　感戴　驚駭
震驚　敬畏

　　部分表示心理活動的詞也可用程度詞法來鑒別它們肯定和否定的用法,類三的詞語都是可用程度詞切分出一系列大小不等的量級,它們是非定量的,都可用的"不"或"沒"否定;類四的詞語都不能用程度詞修飾,都是定量的,因此也都不能被否定。

類三、

希望	向往	懷念	想念	惦記	挂念	瞭解	理解	懂得
明白	清楚	有數	熟悉	喜歡	溺愛	討厭	嫌弃	厭倦
尊敬	佩服	服氣	羨慕	忌妒	相信	信仰	懷疑	贊成
同意	擁護	反對	可惜	愛惜	可憐	同情	關懷	關心
注意	計較	重視	看重	賞識	輕視	後悔		

類四、

期待	熱望	切望	神往	希圖	思念	感懷	深思	渴念
懸念	挂懷	明瞭	明察	洞徹	洞察	詳念	明知	熟諳
貫通	酷愛	傾心	憎惡	膩煩	欽敬	敬仰	景仰	仰慕
拜服	嘆服	傾倒	信服	折服	稱美	憑信	確信	堅信
擁戴	愛戴	痛惜	嘆惜	憐惜	關切	注目	器重	懊悔

　　本部分講的各類詞,兼有動詞和形容詞雙重性質:在能帶賓語上與動詞的特點相似,在可用程度詞修飾上與形容詞的用法一致。以上各類詞在量上都具有連續性,表現在它們一般都只能用表連續量的程度詞修飾,而不能用表離散量的動量詞稱數,譬如可以說"很高興"、"最高興"、"很理解"、"最理解"等,而一般不說"高興過一回"、"高興過多次"、"理解過兩次"等,所以在量的特徵上與形容

詞的一致,因此,就上述各類中的非定量成分來看,它們用連續否
定詞"不"否定比用離散否定詞"沒"否定更為自由,譬如說"不高
興"、"不清楚"等很順,而一般不大說"沒高興"、"沒清楚"等。當然,
這類詞兼有動詞的特徵,在某些特定的場合下也是可以用"沒"否
定的。

　　根據第三章講的"自然語言肯定和否定的公理",語義程度極
高的詞只用於肯定結構,語義程度中間的詞肯定和否定自由。這裡
依據的"定量和非定量"方法分析的結果是與公理一致的,譬如像、
符合、相稱、高興、希望、明白等都是語義程度中間的詞,肯定和否
定自由,同時根據程度詞法它們也都是非定量的,非定量的詞也是
可以自由地用在兩種結構之中;與"像"等概念義相同的詞活像、吻
合、媲美等都是語義程度極高的,由公理可知它們只能用於肯定結
構,這時用程度詞法可判定它們是定量成分,定量成分也都是不能
用"沒"或"不"否定的。可見,用肯定和否定公理與定量和非定量標
準判別詞語肯定和否定用法的結果是一致的,說明兩種方法在本
質上是相通的。

　　4.2.4　可以說"山前崛起了一幢大樓",而不能說"山前沒崛
起一幢大樓"。"崛起"也是一種定量詞,要求其後的賓語有個表大
義的量性成分,這個大義的量性成分不能用相對的小義的量性成
分來替換。"崛起"類定量詞所要求的量性成分雖然不是具體的數
字,但是實際上它與普通的定量成分一樣,都是賓語的量性成分不
能自由地更換,所以也不能加"不"或"沒"否定。例如:

　　㉘　Ａ　a.　山前建了一幢大樓。

　　　　　　b.　山前建了一間小房子。

c. 山前沒建一幢大樓。

B a. 山前崛起了一幢大樓。

b. ＊山前崛起了一間小房子。

c. ＊山前沒(不)崛起一幢大樓。

㉙ A a. 她睜着一雙大眼睛。

b. 她睜着一雙小眼睛。

c. 她沒睜眼睛。

B a. 她撲閃着一雙大眼睛。

b. ＊她撲閃着一雙小眼睛。

c. ＊她沒(不)撲閃着一雙大眼睛。

㉚ C a. 老趙挺着個大肚子。

b. 老趙挺着小肚子。

c. 老趙沒挺肚子。

B a. 老趙腆着個大肚子。

b. ＊老趙腆着個小肚子。

c. ＊老趙沒(不)腆着個大肚子。

㉛ A a. 樹上結着一顆碩大的石榴。

b. 樹上結着一顆小石榴。

c. 樹上沒結石榴。

B a. 樹上墜着一顆碩大的石榴。

b. ＊樹上墜着一顆小石榴。

c. ＊樹上沒墜石榴。

㉘A 的動詞"建"可以自由變換其賓語的量性成分,可見是非定量的,所以能加"沒"否定;㉘B 的動詞"崛起"要求其後必須是個

表"大"的量性成分,是定量的,故不能用"沒"否定。也可以用增删賓語數量短語的辦法來判定"建"和"崛起"的定量和非定量性質,"建"可以去掉數量詞"一幢"、"一間"而説成"山前建起了大樓"、"山前建起了房子",而"崛起"要求其後必須有數量短語,譬如不能説"山前崛起了大樓",可見,"建"符合非定量成分的標準,"崛起"符合定量成分的標準。其它三例的 A 類句子中的動詞都是非定量,B 類中的動詞都是定量的。

由"崛起"類的定量詞會很自然地想到:是否有相對的一類定量動詞要求其後是一個表小的量性成分,該量性成分也不能用表大的量性成分來替換? 回答是肯定的。3.3 中所討論的"否定性詞語"中的動詞部分就屬於這一類,譬如"介意"、"吭聲"、"認賬"、"打岔"等都是要求其後是個表小量的事物。顯然,要求極小量的的動詞與"崛起"類的用法正相反,它們一般只用於否定結構。跟"介意"等相對的"銘記"、"傾訴"、"欽佩"、"阻撓"等都要求其後是個表大量的事物,它們只用於肯定結構,實際上"銘記"等跟"崛起"都是同類的定量動詞。也就是説定量動詞有兩類:(一)要求其後只能是個極小的量性成分,它們一般只用於否定結構;(二)要求其後是個極大的量性成分,它們一般只用於肯定結構。前一類已經在第三章詳細討論過了,本章重點討論第二類和肯定否定自由的動詞。

注意,"量大"與"量小"都是指詞語抽象的量的特徵,不要把"量小"與消極涵義,"量大"與積極涵義等同。盡管"介意"後常是些不如意的事情,但不能由此得出結論説極小量的詞語都是跟不愉快的事情搭配,因為有些是與中性事物相配,譬如打岔;有些是與珍貴的事物相配,譬如"不敢問津那件裘皮大衣"。表極大量的詞語的情況也是一樣，"銘記"、"擁戴"等後的詞語所表示的大都是好的、積極的事物，但是"沉湎"、"痛惡"等後的詞語所表示的卻是壞的、消極的東西。本書都是從量的角度來解釋詞語的各種用法，這些量都是從具體的內容中抽象出來的，理解時注意不要把它們與具體的內容混在一起。

下面我們列出一些"崛起"類的極大量動詞，它們都是定量的，不能用"沒"或"不"否定；括號中的都是同概念的中間量詞，都是非定量的，可以自由用於肯定式和否定式。

撼動(擺)　滌除(掃)　飛奔(跑)　騰躍(跳)　吞食(吃)

狂飲(喝)　凝視(看)　呼喚(叫)　號叫(喊)　奮飛(飛)

顫慄(抖)　堅信(信)　理當(應該)　務必(需要)　十足(足)

縷述(解釋)　剖解(分析)　錘煉(推敲)　拜謁(訪問)

稟告(告訴)　叩問(問)　痛斥(責備)　鞭撻(攻擊)

激發(鼓勵)　盛贊(稱贊)　恪守(遵守)　服貼(聽從)

怒斥(罵)　奔波(操勞)　肩負(擔負)　抉擇(挑選)

洞察(觀察)　降臨(來)　像徵(意味)　切近(近似)

凌駕(超過)　隕滅(消失)　涌現(出現)　彌漫(充滿)

牟取(取得)

4.2.5　可以說"瞥了他一眼"，有時也可說"瞥了他兩眼"，但一般不說"瞥了他三(四、……)眼"或者"瞥了他"。"瞥"也是一類特殊的定量成分，它要求其後只能是某一個或兩個特定的數量成分，既不能用其它數量成分替換，也不能去掉數量成分。例如：

㉜　a.　瞥了他一眼。

　　b.＊瞥了他。

    c. ＊没(不)瞥他一眼。

㉝ a.   白了他一眼。

    b. ＊白了他。

    c. ＊白了他五眼。

    d. ＊没(不)白他一眼。

㉞ a.   瞟了他一眼。

    b. ＊瞟了他。

    c. ＊瞟了他七次。

    d. ＊没(不)瞟他一眼。

    "瞥"的意義為"很快地看一下",這與單純表示把視綫投到某處的行為動詞"看"不一樣,釋義中的"很快"和"一下"兩個量性成分使"瞥"表示的把視綫投到某處的概念義具有了定量的性質。"白"做動詞時其概念義也與"看"相同,不過它的涵義是"用白眼珠看","用白眼珠"這種特定的看的方式使得其概念義也有了定量的性質。後邊將會看到,有確定方式或者確定狀態的行為動詞也往往是定量的,據此我們也可以根據詞典釋義來鑒別動詞的定量和非定量。最後,再看一下"瞟"的情況,"瞟"的釋義為"斜着眼睛看",其"斜着眼睛"這種特定的狀態使得"瞟"具有了定量性質。

    下面是藉助於詞典來判別的定量動詞。如果釋義中有表示確定的程度或者確定狀態的涵義,所釋的詞一般都是定量的,不能用"没"或"不"否定。下面類一是釋義中有確定程度的,類二是釋義中有確定狀態的。

    一、

    a. 躥:迅速地走。

b. 飛馳：<u>很快地跑。</u>

c. 閃出：<u>突然出現。</u>

d. 馳名：<u>聲名傳播得很遠。</u>

e. 豁：<u>狠心付出很高的代價。</u>

二、

a. 飛翔：<u>盤旋地飛。</u>

b. 飄搖：<u>在空中隨風搖動。</u>

c. 乜斜：<u>眼睛略眯而斜着看。</u>

d. 飄悠：<u>在空中或水面上輕緩地浮動。</u>

e. 飛舞：<u>像跳舞似地在空中飛。</u>

類一的詞都跟"瞥"一樣，它們都不能用"沒"或"不"否定。類二的詞跟"白"的情況一樣，它們的概念義也都有確定的狀態或者方式限制，因此也是定量的，不能加"不"或"沒"否定。根據詞義來判別詞語定量或非定量性質的辦法只是一種方便的做法，最終還需在形式上得到驗證。我們認為那些表示特定程度、狀態、方式的動詞往往對其後的賓語有特殊的量上要求，因此可以根據意義來判別它們的定量性質，當意義跟形式發生沖突時，以形式特徵為準。譬如類一中的定量動詞"豁"是根據意義標準確定的，在形式上它也與定量動詞的特點相符合：要求其後必須有個特定的數量成分，例如：

㉟ a. 豁出三天功夫也得把它做好。

b. ＊豁出功夫也得把它做好。

c. ＊他沒（不）豁出功夫。

也可以根據構詞特點來確定動詞的定量和非定量。部分復音

節動詞其中第一個語素是表程度或情狀的,這類動詞絕大部分是定量的,不能加"沒"或"不"否定。例如:

三、程度詞素十行為詞素

切記	切近	輕取	輕揚	傾動	傾訴	傾慕	傾談	傾聽
傾吐	傾銷	確保	確認	確證	確守	顯見	顯現	顯揚
遐想	震動	震怒	震蕩	痛哭	痛斥	痛打	痛悼	痛感
痛罵	痛責	深恐	深思	深信	深知	涌現	涌流	淹流
渴見	渴望	渴慕	渴念					

四、情狀詞素十行為詞素

林立	私訪	私見	私信	私語	私圖	巧辯	巧幹	巧遇
微行	潛行	并行	暢行	風行	力行	爬行	星散	甜睡
昏睡	安睡	尾隨	尾追	追記	追述	追憶	唾罵	叱罵
臭罵	笑罵	責罵	辱罵	叫罵	屯立	屯聚	鼠竄	聳立
招展	雲集	雲散	飄揚	席卷	鳥瞰	龜縮	瞥見	興建
撞見	創建	累減						

類三和類四的詞語都是根據它們的構詞特點劃分出來的定量成分,這些詞對其後的賓語也有特殊的量上限制。譬如類三的"遐想"後不能自由地跟上數量成分,不能說:"遐想了三遍"等,而與之同概念的非定量動詞"想"可以自由地增刪其後的數量成分,既可以說"他想了",又可以說"他想了三遍"。類四的"林立"後不能有任何成分,當然也不能有數量成分,譬如一般只說"工廠林立"或"村莊林立"等,而不能說"工廠林立了許多"或"村莊林立了好幾個"一類的話,由此可見"林立"是定量的,自然也不能加"不"或"沒"否定。而與"林立"概念義相同的"建起"是非定量的,在其後可以自由

地增刪數量成分，譬如既可以說"工廠建起了"，又可以說"工廠建起了許多"；既可以說"村莊建起了"，又可以說"村莊建起了一大片"，等等，因此"建起"是可以用"沒"否定的，譬如可說"工廠沒有建起。""建起"顯然是不能直接用"不"否定的，原因是詞素"起"使得整個動詞有了明確的終結點，根據2.4"離散量和連續量"所述，具有該特徵的動詞都是只能用離散否定詞"沒"否定，而不能用連續否定詞"不"否定。有趣的是，如果去掉使整個動詞具有離散量性質的"起"，這時的"建"就兼有連續量的性質，它就可以用"不"否定了，譬如可說"工廠不建了"、"這裡不建村莊"。

4.2.6 "出挑"的涵義是指"青年人的體格、相貌、智能向美好的方面發育、變化、成長"，要求其後的賓語是表示積極的、美好的，而不能用相對涵義的詞語替代。這種對其後的賓語有特定的性質要求的詞也是一種定量動詞，廣義地看，特定的性質也是一種確定的量，因此"出挑"不能用"不"或"沒"否定。例如：

㊱ A a. 不滿一年，他就出挑成師傅的得力助手。

b. *不滿一年，他就出挑成師傅的普通助手。

c. *他沒（不）出挑成師傅的得力助手。

B a. 兩年不見，小姑娘出挑得更漂亮了。

b. *兩年不見，小姑娘出挑得不太漂亮。

c. *小姑娘沒（不）出挑得更漂亮了。

跟"出挑"同類的詞還有出落、襯托、呈現、出脫、陪襯、烘襯、映襯、烘托、映帶、映媚、掩映、相映、鋪墊，等等。"呈現"和"出現"兩者的概念義相同，但是"呈現"要求其後是美好的、積極事物或性質，譬如可說"呈現出一派繁榮的景象"，而不能說"呈現出蕭條的景象",可見它是屬於"出挑"類定量詞,一般不能用"沒"或"不"否定;而"出現"對其後沒有特殊的性質要求(量上限制),它是非定量的,可以自由地用"不"或"沒"否定。

4.2.7 動詞"看"有好幾個義項,按照各義項的用法來考察,它的基本義項的用法是非定量的,可以自由地加上"沒"或"不"由肯定式轉化為否定式;而"看"的很多引申義項的用法則是定量的,表現在其賓語的量性成分不能自由增刪,所以沒有否定式。完完全全的定量動詞為數是有限的,如把"看"這類常用動詞的定量義項的用法也算進去的話,那麼定量動詞的數目是相當可觀的。下面來考察"看"的各義項的用法。

義項A:使視綫接觸人或物

㊲　a.　他看電視。

　　b.　他看了一(兩、……)次電視。

　　c.　他沒(不)看電視。

義項B:看望

㊳　a.　昨天看朋友去了。

　　b.　昨天看了一(兩、三、……)個朋友。

　　c.　昨天沒看朋友。

義項C:診治

㊴　a.　他看病去了。

　　b.　他看了一(兩、三……)回病。

　　c.　他沒(不)看病。

義項D:觀察

㊵　a.　看問題要全面。

b. ＊看一(兩、三……)個問題要全面。

c. ＊沒(不)看問題。

義項 E：認為

㊶ a. 我看不會下雨。

b. ＊我看一(兩、三……)次不會下雨。

c. ＊我沒(不)看不會下雨。

義項 F：留神

㊷ a. 看開水！

b. ＊看一(兩、三……)瓶開水。

c. ＊沒(不)看開水。

義項 G：決定於

㊸ a. 輸贏就看這一着(兩着、幾着)棋了。

b. ＊輸贏就看棋了。

c. ＊輸贏沒(不)看這一着棋了。

很明顯，"看"的 A、B、C 三個義項的用法都是非定量的，它們賓語的量性成分可以自由增删，所以可加"沒"或"不"否定。其餘四個義項的用法都是定量的，這又可細分為兩類：義項 D、E、F 的"看"後不能有任何量性成分，G 的"看"後必須有量性成分，因此四個義項都沒有否定式。

下面列表舉一些常用動詞的定量義項和非定量義項的用法。

例詞	非定量義項	用例	定量義項	用例
放	擱置	拿桌子。	採取某種態度	放明白些。
拿	搬動	拿剪子。	強烈的作用使變壞	把饅頭拿黃了。

怕	害怕	她怕冷。	估計	我怕她不會來。
來	發生	來任務了。	下棋	來了一盤棋。
説	表達	説笑話。	意思上指	這段話是説他的。
聽	接受聲音	聽音樂。	治理	聽政。
派	分配	派任務。	指摘	派不是。
排	除去	排水	推開	排門而入。
開	打開	開鎖。	吃光	把包子都開了。
飛	在空中活動	飛上海。	揮發	香味飛了。
搭	支;架	搭橋	湊上	搭上這些錢。
壓	壓蓋	壓石頭	使穩定	壓咳嗽
用	使用	用錢。	吃	用飯。
有	領有	有書。	泛指	有一天。
栽	種	栽樹。	硬給安上	栽贓
炸	烹調	炸花生米。	因憤怒而激烈發作	一聽就炸了。
摘	取	摘梨子。	摘借	摘點兒錢。
指	指點	指問題。	意思為	這話是指你。
撞	碰上	撞入。	碰見	撞着張老師了。
追	追趕	追汽車。	追究	追贓。
做	製造	做書架。	結成	做朋友。
刮	取下來	刮鬍子。	搜刮	刮了不少錢。
趕	加快行動	趕任務。	遇到	正趕梅雨天。

　　上表中,各詞的定量義項用法也分兩類:(一)要求其後必須有某一特定的量性成分,譬如"放"作"採取某種態度"講時,其後必須

有而且只能有量性成分"些"或同義的"點",既不能用其它量性成分替換,也不能刪掉;(二)"怕"作"估計"用時,其後不能有任何數量成分。

4.2.8　以上討論的都是單個動詞的肯定和否定用法,本小節考察的對象是由單個動詞構成的結構。

重叠這種語法手段對於動詞有雙重的功能,一方面使重叠後的結構定量化,另一方面可以斷定重叠前的動詞是非定量的。凡是可以重叠的動詞在重叠之前都是非定量的,可以加"不"或"沒"否定;注意,這個判斷是不可逆的,即不能反過來說,凡是不能重叠的動詞都是定量的。

重叠動詞的賓語只能是光杆名詞,不能加上任何數量成分,都是定量的,不能用"沒"或"不"否定;而重叠之前的動詞都是非定量的,其賓語都可以自由地加上或刪掉量性成分。例如:

㊹　A　a.　我們開會。

　　　　b.　我們開了一(兩、三、……)次會。

　　　　c.　我們沒(不)開會。

　　B　a.　我們開了開會。

　　　　b.　*我們開開一(兩、三、……)次會。

　　　　c.　*我們沒(不)開開會。

㊺　A　a.　小趙聽新聞。

　　　　b.　小趙聽了一(兩、三、……)個鐘頭新聞。

　　　　c.　小趙沒(不)聽新聞。

　　B　a.　小趙聽了聽新聞。

　　　　b.　*小趙聽聽一(兩、三、……)個鐘頭新聞。

c. ＊小趙沒(不)聽聽新聞。

㊻　A　a.　他看電影。

　　　　b.　他看了一(兩、三、⋯⋯)場電影。

　　　　c.　他沒(不)看電影。

　　B　a.　他看了看電影。

　　　　b.　＊他看看一(兩、三、⋯⋯)場電影。

　　　　c.　＊他沒(不)看看電影。

㊼　A　a.　他們討論問題。

　　　　b.　他們討論了一(兩、三、⋯⋯)個問題。

　　　　c.　他們沒(不)討論問題。

　　B　a.　他們討論討論問題。

　　　　b.　＊他們討論討論一(兩、三、⋯⋯)個問題。

　　　　c.　＊他們沒(不)討論討論問題。

　　動詞重疊格式主要有如下五種。這些重疊式的後邊有兩種情況:(一)其賓語都只能是光桿名詞,不能有數量成分;(二)其後不能有任何成分。兩種情況都是定量的,不能用"沒"或"不"否定。例如:

格式一:動＋動

說說　撐撐　碰碰　聽聽　嘗嘗　學學

格式二:動＋了＋動

說了說　撐了撐　碰了碰　聽了聽　嘗了嘗　學了學

看了看　放了放

格式三:動＋一＋動

說一說　撐一撐　碰一碰　聽一聽　嘗一嘗　學一學

看一看　放一放

格式四：AABB

打打鬧鬧　說說笑笑　走走停停　吃吃喝喝

蹦蹦跳跳　高高興興

格式五：ABAB

活動活動　討論討論　瞭解瞭解　學習學習

思考思考　記錄記錄

　　重疊之前的原型動詞後可以有各種數量成分，譬如"說了三天、說了一次、說了三遍"等，而重疊式卻不行，譬如不能說"說說三天、說說一次、說說三遍"等。注意，當動詞後為"數詞＋時間名詞"短語時，應把它們看做一個整體，用賓語量性成分增刪法來鑒別時，要看把整個短語刪掉後能不能說，能說的仍然是非定量詞，譬如"說了三天"雖不能說"說了天"，但可以講"說了"，因此"說"還是非定量的，顯然也可用於否定式。

　　格式四的情況比較特別，它們的原形動詞全都可以跟上數量賓語或其它成分，而它們自身卻往往不能跟任何成分。譬如可以說"說笑了半天"、"吃喝光了"、"很高興參加你們的會議"等。當然可以說"高高興興地參加會議"，但是"高高興興"與其後詞語之間的關係已是狀語和謂語中心語，即"高高興興"作狀語修飾動詞"參加"，而"很高興參加會議"中的"高興"是謂語中心語，"參加會議"作賓語。後文將會看到，語義範圍比較窄的詞大都是作修飾語，動詞"高興"等重疊後變成定量的，其語義範圍比較具體，故作修飾語來限定其它成分。"高興"有點接近形容詞，也是表性狀的，其它純粹的行為動詞重疊後仍主要作謂語中心語帶賓語，譬如"瞭解"、

"思考"等。

格式四的"走走停停"比較特殊，"走停"不是一個單詞，所以不能單獨運用。疊前凡可單獨運用的都是非定量動詞，例如：

拔　辨　包　抱　背　比　編　變　補　擦　猜　裁　踩
查　唱　炒　稱　喊　改　吹　閣　動　擠　記　治　轉
笑　琢磨　轉變　指點　證明　爭論　招待　增加　研究
議論　體現　調整　推廣　聽取　收拾　申請　認識
商量　強調

那些消極的、單純表性質的動詞一般是不能重疊的，譬如抱歉、病、操縱、成為、充滿、打破、冲突、傳染、害怕、害羞、昏迷、破烈、輕視、傷心、作為、意味、相等、誤會、誤解、瞎、嫌等。這些動詞都是不能重疊的，但是它們仍是非定量成分，表現在賓語的量性成分可以自由地增删，因此仍可以用"沒"或"不"否定。

前文也已經講過，在表虛擬情況時，重疊動詞可以否定，譬如"他們也沒討論討論就倉促決定了。"這時表示所否定的重疊動詞的行為是應該實現而沒有實現，即它們的深層語義仍然是肯定的。

4.2.9　現在我們從語義上來分析形成重疊式動詞定量化的原因。❶

概括地說，動詞重疊式表示動作的量。所謂動作的量可以從動作延續時間長短來看，也可以從動作反復次數的多少來看。前者叫做時量，後者叫做動量。例如"一會兒"、"一天"表示時量，"一次"

---

❶　以下關於動詞重疊式的意義和用例是根據朱德熙《語法講義》(66—68頁，商務印書館，北京，1982年)。

"一遍"表示動量。動詞重疊式也是兼表時量和動量的。先舉表時量的例子:

他退休以後,平常看看書,下下棋,和老朋友聊聊天,倒也不寂寞。

"看看書""下下棋"都表示時量短,等於說"看會兒書","下會兒棋"。這一點從動詞重疊式和動詞基本形式的對比當中可以看得更清楚:

年紀大了,重活幹不了,只能洗洗衣服,鍘鍘草,喂喂牲口。

白天到山腰去拾柴,晚上又是鍘草,喂牲口,整天操勞。

前一句強調動作的時間不長,用重疊式;後一句說成天洗衣服、鍘草、喂牲口,就不能用重疊式了。再比較下邊兩句:

下午兩點去聽報告。

晚上想去看看電視。

前一句的"聽"不能換成"聽聽",因為"聽聽"是說"聽一會兒"。電視可以只看一會兒,報告就一般情形說,不會只聽一會兒。

那不過說說罷了,你就當真。

也不過是幫幫忙,算得了什麼呢?

"罷了""不過"都是把事情往小裡說,跟動詞重疊式表短時量正相適應,這兩句裡的重疊式都不能換成動詞基本形式。

動詞重疊式除了表時量短外,有時表示動量小。例如:

他伸伸舌頭說:"真危險。"

我該去理理髮了。

這件事你得去找找李老師。

這些重疊式都不表示時量,"伸伸舌頭""理理髮"不是說伸了

一會兒舌頭,理會兒髮,而是説伸了一伸舌頭,理一次髮。這種重叠
式常常表示嘗試。例如:

這頂帽子太小了,你戴戴看。

到美術館去,十一路比三路快,不信你坐坐試試。

從以上的分析可以看出,動詞重叠式所表示的是一個程度較
弱的確定量,也就是説其語義是定量化了的,因此在語言應用中就
表現為其賓語不能再有量性成分,其前不能加否定詞否定。

4.3 寬式定量動詞

4.3.1 有一類動詞雖可以加"没"否定,但不能用"不"否定,
可以把它們稱之為寬式定量動詞。寬式定量動詞主要是由"動+
補"結構形成的復合詞和詞組。這類定量成分的特點是,補語所表
示的確定的程度、狀態、結果等使整個復合動詞或動詞短語具有了
定量的性質,同時其賓語前還可以自由地添加數量成分,雙方面因
素共同作用的結果形成了它們寬式定量的性質。例如:

④⑧ a. 他看見樹了。

b. 他看見一(兩、三、……)棵樹。

c. 他没看見樹。

d. *他不看見樹。

④⑨ a. 他吃完飯了。

b. 他吃完了一(兩、三、……)碗飯。

c. 他没吃完飯。

d. *他不吃完飯。

㊽和㊾中的結果補語"見"和"完"分别使其前邊的行為動詞"看"和"吃"有了定量性,與此同時,"看見"和"吃完"後的賓語又可以自由地增删數量成分,這又使得整個動詞具有了非定量性質。兩方面作用的結果,使得"動+補"類成分具有只能用"沒"否定,不能用"不"否定的用法特點。

也可以從另外一個角度來解釋這種現象。"動+補"結構中,補語所表示的確定的程度、狀態、結果等使其前的動詞具有了明確的終結點,也就是說整個動詞變成了離散量,所以它們只能用離散否定詞"沒"否定,而不能用連續量否定詞"不"否定。

4.3.2　凡是由"動+補"結構形成的復合動詞都有寬式定量動詞的特點,例如:

㊿ a.　認清問題的實質。

b.　認清了一(兩、三、……)個問題的實質。

c.　沒認清問題的實質。

d. *不認清問題的實質。

(51) a.　他們完成了任務。

b.　他們完成了一(兩、三、……)項任務。

c.　他們沒完成任務。

d. *他們不完成任務。

(52) a.　我們糾正了錯誤。

b.　我們糾正了一(兩、三、……)個錯誤。

c.　我們沒糾正了錯誤。

d. *我們不糾正了錯誤。

(53) a.　我們聽見了聲音。

b. 我們聽見了很多聲音。

c. 我們沒聽見聲音。

d. *我們不聽見聲音。

像"認清"這種結構的復合詞在漢語中的雙音節詞中所占的比例是相當大的,例如:

克服 馴服 説服 厭服 征服 謄清 收清 分清 劃清
澄清 點清 付清 闡明 查明 辨明 得勝 獲勝 戰勝
丢失 損失 遺失 走失 扳正 辯正 補正 矯正 刊正
指正 扭轉 掉轉 減弱 削弱 衰弱 拔取 攻取 換取
獲取 汲取 記取 考取 聽取 選取 夢見 推見 望見
聞見 想見 撞見 打動 搬動 觸動 帶動 改動 開動
攪動 舉動 挪動 説動 推動 疏動 打通 串通 泯滅
撲滅 湮滅 掃滅

應該注意一點,一些有"動+補"關係的復合詞,它們的兩個詞素已完全凝結成一個整體,在兩個詞素之間已分不出行為和結果了,只是單純表示一種動作行為,譬如説明、提高、推廣、接見、表明、證明、錄取、指明、變動、活動等。這些詞都是非定量成分,既可加"沒"又可加"不"否定。

4.3.3 以上討論的是有動補關係的復合詞,臨時構成的動補短語也與"認清"等有相同的特點。例如:

㉞ a. 小趙打好了行李。

b. 小趙打好了一(兩、三、……)件行李。

c. 小趙沒打好行李。

d. *小趙不打好行李。

55 a.　學校蓋成了大樓。

b.　學校蓋成了一(兩、三、……)幢大樓。

c.　學校沒有蓋成大樓。

d. ＊學校不蓋成大樓。

56 a.　他學會了外語。

b.　他學會了一(兩、三、……)門外語。

c.　他沒學會外語。

d. ＊他不學會外語。

57 a.　廣播完了新聞。

b.　廣播完了一(兩、三、……)則新聞。

c.　沒有廣播完新聞。

d. ＊不廣播完新聞。

4.3.4 "得"字結構有兩類:一是表示可能的,譬如搬得動、來得及、禁得住等;二是表結果、程度的,譬如洗得乾淨、看得清清楚楚等。兩類結構都是寬式定量成分,一般都可加"沒"否定,全都不能加"不"否定。例如:

58 a.　沒來得及去看黃鶴樓。

b. ＊不來得及去看黃鶴樓。

59 a.　沒禁得住各方面的壓力。

b. ＊不禁得住各方面的壓力。

60 a.　信上沒說得很清楚。

b. ＊信上不說得很清楚。

61 a.　衣服沒洗得很乾淨。

b. ＊衣服不洗得很乾淨。

表示可能的"得"字結構可以跟名詞賓語,也可以自由地增删量性成分,譬如"搬得動桌子"和"搬得動三張桌子"都可以説。表結果的"得"字結構的補語的量性成分"很"等也可以用其它程度詞替換,譬如⑩a 的"很"可以用"十分"、"太"等程度詞替換。所以,跟"認清"類的動補結構一樣,"得"字結構的補語賦予其前動詞定量性,另一方面,其後量性成分的自由添加又使得它具有非定量性質,兩方面作用的結果形成了"得"字結構的寬式定量的特點。

表結果的"得"字結構的後段如為形容詞時,"得"前動詞可加"沒"否定的條件是:"得"後形容詞必須是可加"不"否定的,否則整個結構變成了嚴式定量成分,這時"得"前的動詞既不能加"不"否定,也不能加"沒"否定。譬如⑩⑪的"很清楚"、"很乾淨"都可加"不"否定,而"最清楚"、"乾乾淨淨"都不能加"不"否定,所以不能説"信上沒説得最清楚"或者"衣服沒洗得乾乾淨淨"。這裡牽涉到形容詞的定量和非定量問題,它們將在第五章中討論。

4.3.5 "塌"是單純動詞,也具有動補結構的寬式定量性質,只能用"沒"否定,不能用"不"否定。例如:

⑫ a. 那間房子沒塌。

　　b. *那間房子不塌。

⑬ a. 那堵墙沒倒。

　　b. *那堵墙不倒。

⑫和⑬中的"塌"和"倒"的共同語義特徵是,都是表結果的行為,譬如説"房子塌了"暗示某種使房子"塌"的行為已經存在,這點可以從"塌"經常做炸、震、泡、推等具體行為動詞的補語上看出來。這樣,當"塌"類動詞獨用時,它們兼有行為和結果雙重意思,因此,

跟"認清"類詞一樣,"塌"等也具有了寬式定量性質。

"塌"、"倒"是結果動詞這一特點,還可以與相關的行為動詞"炸"、"泡"等的搭配上看出來。"塌"、"倒"等經常跟在"炸"、"泡"後做補語,而反過來卻不行,"炸"、"泡"等一般不能做"塌""倒"的補語,這就證明了"塌"、"倒"等表結果的性質。從用法上看,行為動詞"炸"、"泡"等是非定量動詞,既可用"沒"又可用"不"否定,譬如"沒炸舊房子"和"不炸舊房子"都可以說。

單純表結果的動詞跟"塌"的用法一致,都具有寬式的定量性,能用"沒"否定,不能用"不"否定。同類的詞還有"陷、毀、垮、滅、消失、喪失、破滅、落下、摔下、塌架、丟失、熄、亡、陷落、沉沒、相撞等。

李臨定先生認為❶,否定詞"不"是表意志的,而"塌"類詞都是非意志行為,所以不能用"不"否定。這種解釋遇到了很大的困難,譬如"滴、流、濺、淹、噴等,都是人們的意志無法控制的,但是它們既可以用"沒"否定,又可以用"不"否定。例如:

㉔　a.　這個壺沒滴油。

　　　b.　這個壺不滴油。

㉕　a.　這個水管沒流水。

　　　b.　這個水管不流水。

㉖　a.　這樣倒沒濺水。

　　　b.　這樣倒不濺水。

㉗　a.　公園裡的噴泉沒噴水。

　　　b.　公園裡的噴泉不噴水。

---

❶　請參見李臨定《現代漢語句型》,商務印書館,1986年。

⑱ a. 這水沒淹莊稼。

 b. 這水不淹莊稼。

實際上,上述各詞都是非定量的,其後的賓語的數量成分可以自由地增删,因此它們既可用"沒"否定,又可用"不"否定。譬如,既可以説"這壺滴油",又可以説"這壺滴了三斤油";既可以説"這個水管流水",也可以説"這個水管流了六桶水",等等。由此可見,是詞語的量的特徵決定了它們肯定和否定用法。

4.3.6 給非定量動詞的賓語添加上量性成分,可以使該動詞臨時寬式定量化,這時的動詞一般只能用"沒"否定,不能用"不"否定。如果去掉量性成分後就可以加"不"否定了。例如:

⑲ a. 上星期六沒上四節課。

 b. ＊上星期六不上四節課。

 c. 上星期六不上課。

⑳ a. 上月沒演三場電影。

 b. ＊上月不演三場電影。

 c. 上月不演電影。

㉑ a. 去年沒請幾次客。

 b. ＊去年不請幾次客。

 c. 去年不請客。

這類寬式定量成分形成原因是,動詞的非定量和賓語是個確定的數量兩方面的因素相互作用的結果。實質上跟述補類寬式定量成分形成的方式是一樣的。也可以從否定詞的性質來解釋,非定量動詞加上數量短語後變成了離散量,就不能再用連續否定詞"不"否定了。

在表意志等虛擬情況時，"不"可以否定"動＋數＋名"短語，譬如可説"他們硬要我喝三杯酒，我偏不喝三杯酒"。這種現象反映了現實句和虛擬句在肯定和否定上的對立。

4.4 定量動詞的句法

非定量動詞的句法相當活躍，大都可以重疊，加時態助詞着、了、過，變換語序，用各種副詞修飾，等等；而定量動詞的句法基本上是惰性的，除保留可帶賓語這一特徵之外，失去了動詞的絕大部分語法特點。例如：

"放"的非定量義項：擱置

⑦ a.　他放桌子。

　　 b.　他放了（過、着）桌子。

　　 c.　他已經（剛剛、早已、慢慢地、……）放了桌子。

　　 e.　他放好了桌子。

　　 f.　桌子他放了。

⑦ a.　放聰明些。

　　 b. ＊放了（過、着）聰明些。

　　 c. ＊他已經（剛剛、早已、……）放聰明些。

　　 e. ＊他放好了聰明些。

　　 f. ＊聰明他放了。

"看"的非定量義項：使視綫接觸人或物

⑦ a.　看電影。

    b.   看了(過、着)電影。

    c.   看看電影。

    d.   已經(剛剛、……)看了電影。

    e.   看完了電影。

    f.   電影看了。

"看"的定量義項：觀察

⑦⑤   a.   看問題要全面。

    b.＊看看問題要全面。

    c.＊看看問題要全面。

    d.＊已經看問題要全面。

    e.＊看完了問題要全面。

    f.＊問題看了。

4.5 對定量動詞進行意義上否定的方法

    定量動詞雖然不能直接加上"沒"或"不"由肯定式轉化為否定式，但是漢語是很富於彈性和表現力的，總可以找到一個適當的否定式來對它們進行意義上的否定。最常見的方法是用跟要否定的定量成分相同概念義的非定量成分的否定式來實現。下例中的定量動詞上的一橫表示對它的否定，等式後是語義上的否定式。

⑦⑥   a. $\overline{這項任務得十個人。}$＝這項任務不需要十個人。

    b. $\overline{兩處合計六十人。}$＝兩處沒有六十人。

c. <u>白了她一眼</u>。＝沒看她一眼。

d. <u>討論討論問題</u>。＝沒討論問題。

　　根據否定範圍規律,在同一概念的一組詞中,語義程度較低的詞的否定式包含了對語義程度較高詞語的否定。定量動詞中有一類是語義程度極高的,根據肯定和否定公理,它們都是不能用於否定式的,但是可以用與之同概念的語義程度較低的非定量詞的否定式從意義上對其進行否定。例如:

⑦ a. <u>他銘記住老師的話</u>。＝他沒記住老師的話。

　 b. <u>她長得活像她的媽媽</u>。＝她長得不像她的媽媽。

　 c. <u>她傾訴著自己的苦衷</u>。＝她沒有說自己的苦衷。

　 d. <u>山前崛起了一幢大樓</u>。＝山前沒有建大樓。

　　定量動詞總有與之概念義相同的非定量詞,因此,盡管不能直接用否定詞對它們進行否定,我們卻總能夠找到從意義上否定它們的方式。迄今為止,還沒有發現哪一個定量詞是不能從意義對它進行否定的。

第五章　形容詞的肯定與否定

5.1 定量形容詞與非定量形容詞

5.1.1　跟動詞的情況一樣,不同的形容詞用於肯定結構或否定結構概率差別很大,有些常用於否定結構中,譬如景氣、濟事、經心等;有些可以自由地用於肯定和否定兩種結構中,譬如繁榮、有用、專心等;有些只用於肯定結構中,譬如鼎盛、萬能、精心等。關於只用於或多用於否定結構的形容詞,第三章中已做了詳盡的討論,本章重點討論後兩種情況的形容詞。這裡所說的形容詞，既包括單個的詞，也包括以形容詞為核心構成的詞組。

5.1.2　從量的類型來看，形容詞最典型的特徵是它的連續性。按照量的特徵可以把形容詞分為兩類：(一)只有連續量性質的形容詞，譬如乾脆、和順、利索、籠統、普通、明亮、平安、平坦、零碎、渺茫等，它們只能用表模糊量的程度副詞修飾，用程度副詞切分出來的一系列大小不等的量級之間沒有明確的分界綫，"很乾脆"和"十分乾脆"兩個量級，能大致地覺得後者比前者程度高，而不能準確指出多大程度是屬於"很乾脆"的，多大程度是屬於"十分乾脆"的。這就說明，"乾脆"等所表示的量是一個連續變化的過程。(二)兼有連續量和離散量性質的形容詞，譬如好、壞、大、小、長、短、高、低、胖、瘦等，它們既可以用程度詞修飾，也可以跟標明其前性質有明確終結點的"了"，而且大都還可以跟數量成分，如可說"好了"、"大了"、"好了三天了"、"大了一寸"等。前一特徵表明"好"等具有連續量性質，後兩個特徵表明"好"等具有離散量性質。沒有形容詞是只有離散性而沒有連續性的，所以我們認為連續性是形容詞的典型的量上特徵。

既然連續性是形容詞的典型的量上特徵，那麼在對形容詞的否定上，連續否定詞"不"比離散否定詞"沒"更為自由。對於上述的第一類形容詞，只能用"不"否定，不能用"沒"否定；對於上述的第二類形容詞，既可以用"不"否定，也可以用"沒"否定。譬如，"乾脆"是一類形容詞，只能說"這個人不乾脆"，而不能說"這個人沒乾脆"；"高"是二類形容詞，既可以說："這棵樹不高"，也可以說"這棵樹沒高"。由此可以得出個結論：對於形容詞，如是不能用"不"否定的，一定不能用"沒"否定；而不能用"沒"否定的形容詞部分是可以用"不"否定的。

5.1.3　在 4.1 節説明動詞的定量和非定量概念時，曾舉同是表"應該有"概念的"得"和"需要"為例，"得"要求其後必須是個具體的數量短語，是定量的，不能用"不"或"沒"否定；"需要"後的賓語可以自由增删量性成分，是非定量的，可以用"不"或"沒"否定。除此之外，"得"和"需要"還有另外一個重要差别："得"不能用程度詞修飾，而"需要"則可以用程度詞切分出一系列大小不等的量級。"得"和"需要"同時具有動詞和形容詞兩方面的特徵，可帶賓語是動詞的典型特徵，因此，"得"的定量性和"需要"的非定量性在賓語上不同的量的要求可以用來鑒别動詞的定量和非定量性質，第四章中正是以這個標準分出定量動詞和非定量動詞；本間將根據"得"和"需要"的第二個量上特徵——能否用程度副詞修飾來把形容詞分為兩類：定量形容詞和非定量形容詞。

根據能不能用程度副詞有點、很、最等分別加以修飾的標準，可以把形容詞分為兩類：(一)能够用該程度詞序列分別加以修飾的叫非定量形容詞，可以加"不"或"沒"否定，譬如紅、大、遠、寬、長、亮、乾淨、困難、漂亮、勇敢等；(二)不能用該程度詞序列分別加以修飾的叫定量形容詞，都不能加"不"或"沒"否定，譬如粉、中、紫、褐、橙、疑難、雪亮、刷白、美麗、嶄新等。

判別形容詞的定量和非定量的性質的方法叫程度詞法。這種判別方法跟"能否用程度詞修飾"和"能否加'很'修飾"兩個判斷是很不相同的，程度詞法強調的是形容詞在量上申展的幅度，只有當一個形容詞可以被不少於"有點❶、很、最"三個程度詞切分時才可斷定它是非定量的。有些形容詞雖然也可以用某個程度詞修飾,但是它們在量上沒有申展到三個程度詞所確定的幅度,仍是量點,即還是定量的,不能用"不"否定,譬如尖端、新式、心愛、中間等都可以加"最"修飾,但不能用"有點"或"很"修飾,根據程度詞法,它們仍然是定量的,顯然都不能用"不"否定。

根據肯定和否定的公理,程度極高的形容詞是不能用"不"否定的,用定量、非定量概念劃分出的只用於肯定結構的形容詞有一部分也是語義程度極高的,而"最"是程度副詞語義程度極高的,所以可以用它來修飾部分定量形容詞。

5.1.4 否定詞之間有種互斥性,在否定其它成分時,兩個否定詞不能緊連着用。雖然以"不"、"沒"等為語素構成的形容詞可以用"有點、很、最"分別加以修飾,按照程度詞法應是非定量的,但是由於否定詞之間這種互斥性,兩個"不"不能連用,這時也不能加"不"否定。譬如不利、不妙、不滿、不幸、不像話、不成器、不安、不錯、不當、不對、不公、不和、不解、不快、不配、不平、不忍、不通、不妥、沒臉、沒譜、沒趣、沒用、沒治、沒出息、無恥、無方、無辜、無關、無賴、無禮、無力、無聊、無能、無情、無私、無味、無用、無知等,按照程度詞法,它們都是非定量的,但是由於否定詞之間的互斥性,它們都不能用"不"否定。

---

❶ "有點"多用於不如意的事,鑒別一些積極形容詞的量的性質時,可用、"一些"、"比較"來替代"有點"。

5.1.5　朱德熙❶和呂叔湘❷兩位先生按照語法功能的不同從形容詞中立出個新類：區別詞或非謂形容詞，兩者名稱不一樣，內容基本上是一致的。按照本文的定量和非定量概念給形容詞分出的類，區別詞或非謂形容詞基本上是屬於定量形容詞一類的，譬如朱的《語法講義》中列舉的正、副、彩色、黑白、慢性、急性等，呂的《試論非謂形容詞》中列舉的新生、高產、西式、高效等，這些都是本文中所講的定量形容詞。但是，兩位先生是從語法功能上劃分的，我們是根據詞語量上的特點劃分的，目的是為了考察它們肯定和否定的用法，所以分出的結果也有不小出入。朱把絕對、直接、間接等歸入區別詞，呂把老式、高級、低級、積極、消極、專門、意外、直觀、封建、主要、經常等歸入非謂形容詞，這些詞都可以用程度詞序列切分，本章中都劃歸入非定量形容詞，顯然它們都是可以加"不"否定的。

不論是區別詞還是非謂形容詞，都是指那些形容詞一般不能直接做謂語，而是通常用做定語來修飾限定名詞。其實量上的特徵是決定它們語法功能的本質原因，定量形容詞都是個量點，也就是說它們的語義範圍都比較窄，而語義範圍比較窄或者說比較具體的詞大都是經常做修飾語修飾、限定其它成分。

5.2　嚴式定量形容詞

---

❶　見朱德熙《語法講義》，商務印書館，1982年，北京。

❷　見呂叔湘《試論非謂形容詞》，《中國語文》，1985年第4期。

5.2.1　表示事物在體積、面積、數量、力量、強度等方面的程度的一組詞"大"、"中"、"小"，其中"大"和"小"可用程度詞修飾，是非定量的，可用"不(沒)"否定；"中"不能用程度詞切分，是定量的，不能用"不(沒)"否定。

現在來考察一下"大"、"中"、"小"三個詞之間語義關係。拿一根繩子做比喻，"大"和"小"好比一條繩子的兩端，"中"為繩子的長度的二分之一處，兩端的"大"和"小"不論在量上同時延長多少，所確定的中間點始終是不動的。也就是說，"大"和"小"是一個在量上可以申縮的量幅，"中"是一個確定的量點。三者的量上關係可圖示如下。

$$\overset{\text{小}}{\underset{-\infty}{\longleftarrow}} \quad \overset{\text{中}}{} \quad \overset{\text{大}}{\underset{\infty}{\longrightarrow}}$$

後文將還會談到，"中"是個確定的量，語義範圍比較具體，因此它的句法活動能力受到很大的限制，通常只用作定語來修飾其它成分；"大"和"小"是個量幅，語義範圍很寬泛，因此它們的句法相當活躍，具有形容詞的所有特徵，譬如可作定語、謂語，可跟動態助詞"了"，可用"不"或"沒"否定，可用程度詞修飾，等等。

凡是在量上關係跟"大"、"中"、"小"一樣的，它們的定量和非定量與肯定和否定的使用情況也與之相同。譬如"紅"和"白"在量上不論同時增加多少，混合在一起所確定的顏色是不變的，都是"粉"。由此可見，"紅"、"粉"、"白"三個詞之間量的關係與"大"、"中"、"小"的是一致的，兩組詞的其它特點也一樣："紅"和"白"是可用程度副詞修飾，是非定量的，可加"不"或"沒"否定；"粉"不能用程度詞修飾，是定量的，不能加"不"或"沒"否定。以下各組詞之

間的語義關係都是,前邊兩個非定量成分相加確定一個箭頭指向
的定量成分,其量上的關係都與"大"、"中"、"小"的相同。

  a、紅十藍——→紫

  b、紅十黃——→橙

  c、綠十黑——→青

  d、紅十黑——→褐

  e、黑十白——→灰❶

  f、熱十冷——→溫

  g、高級十低級——→中級

  以上所講的七組詞都是兩端是非定量詞,共同確定中間狀態
的定量詞。還有一種詞與這些的情況類似而量的關係恰好相反,兩
端是定量的,所確定的中間狀態卻是非定量的,例如:

  h、鉛直十水平——→斜

  i、凸十凹——→平

  "鉛直"、"水平"和"凸"、"凹"等都不能用程度詞切分,是定量
的,因此不能用"不"否定。"斜"和"平"都是非定量的,既可用程度
詞修飾又可用"不(沒)"否定。仍拿繩子作比喻來說明 h 和 i 之間
量上的特徵,在一條繩子兩端定出兩個確定的點,那麼位於這兩個
定點之間的就是一個有一定量幅的綫段,前者就成了定量的,後者
就成了非定量的。前文用自然語言肯定和否定的公理劃分出的各
組詞大都與 h、i 類似,譬如"景氣"、"發達"、"鼎盛"這組詞,兩端的

---

  ❶ "灰"不表具體的顏色而用作引申義"模糊"時,是非定量的,可用否定詞否定,
譬如"這幅素描不灰"。

是定量的,中間的是非定量的,所不同的是,極小量這一端的詞是只用於否定結構的。

定量詞由於不能用於否定結構中,出現的頻率比相關的非定量詞低得多。下表是《現代漢語頻率詞典》對前文所舉各組例子的統計結果。

例　詞	詞　次	頻　率
紅	592	.04504
粉	6	.00046
白	464	.03530
黑	409	.03112
灰	48	.00365
白	464	.03530
冷	296	.02252
溫	31	.00236
熱	339	.02579
大	5294	.40277
中	2912	.22155
小	3821	.29070
紅	592	.04504
褐色	12	.00091
黑	409	.03112
凹	20	.00152
平	116	.00883
凸	7	.00053

i 組的"斜"的詞次為 79,頻率為 .00601,兩端的"鉛直"和"水平"都沒有統計到,可以認為在詞典統計的範圍內,兩者的詞次和頻率都是 0。

由上表可以明顯看出,定量詞和非定量詞使用頻率差別也是非常大的。

5.2.2　鼎盛、萬能、精當等都是語義程度極高的詞,根據自然語言肯定和否定的公理,它們都只能用於肯定式,不能用於否定式。用程度詞法也可以得出同樣的結果。那些語義程度極高的形容詞也不能用程度詞切分,根據程度詞法,它們也是定量的,因此不能用"不"否定。例如:

漫長	摩天	偉岸	巨大	細微	寥闊
無底	深邃	纖細	肥胖	消瘦	垂直
靳平	溜尖	崎嶇	高峻	流圓	許多
大量	點滴	萬端	稀有	一切	所有
繁密	稀疏	冗長	棒硬	沉重	飛快
爛熟	嘹亮	高亢	雷鳴	神速	通亮
奪目	遙遠	長久	短暫	冰冷	滾燙
美妙	陳舊	溜光	奇巧	玲瓏	年邁
粗壯	通紅	噴香	十足	神似	優秀
絕妙	精粹	空前	異常	萬難	艱偉
簡易	恒定	永恒	劇烈	首要	顯達
火急	切要	紛繁	扼要	凶惡	刁滑

以上詞語都不能用程度詞序列切分,它們的語義程度也是極

高的,不論從肯定和否定的公理還是程度詞法所判別出的肯定和
否定用法都是一致的。語義程度的高低是一個模糊概念,達沒達到
極大有時也頗難判定,這個時候還需藉助於程度詞法。語義的高低
可作為鑒別形容詞定量和非定量的意義標準,程度詞法是形式標
準,當意義標準難以確定或者與形式標準發生冲突時,以形式標準
的判 別結果為準。

5.2.3　對於復音節形容詞,還可以從構詞上判定它們的定量
和非定量。凡是以語義相同或相近而且語義程度相等或相當的兩
個詞素合成的復音節形容詞,一般都可以用程度詞序列切分,因此
它們是非定量的,可用"不"否定。凡是概念義不同的兩個語素合成
的復音節形容詞,都不能用"不"否定。例如:

類一:

安定	安靜	安全	安穩	暗淡	別扭	草率	吵鬧
誠懇	充裕	稠密	純粹	匆忙	粗糙	粗壯	大方
對付	肥大	富裕	乾脆	乾淨	工整	公平	恭敬
孤單	古怪	規矩	憨厚	含混	和藹	和睦	和順
糊涂	荒涼	晃蕩	活潑	簡單	緊凑	謹慎	空洞
空曠	快樂	寬敞	寬綽	甜密	牢靠	冷淡	冷靜
冷清	利索	零碎	蒙朧	迷胡	苗條	明亮	模糊
扭捏	平安	平靜	平穩	破爛	普通	樸素	齊全
奇怪	親熱	勤快	清白	清楚	清靜	輕鬆	曲折
隨便	瑣碎	拖沓	妥當	完全	完整	溫和	穩當
穩妥	穩重	詳盡	辛苦	虛假	嚴密	陰沉	圓滿
整齊	細致						

類二：

矮胖	梆硬	綳硬	筆挺	筆直	碧綠	冰冷	冰涼	慘白
翠綠	短粗	飛薄	飛快	粉白	粉紅	粉嫩	乾冷	乾瘦
滾熱	滾燙	滾圓	黑紅	黑亮	黑瘦	鋼咸	焦黃	金黃
精光	精瘦	蠟黃	爛熟	溜光	溜滑	麻辣	悶熱	嫩白
嫩綠	噴香	漆黑	黢黑	傻高	傻愣	煞白	瘦長	瘦乾
瘦高	刷白	死沉	死咸	死硬	烏黑	稀爛	細白	雪白
雪亮	陰冷	陰涼	油光	油黑	油亮	燥熱	嶄新	湛藍
賊亮								

　　類一的詞都是以兩個概念義相同或相近的詞素合成的,它們都是非定量的,全都可以用"不"否定;類二的詞的第一個語素都與第二個語素的概念義不同,第一個語素除形容詞性以外,還有名詞、副詞、動詞等性質的,它們大都是表程度、情狀、方式的,從各個方面修飾、限定第二個非定量形容詞,這樣就使得所構成的復合詞具有了定量性,因此所有的二類詞都不能用"不"否定。

　　類一和類二的詞在重疊方式上也有明確的差異:類一的詞一般採用 AABB 式,類二的詞只能用 BABA 重疊。據此,我們可以根據重疊的方式鑒別雙音節形容詞的定量和非定量性:(一)凡是採用 AABB 式的復合形容詞,疊前都是非定量的,表現為可以用程度詞分量級,可用"不"否定。根據我們對近三百條常用的復合形容詞調查的結果,規則(一)推斷的正確率幾乎是百分之百,只有少數例外,例如吞吐、堂皇、凄切、庸碌等。類一的詞顯然都符合規則一,其它不是用相同或相近概念合成的形容詞,也包括動詞,只要是採用 AABB 重疊式的,疊前都是非定量的,都可加"不"否定,例如商量、

磨蹭、念叨、拼湊、摟抱、拉扯、哆嗦、對付、骯髒、顫悠、從容、瓷實、
脆生、打鬧、來往、利落、客氣、寒酸、太平、踏實、熱乎、親密、流氣
等。(二)凡是只能採用 BABA 重疊式的，都是定量的，既不能用程
度詞修飾，也不能用"不"否定。根據類二所列出的近八十個常用的
只能採用 BABA 重疊式的形容詞考察的結果，全都符合規則二，在
考察的約二百個這類詞中，尚沒有出現例外。

　　5.2.4　有一種非常有趣的現象，在具有同義或反義關係的一
對詞中，其中一方是非定量的，可用"不"否定；另一方是定量的，不
能用"不"否定。例如：

例詞＼量級	有點	很	太	十分	最	不
困難	＋	＋	＋	＋	＋	＋
疑難	－					
平常	＋	＋	＋	＋	＋	＋
通常	－					
樂觀	＋	＋	＋	＋	＋	＋
達觀	－					
容易	＋	＋	＋	＋	＋	＋
輕易	－					
公正	＋	＋	＋	＋	＋	＋
正義	－					
富裕	＋	＋	＋	＋	＋	＋
小康	－	－	－	－	－	－
絕對	＋	＋	＋	＋	＋	＋

相對	−	−	−	−	−	−
熱門	＋	＋	＋	＋	＋	＋
冷門	−	−	−	−	−	−
正規	＋	＋	＋	＋	＋	＋
業餘	−	−	−	−	−	−
高級	＋	＋	＋	＋	＋	＋
低級	−	−	−	−	−	−
重要	＋	＋	＋	＋	＋	＋
次要	−	−	−	−	−	−

上表中,定量的一方只能用於肯定式,不能用"不"否定,譬如可說"他的意見不絕對",但不能說"他的意見不相對";可說"這個問題不困難",但不能說"這個問題不疑難",等等。前面曾說過,定量詞因其語義範圍比較窄,一般情況下都是做定語來修飾限定其它成分,上表中的定量詞"疑難"、"相對"等的用法也是如此。

有些定量詞正向著非定量性質轉化,譬如在接受調查的人中,絕大多數人認為"冷門"不能用程度詞序列分別加以修飾,但是也有部分人認為"很冷門"等是可以接受的,現在"冷門"用程度詞修飾的用法逐漸多起來,也許最後完全轉化為非定量的。一個形容詞受程度詞修飾的可接受性與它受否定詞"不"否定的可接受性是一致的:如果一個詞絕對不能用程度詞切分,那它一定不能用"不"否定;如果一個詞有時也可以用程度詞修飾,那麼它加"不"否定也是可以被部分地接受的;如果一個詞可以自由地為程度詞修飾,那麼它也可以自由地用"不"否定。

5.2.5 "程度副詞＋形容詞"構成的詞組有兩種:(一)整個詞

組之前可以加“不”否定，譬如不很好、不十分好、不太好等；（二）整個短語不能加“不”否定，譬如不說“不最好、不頂好、不極好”等。這種肯定和否定用法上的差異也與整個詞組量上的特徵有關。因為詞組的第一個成分已是程度詞了，程度詞之間也具有互斥性，所以不能再用程度詞法來鑒別它們的定量和非定量，下面將根據程度詞的語義特徵來解釋它們之前能否加程度詞否定的現象。

“最”的意義為“表示極端、勝過其餘”，“頂”和“極”的涵義與“最”相同。“最”修飾形容詞時，是指在給定的具有相同性質的成員中程度最高的一個，範圍非常清楚，整個短語沒有模糊性，譬如“世界上最高的山”和“人口最多的國家”所指的只能是“珠穆朗瑪峰”和“中國”。由此可見，用“最”修飾形容詞時所確定的是在具有某一性質的對象範圍內程度最高的特定的某一個或某幾個，可以把“最”所確定的範圍看作是個“量點”，這正與定量詞語的語義特點相吻合。也就是說，由最、頂、極組成的形容詞短語，範圍確定，在量上沒有申縮性，具有定量性，所以不能用“不”否定。

“很”的意義為“表示程度高”，“十分”、“太”等與“很”義相同。可以看出，“很”的涵義是相當模糊的，“很＋形”短語所指的範圍不確定，究竟哪些是程度高哪些不是，頗難說清楚，譬如“世界上很高的山”和“世界上人口很多的國家”所指的對象很多而且數量不定。總之，“很”量上的申縮性很大，相應地可以把它所組成的形容詞短語所表示的範圍看做是個量幅，這正與非定量詞語的語義特點相同。定量和非定量實質上就是詞語量上有沒有寬容度，由“很”、“十分”、“太”組成的形容詞短語量上具有很大的寬容度，具有非定量的性質，因此可以加“不”否定。

程度詞"有點"的情況比較特別。"不"否定形容詞的結果是比原來的肯定式低一個量級，譬如"不很紅"大致相當於"有點紅"。"有點＋形"比"不＋形"可以看做只高一個量級，所以對"有點＋形"否定的結果在意義上等值於"不＋形"，也就是說，"有點好"的否定式實際上是"不好"。

5.2.6　非定量形容詞重疊後或加上後綴就轉化為定量的，不能再用程度詞修飾，也不能用"不"否定，例如：

① a.　新買的這雙鞋有點（很、最）緊。

　　b.　新買的這雙鞋不緊。

　　c.　新買的這雙鞋緊繃繃的。

　　d.＊新買的這雙鞋有點（很、最）緊繃繃的。

　　e.＊新買的這雙鞋不緊繃繃的。

② a.　這盞燈有點（很、最）明。

　　b.　這盞燈不明。

　　c.　這盞燈明晃晃的。

　　d.＊這盞燈有點（很、最）明晃晃。

　　e.＊這盞燈不明晃晃。

③ a.　這件衣服比較（很、最）乾淨。

　　b.　這件衣服不乾淨。

　　c.　這件衣服乾乾淨淨的。

　　d.＊這件衣服比較（很、最）乾乾淨淨。

　　e.＊這件衣服不乾乾淨淨。

④ a.　這姑娘長得比較（很、最）漂亮。

　　b.　這姑娘長得不漂亮。

  c. 這姑娘長得漂漂亮亮。

  d. *這姑娘長得比較(很、最)漂漂亮亮。

  e. *這姑娘長得不漂漂亮亮。

⑤ a. *那塊布有點(很、最)髒乎乎❶。

  b. *那塊布不髒乎乎的。

⑥ a. 這碗湯鹹津津的。

  b. *這碗湯有點(很、最)鹹津津的。

  c. *這碗湯不鹹津津的。

形容詞重疊的方式主要有：

類型一：AA

暗暗 白白 多多 好好 高高 活活 快快 深深 滿滿

慢慢 細細 遠遠 早早 整整 大大 單單 淡淡

類型二：AA 的

甜甜的 酸酸的 胖胖的 快快的 寬寬的 高高的

長長的 脆脆的 厚厚的 圓圓的 重重的 硬硬的

類型三：AABB

誠誠懇懇 大大方方 安安穩穩 從從容容 冷冷清清

利利索索 快快樂樂 規規矩矩 和和順順

類型四：A 裡 AB

流裡流氣 羅裡羅唆 馬裡馬虎 迷裡迷胡 晃裡晃蕩

嬌裡嬌氣 老裡老氣 糊裡糊涂 別裡別扭

---

 ❶ "有點"常與不如意的詞語搭配，因此"有點髒乎乎的"有時也能説，但是"髒乎乎"這類的消極成分並不能用很、最等修飾，這裡強調的是一個成分能否用程度詞序列分別加以修飾

類型五：BABA

賊亮賊亮　湛藍湛藍　嶄新嶄新　油亮油亮　稀爛稀爛

通明通明　乾冷乾冷　飛快飛快　翠綠翠綠

類型一重疊式多用作狀語或定語來修飾、限制其它成分，一般不單獨作謂語，譬如"他暗暗下定了決心"，"白白花去了這麼多錢"，"這件事整整用去了一天的時間"，"單單武漢就有幾十所大學"，等等。在前四種類型的重疊式中，除疊前不能單說的外，其餘的疊前都是非定量的，都可用"不"否定。如前所述，只能採用類型五重疊式的形容詞，疊前和疊後都是定量，都不能用"不"否定。

形容詞加後綴的類型主要有：

類型六：A＋BB

甜蜜蜜　穩當當　懶散散　酸溜溜　傻呵呵　熱烘烘

輕飄飄　胖乎乎　明光光　慢吞吞　美絲絲　綠油油

類型七：A＋其它

白不呲咧　蠢了呱嘰　肥得嚕兒　黑不溜秋　黑咕隆冬

花裡胡梢　滑不唧溜　灰了呱嘰　灰不溜秋　胖不倫墩

傻不愣登　瞎了呱嘰

凡是能加後綴的形容詞，單用的時候都是非定量的。有些類六、七加後綴的形容詞是由名詞、動詞或者不能單用的形容詞變化來的，譬如泪汪汪、金閃閃、笑哈哈、喜洋洋、淒切切、碧油油等，這些詞在沒有加後綴之前自然不能用"不"否定。

5.2.7　跟動詞的情況一樣，如果按照義項的用法來考察，很多常用的形容詞都同時具有定量和非定量的用法。例如：

例詞	義項的性質	有點	很	最	不	用例
大	跟"小"相對（非定量）	＋	＋	＋	＋	大樹
	排行第一（定量）	－	－	－	－	大兒子
深	深奧（非定量）	＋	＋	＋	＋	書深
	時間久（定量）	－	－	－	－	深秋
老	陳舊（非定量）	＋	＋	＋	＋	老機器
	原來的（定量）	－	－	－	－	老脾氣
新	剛出現的（非定量）	＋	＋	＋	＋	新衣服
	更好的（定量）	－	－	－	－	新文藝
明	明亮（非定量）	＋	＋	＋	＋	燈明
	顯露（定量）	－	－	－	－	明溝
黑	黑暗（非定量）	＋	＋	＋	＋	黑屋子
	秘密（定量）	－	－	－	－	黑市
白	象雪的顏色（非定量）	＋	＋	＋	＋	白手巾
	沒什麼東西（定量）	－	－	－	－	白開水
高	在平均程度上（非定量）	＋	＋	＋	＋	高速度
	等級在上的（定量）	－	－	－	－	高年級
空	沒有（非定量）	＋	＋	＋	＋	空箱子
	白白地（定量）	－	－	－	－	空忙

例詞	義項的性質	有點 很 最 不	用例
好	優點多（非定量）	＋ ＋ ＋ ＋	人好
	多（定量）	－ － － －	好一會
快	速度高（非定量）	＋ ＋ ＋ ＋	車快
	將要（定量）	－ － － －	快回來了
厚	跟"薄"相對（非定量）	＋ ＋ ＋ ＋	木板厚
	利潤大	－ － － －	厚利
平	不傾斜（非定量）	＋ ＋ ＋ ＋	地平
	經常的（定量）	－ － － －	平時
全	齊全（非定量）	＋ ＋ ＋ ＋	東西全
	完全（定量）	－ － － －	全家

上表中的各形容詞的非定量義項都有下列變換式：

形＋名——→名＋形——→名＋是＋形＋的——→名＋程度詞＋形

——→名＋不＋形

例如：

⑦ a. 大房子。

    b. 房子大。

    c. 房子是大的。

    d. 房子有點（很、最）大。

    e. 房子不大。

⑧ a. 白手巾。

b. 手巾白。

c. 手巾是白的。

d. 手巾有點(很、最)白。

e. 手巾不白。

相應的形容詞的定量義項用法只有兩種變換式：

形＋名──→名＋是＋形＋的

例如：

⑨ a. 大兒子。

b. 兒子是大的。

⑩ a. 白開水。

b. 開水是白的，沒有放糖。

"兒子大"、"兒子很大"也可以說，但是這裡的"大"已由"排行第一"義變為"年齡大"義。同樣，"開水白"、"開水很白"有時也可以說，"白"義也由"沒加什麼東西"變為"顏色白"義。"大"類的定量義項用法如超出了"形＋名"和"名＋是＋形＋的"兩種格式，它們的意義必然發生變異。有些形容詞定量以後，只有"形＋名"一種格式，譬如"高年級"不能變換為"年級是高的"，還有一些形容詞定量以後只能做狀語修飾動詞，譬如"空忙"和"快來了"中的"空"和"快"。

5.3 嚴式非定量形容詞

5.3.1　本節討論可加"不"否定而不能用"沒"否定的形容詞，我們把這種形容詞稱之為嚴式非定量形容詞。第四章中把只能被"沒"否定，而不能被"不"否定的動詞叫做寬式定量詞，相應地也可以把本節所討論的形容詞認為是寬式定量形容詞。

形容詞表性質的動能變化時，經常運用的兩個句型是：

A. 名＋形＋了。

B. 名＋變得＋形＋了。

句型中的"形"指單個的光杆形容詞，不包括形容詞短語。下面把可用於 A、B 兩種句型的形容詞歸入(一)類，把不能用於 A 而能用於 B 句型的歸入(二)類。那麼，(一)類形容詞可用"不"和"沒"否定，(二)類形容詞只能用"不"否定而不能用"沒"否定。例如：

類一：

高	紅	重	窄	髒	遠	硬	嚴	香	鹹	稀	穩
旺	晚	歪	碎	平	亮	綠	涼	老	爛	快	好
乾	多	大	苗條		明白	清楚	糊涂	乾淨	安全		

⑪　a.　那棵樹高了。

　　b.　那棵樹變得高了。

　　c.　那棵樹不高。

　　d.　那棵樹沒高。

⑫　a.　衣服乾淨了。

　　b.　衣服變得乾淨了。

　　c.　衣服不乾淨。

　　d.　衣服沒乾淨。

類二：

普通	老氣	乾脆	寒酸	伶俐	謹慎	從容	彆扭	誠懇
空洞	花梢	厚實	孤零	孤獨	和藹	和順	高大	空曠
順當	平庸	渺茫	零碎	冷淡	快樂	含混	含胡	憨厚
古怪	淒涼	忠厚						

⑬　a. ＊文章籠統了。

　　b.　文章變得籠統了。

　　c.　文章不籠統。

　　d. ＊文章沒籠統。

⑬　a. ＊小趙憨厚了。

　　b.　小趙變得憨厚了。

　　c.　小趙不憨厚。

　　d. ＊小趙沒憨厚。

類一的多是單音節形容詞。類二的多是雙音節形容詞。

在 2.4 節講到了"不"和"沒"的分工，"不"是連續否定，"沒"是離散否定。動詞最典型的量上特徵是它的離散性，因此在動詞的否定上，"沒"比"不"顯得自由，詳見第四章。相反，形容詞最典型的量上特徵是它的連續性，因此，在形容詞的否定上，"不"比"沒"顯得自由。"沒＋形"是對"形＋了"的否定，譬如"花沒紅"是對"花紅了"的否定，"樹沒高"是對"樹高了"的否定，等等。"沒"在否定上的離散性要求所否定的形容詞在語義上有個明確的終結點，形式上看就是能夠直接跟完成態助詞"了"做謂語。這就是符合句型 A 的形容詞都可用"沒"否定的原因，不過適合句型 A 的詞一般也都可用於 B 句型。類二的形容詞只是單純地表示性質，自身沒有一個明確的終結點，如果它們要加"了"表示動態變化，必須藉助於"變得"

等動詞的幫助才能實現,這說明類二的詞只具有連續量性質,因此不能用離散量否定詞"沒"否定。

5.3.2 在對形容詞的否定上,"不"和"沒"的否定涵義也有很大的差別。為了說明這一點用一個幾何圖形來表示 5.3.7 的類一和類二的詞義特徵。在下圖中,0 和 a 之間表示性質從無到有的變化過程,a 點表示性質已經實現,區間[a,b]表示性質的量幅。

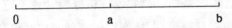

"沒"否定的是性質從無到有的變化過程,即[0,a]段,自然[a,b]也不存在,也就是說,"沒"是對形容詞的完全否定。可是,"不"是單純的性質否定,不能否定到[0,a]的動態變化過程,只能在 b 和 a (不包括 a 點)之間進行程度上的否定。"不+形"既然否定不到 a 點,也就意味着用"不"否定的結果為"形"所表示的性質依然在一定程度上存在着,也就是說,"不"是對形容詞的不完全否定。例如:

⑮ a. 墨水沒黑。——"黑"的性質完全不存在,墨水是黑以外的顏色。

   b. 墨水不黑。——"黑"的性質依然存在,只是程度不高。

⑯ a. 燈沒亮——"亮"的性質完全不存在,燈是"黑的"。

   b. 燈不亮——"亮"的性質存在,只是程度不高。

⑰ a. 鐵塊沒紅。——"紅"的性質不存在,是其它顏色。

   b. 鐵塊不紅。——"紅"的性質已存在,只是程度不高。

⑱ a. 鞭沒響。——鞭還沒放,"響"行為還沒有發生。

b. 鞭不響。——鞭已經放了，只是"響"的程度不高。

由於"不"和"沒"在否定涵義上的這些差別，在一定的上下文中它們兩個是絕不能互換的，譬如"我剛買的這瓶碳素墨水不黑，有些發白"和"這盞 15 瓦的電燈不亮，還是那盞 60 瓦的亮"兩句中的否定詞"不"就不能被"沒"替換，同樣，"鞭放得時間久了，點了幾次都沒響"這句話中的"沒"一般也不能用"不"替換。有時卻難區別出"不"和"沒"之間的差別，譬如"她沒苗條"和"她不苗條"兩句話的涵義很難看出有什麼差別，這牽涉到兩種否定結構的共同起始點的問題。我們把"她"的身材的起始點定為"肥胖"，說"她還沒苗條"指的是"她"的身材仍是原來的狀況——肥胖，可以認為苗條的程序為 0；如說"她還不苗條"，指跟原來的身材"肥胖"相比，已經瘦了些，可能已比較苗條了，只是程度還不高。總之，"不"和"沒"立足於同一個起始點比較時，它們之間總是存在着完全否定和不完全否定的差異。

上一小節的類一形容詞的量幅是從 0 到 b，表現為既可以跟"了"又可以用程度詞修飾，所以它們既有容得下"沒"否定涵義的空間 $[0,a]$，又有容得下"不"否定涵義的空間 $[a,b]$。屬於類二的形容詞的量幅是從 a 到 b，表現為只能用程度詞修飾，不能直接跟"了"，所以它們僅有容得下否定詞"不"涵義的空間，沒有"沒"的否定涵義的空間。

5.3.3 具有反義關係的一對形容詞，有的雙方所代表的性質是可以相互轉化的，譬如胖可以變為瘦，瘦也可以變為胖，此種關係稱為"可逆的"；有的雙方所代表的性質是不能相互轉化，譬如生可以變成熟，熟卻不能變成生，此種關係稱為"不可逆的"。據此可以把具有反義關係的形容詞分為兩類:(一)可逆的,即性質的變化是雙向的;(二)不可逆的,即性質的變化是單向的。

類一:X ⇌ Y

胖←——→瘦　高←——→低　鹹←——→淡

軟←——→硬　大←——→小　亮←——→暗

類二:X ——→Y

生——→熟　新——→舊　香——→臭

小——→老　矮——→高　新鮮——→壞

如果性質乙是由性質甲發展來的,把乙稱為結果性質,把甲稱為初始性質。一類詞中,X 和 Y 之間互為初始性質和互為結果性質,二類詞中,X 是初始性質,Y 是結果性質。初始性質只能用“不”否定,不能用“沒”否定;結果性質既可以用“不”否定,也可以用“沒”否定。因此,類一中的 X 和 Y 雙方都可以加“不”或“沒”否定;類二中的 Y 可加“不”或“沒”否定,而 X 只能加“不”否定,例如:

⑲ a.　米飯沒硬。

b.　米飯不硬。

c.　米飯沒軟。

d.　米飯不軟

⑳ a.　老王沒胖。

b.　老王不胖。

c.　老王沒瘦。

d.　老王不瘦

㉑ a. *蘋果沒生。

b.　蘋果不生。

    c.   蘋果沒熟。

    d.   蘋果不熟。

㉒ a. * 猪肉沒新鮮。

    b.   猪肉不新鮮。

    c.   猪肉沒壞。

    d.   猪肉不壞。

    形成上述現象的原因是,結果性質的形容詞有一個從初始性質到自身性質的動態變化過程,也就是它具有一個明確的終結點,同時它也具有表連續量的特點,即它們在性質程度上的連續變化過程,因此這類詞既可以用離散量否定詞"沒"否定,也可以用連續量否定詞"不"否定。而單純的初始性質的形容詞只有表在程度上連續變化的性質,沒有動態變化終結點的特徵,因此只能用連續量否定詞"不"否定,不能用離散量否定詞"沒"否定。5.3.1的類二形容詞"普通"、"憨厚"等都可以認為是初始性質的形容詞。

    同一對具有反義關係的形容詞可能會因為所用義項的不同而有不同的可逆和不可逆性質。在表年齡大小時,"小"和"老"兩種性質之間是不可逆的,而表示人的外表上所顯示的年齡大小的"年輕"和"老氣"兩種性質之間在有些情況下是可逆的,"年輕"可以自然過度到"老",而"老"可以用衣着、營養、化裝等人為的方式再回到"年輕"。所以,"年輕"可以作結果性質,可用"沒"否定,譬如"她用了很多化裝品,也沒年輕"。"好"和"壞"表人的身體的健康狀況時,它們之間是可逆的,但是在表示食物質量的優劣時,它們之間是不可逆的,食物一般只能從好到壞,而不能從壞到好,因此,用於前一種情況的"好"既可用"不"否定,又可用"沒"否定;後一種情況

的"好"只能用"不"否定,不能用"沒"否定。例如:

㉓ a. 他的病還沒好。

　　b. 他的病還不好。

㉓ a. *這塊肉沒好。

　　b. 這塊肉不好。

5.4 顏色詞的用法

5.4.1 按照能否用程度詞"有點、很、太、十分、最"分量級,可以首先把現代漢語單音節的顏色詞分為兩類:能用程度詞分量級的叫非定量詞,不能用程度詞分量級的叫定量詞。例如:

非定量顏色詞:紅、黃、綠、藍、白、黑。

定量顏色詞:橙、紫、粉、灰、褐、赭。

注意,區分定量和非定量的標準是看能否用整個程度詞序列分別修飾,不能根據能否單獨加某個程度詞來判斷,譬如"灰"雖然有時可加"有點"修飾,但是一般不能用"十分"、"最"等修飾,所以仍是定量的。"青"是指"藍或綠",它在色譜上不是一個獨立的色段,所以沒有列出。

從語義上看,非定量顏色詞是幾個大的、有明顯區別的顏色段,它們的語義範圍很寬泛,而定量顏色詞則是由兩兩非定量的顏色合成的,即由兩種非定量的顏色確定的,它們的語義範圍很窄,在色譜上為一個狹小的區域。一般說來,語義範圍寬的詞使用頻率就高,語義範圍窄的使用頻率也就較低。下面是《現代漢語頻率詞典》的統計結果。

表一　非定量顏色詞的使用頻率

例詞	紅	紅色	黃	黃色	綠	綠色	青	青色
詞次	592	60	216	12	135	54	128	5
頻率	.04504	.00456	.01643	.00160	.01027	.00411	.00974	.00038

例詞	藍	藍色	白	白色	黑	黑色		
詞次	103	23	464	59	409	45		
頻率	.00784	.00175	.03530	.00449	.03113	.00342		

表二　定量顏色詞的使用頻率

例詞	紫	紫色	灰	灰色	粉	粉色	褐	褐色	橙	橙色	赭	赭色
詞次	26	13	48	23	6	5	0	12	0	0	0	0
頻率	.00198	.00099	.0365	.00175	.00046	.00038	.00000	.0091	.00000	.00000	.00000	.00000

　　上表中把詞典沒有統計到的詞的詞次和頻率都記為 0。從上表可以看出,非定量詞的使用頻率都顯然高於定量的。由上表的統計數字還可以發現一個有趣的現象,非定量詞的 A 和"A+色"的比是 2047：267,A 是"A+色"的 7.7 倍;定量詞的 A 和"A+色"的比是 80：53,A 只有"A+色"的 1.5 倍。"A+色"是名詞性的,這說明定量顏色詞與名詞性質更接近。

　　非定量顏色詞都有 A+BB 的格式,BB 的作用是使 A 表示一種確定的程度;相反,定量顏色詞都沒有這種加後綴的格式,因為後綴的作用是使其前的形容詞在程度上確定化,而定量形容詞自身就是一種確定的量,所以不能再加後綴。能否加後綴與能否用程度詞分量級是一致的,可用程度詞確定其程度的詞也就能在其後加上後綴來確定其程度,否則也不能加重疊後綴。譬如紅通通、紅艷艷、黃澄澄、藍盈盈、藍晶晶、綠油油、白花花、黑糊糊等,而定量顏色詞都沒有這種構詞格式。"灰"雖可以説"灰蒙蒙"、"灰溜溜",似乎是例外,其實不然。非定量的顏色詞加後綴都是加強或確定顏色的程度,譬如根據《現代漢語詞典》的釋義,"紅彤彤"義為"形容很紅","紅艷艷"義為"形容紅得鮮艷奪目","黑糊糊"義為"顏色發黑",等等,而該詞典對"灰蒙蒙"的釋義為"形容暗淡模糊",對"灰溜溜"的解釋是"形容顏色暗淡",這裡的"灰"的涵義都是用的它的比喻義"模糊",而不是它的黑白相間的本義,因此不能認為"灰"加後綴是例外,因為"灰"作引申義時也是非定量的。

5.4.2 現代漢語中所有的復音節顏色詞都是定量的,都不能用程度詞序列進行切分。按照構詞特點,復音節的顏色詞有以下幾種主要類型。

一、深、暗、大、淺、嫩、純等+形

a. 形為非定量的:淡紅 大紅 深紅 暗紅 淡黃 淺黃 嫩黃 深黃 濃黃 深藍 淡青 暗青 淡綠 深綠 暗綠 純白 純黑

b. 形為定量的:淡紫 淡赭 淺棕

二、形+形

a. 定量+非定量:朱紅 赤紅 粉紅 紫紅 藍黃 靛藍 靛青 粉白 灰白 黃白

b.非定量＋定量：紅紫　紅青　藍靛　橙赭　黃赭　紅赭

三、名＋形

a.形為非定量的：橘紅　棗紅　玫瑰紅　鵝黃　檸檬黃　乳黃　米黃　土黃　天藍　海軍藍　蟹青　葱綠　湖綠　蘋果綠　銀白　魚肚白　墨黑　漆黑

b.形為定量的：醬紫　茶褐色　藕灰　葡萄灰

四、名＋色

桃色　肉色　妃色　牙色　奶油色　米色　玉色　黛色　湖色・棕色　醬色　藕色

五、名詞

榴火（石榴花開紅榴火）　霜（霜鬢）　銀（髮）　雪（雪膚）

第二類詞中，"定量＋非定量"的結構居多，所列的"非定量＋定量"的也多用這種格式，譬如"紅紫"和"藍靛"一般説成"紫紅"和"靛藍"。這表明，語義更具體、確定的往往用在偏正短語的前面作定語修飾和限制語義寬泛的詞語。"形＋形"結構的顏色詞一般没有"定量＋定量"的格式，"非定量＋非定量"往往不是表示一種顏色，而是表示兩種顏色分別獨立共存於一個整體之中，譬如"黑白電視"、"紅藍鉛筆"等。

復音節的顏色詞使用頻率都很低，而且使用頻率也極為一致，例如：

例詞	詞次	頻率	例詞	詞次	頻率
纖青	7	.00053	月色	7	.00053
銀色	7	.00053	黑白	6	.00046

棕色	6	.00046	紫紅色	6	.00046
淡紅	5	.00038	粉紅色	5	.00038
銀灰色	5	.00038	黃褐色	5	.00038
青色	5	.00038	淡青色	4	.00030
碧藍	4	.00030	淡藍色	4	.00030
灰白色	4	.00030	草綠色	4	.00030
杏黃	3	.00023	黃綠色	3	.00023
青翠	3	.00023	青白	3	.00023

5.4.3　定量顏色詞和非定量顏色詞在句法上有一系列鮮明對立，主要表現在以下幾個方面。

一、非定量顏色詞有"AA 的"的重疊式，定量的沒有。例如：

㉕　a.　紅紅的臉蛋。　臉蛋紅紅的。

　　b.　藍藍的天空。　天空藍藍的。

　　c.　青青的草地。　草地青青的。

　　d.　白白的雪山。　雪山白白的。

　　e.　黑黑的皮膚。　皮膚黑黑的。

　　f.　黃黃的野菊花。野菊花黃黃的。

㉖　a.　*紫紫的花。　*花紫紫的。

　　b.　*粉粉的花。　*花粉粉的。

　　c.　*灰灰的布。　*布灰灰的。

　　d.　*褐褐的栗子。　*栗子褐褐的。

非定量顏色詞的重疊式是表示一種適度的量，既不過於鮮艷，也不過於暗淡，一般用於積極方面，所修飾或表述的事物往往給人一種舒適或美的感覺。譬如"紅紅的臉蛋"是説臉色好看。

很多雙音節形容詞可以有 AABB 重疊式，而雙音節的顏色詞都沒有這種重疊式。例如：

a. 乾乾淨淨　漂漂亮亮　舒舒服服

b. *灰灰白白　*紫紫紅紅　*靛靛藍藍

二、非定量顏色詞可用於"名＋形"和"名＋是＋A＋的"兩種句型中，定量的只能於後一種句型。例如：

㉗　a.　這朵花紅。　　　　這朵花是紅的。

　　b.　這塊布白。　　　　這塊布是白的。

　　c.　這瓶墨水黑。　　　這瓶墨水是黑的。

　　d.　西湖水綠。　　　　西湖水是綠的。

㉘　a. *這朵花紫。　　　　這朵花是紫的。

　　b. *這朵花粉。　　　　這朵花是粉的。

　　c. *家具棗紅。　　　　家具是棗紅的。

　　d. *玻璃茶色。　　　　玻璃是茶色的。

三、非定量顏色詞可以用於"名＋形＋嗎"和"N＋有多＋形"兩種問句，定量的則不能。

㉙　a.　花紅嗎？　　　　　花有多紅？

　　b.　水綠嗎？　　　　　水有多綠？

　　c.　天黑嗎？　　　　　天有多黑？

　　d.　紙白嗎？　　　　　紙有多白？

㉚　a. *花紫嗎？　　　　 *花有多紫？

　　b. *花粉嗎？　　　　 *花有多粉？

　　c. *家具棗紅嗎？　　 *家具有多棗紅？

    d. *玻璃茶色嗎？　　　　*玻璃有多茶色？

　　上述兩種問句都是詢問程度的，定量詞不能用程度詞分量級，說明它們所表示的是種確定的量，所以不能用於這兩種問句和下面的正反問句中。

　　四、非定量顏色詞可用於"名＋形＋不＋形"和"名＋是不是＋A＋的"兩種正反問句中，而定量的只能用於後一種。例如：

　　㉛　a.　花紅不紅？　　　　花是不是紅的？

　　　　　b.　水綠不綠？　　　　水是不是綠的？

　　　　　c.　天黑不黑？　　　　天是不是黑的？

　　　　　d.　紙白不白？　　　　紙是不是白的？

　　㉜　a.　*花紫不紫？　　　　花是不是紫的？

　　　　　b.　*花粉不粉？　　　　花是不是粉的？

　　　　　c.　*家具棗紅不棗紅？　家具是不是棗紅的？

　　　　　d.　*玻璃茶色不茶色？　玻璃是不是茶色的？

　　五、非定量顏色詞要加完成態助詞"了"，表示顏色從無到有的發展過程；定量則不能。例如：

　　㉝　a.　花紅了。

　　　　　b.　草綠了。

　　　　　c.　天黑了。

　　　　　d.　紙白了。

　　㉝　a.　*花紫了。

　　　　　b.　*花粉了。

　　　　　c.　*家具棗紅了。

　　　　　d.　*玻璃茶色了。

定量詞可用於"變成＋形＋的＋了"句型，譬如"花變成紫色的了"，"玻璃變成茶色的了"，等等。

六、非定量顏色詞可以加"不"或"沒"否定，定量的則不能。例如：

㉞　a.　花不紅。　　　　　　花沒紅。

　　b.　樹不綠。　　　　　　樹沒綠。

　　c.　天不藍。　　　　　　天沒藍。

　　d.　紙不白。　　　　　　紙沒白。

　　e.　皮膚不黑。　　　　　皮膚沒黑。

㉝　a.　*花不紫。　　　　　*花沒紫。

　　b.　*花不粉。　　　　　*花沒粉。

　　c.　*布不灰。　　　　　*布沒灰。

　　d.　*家具不棗紅。　　　*家具沒棗紅。

　　e.　*玻璃不茶色。　　　*玻璃沒茶色。

綜上所述，定量顏色詞和非定量顏色詞只有在"名＋是＋形＋的"和"名＋是不是＋形＋的"兩種句式中的用法是一致的。另外在"形＋名"結構中兩類詞的用法也是一致的，譬如紅花、綠草、紫花、粉花、棗紅馬、茶色玻璃，等等。定量顏色詞所能出現的格式跟名詞大致相當，但它們之間還是存在着重要的差別。例如：

㉞　a.　這朵花是紫的。　　*這朵花是紫。

　　b.　*那幢樓是教室的。　那幢樓是教室。

㉟　a.　家具是棗紅色的＝家具是棗紅色

　　b.　那是教室的(用具)≠那是教室

可見，定量顏色詞仍具有形容詞性質，跟一般名詞不同。

5.4.4　非定量顏色詞的語義範圍寬,所以它們的句法格式多;定量的語義範圍窄,它的句法格式受到了極大的限制。這說明,語義範圍越廣,句法活動能力越強;語義範圍越窄,句法的活動也就越弱。

通過以上的分析,可以看出漢民族對顏色畫分的特點:首先在色譜上切分出幾個大的色段,這就是非定量的顏色詞紅、黃、藍、綠、白、黑,然後用兩兩非定量的顏色確定一種比較具體的顏色,這就是定量的單音節顏色詞粉、紫、橙、赭、褐、灰,再進一步細分就是用定量的顏色詞跟非定量詞一起確定一種更具體的顏色,或者用具體的事物來限定顏色的範圍,如紫紅、粉紅、粉白、棗紅、銀白、鐵青等,對顏色最細致的畫分就用具體事物的辦法如醬色、桃色、米色、土色等。這種一層一層對顏色切分的方法,既便於人們的學習和掌握,又表義細膩。可以說,漢語顏色詞的畫分反映了漢民族的高超智慧。

5.5　定量形容詞的句法

5.5.1　從分析顏色詞的用法中,總結出了一條規律:非定量形容詞的語義範圍寬,句法活動能力強;定量形容詞的語義範圍窄,句法活動能力弱。為了全面地考察這條規則,先看形容詞可以出現的幾個主要句型(見下頁的表)。

句　型	用　例
一、形＋名	大樹。乾淨衣服。
二、名＋是＋形＋的	樹是大的。衣服是乾淨的。
三、名＋形	樹大。衣服乾淨。
四、程度詞＋形	樹比較大。衣服很乾淨。
五、副＋形	樹已經大了。衣服早就乾淨了。
六、形＋了	樹大了。衣服乾淨了。
七、重疊	大大的樹。乾乾淨淨的衣服。
八、變得＋形＋了	樹變大了。衣服變乾淨了。
九、不＋形	樹不大。衣服不乾淨。
十、沒＋形	樹沒大。衣服沒乾淨。

　　"大"和"乾淨"都是既有連續量性質，又有離散量性質，這類形容詞的語義範圍最寬，在5.3.2的圖中，其語義範圍是[0,b]，因此它們句法活動能力也最強，凡形容詞可以出現的句法位置，它們都可以占據。"慈厚"、"和順"等只有連續量的特徵，是單純表性質的，在5.3.2的圖中，其語義範圍是[a,b]，因此它們的活動範圍比"大"等弱，一般可用於除五、六、十句型外的其它七種句型。定量形容詞的詞義範圍最窄，在5.3.2圖中，可以把它們看做是[a,b]區間中的一個點，因此它們的句法活動能力受到極大的限制，一般只能用於一、二句型，有些甚至只能用於句型一，譬如紫、粉、橙、溫等只能用於第一、二種句型，"大、中、小"的"中"只能用於第一種句型，也就是說只能做定語來修飾限制其它成分。

　　通過以上的比較分析，我們可以看清這樣一個事實：按照語義範圍的寬狹來分類，形容詞有三大類，"大"、"乾淨"等最寬，"憨厚"、"和順"等次之，"粉"、"中"等最小；按照句法活動能力的強弱來劃分，形容詞也有三大類，情況恰好與上面對應，"大"、"乾淨"等最強，"憨厚"、"和順"等次之，"粉"、"中"等最弱。從這三類詞的句法活動能力與其語義範圍之關係上可以證明本節開頭所述規則的正確性。

　　還應該特別值得注意的一個問題是，三類形容詞之間不論在語義上還是句法活動能力上都不是互相對立的關係，而是語義範圍寬狹和句法活動能力強弱的關系。朱德熙❶把正、副、粉、慢性、相對等立出一個新詞類——區別詞，這是單純根據結構主義的分布方法分析的結果，表面上看來使得剩下的形容詞相安無事，譬如大都可以用"很"和"不"修飾，實際上是掩蓋了問題的實質。最明顯的是，同一概念範圍的一對詞，可能屬於不同的詞類，譬如"高級"是形容詞，"初級"是區別詞；"重要"是形容詞，"次要"是區別詞；"絕對"是形容詞，"相對"是區別詞；都是表示程度的一組詞"大"、"中"、"小"，而"大"、"小"是形容詞，"中"是區別詞，等等。這種劃分方法遇到的最大麻煩是，幾乎每一個常用的形容詞都同時兼有形容詞和區別詞兩種詞類的性質，譬如"大"作"與'小'相對"講時，是形容詞；作"排行第一"講時，是區別詞；"白"作顏色講時，是形容詞，作"沒有加任何東西"講時是區別詞，等等（這類詞的用法詳見5.2.7）。由此可見，區別詞的設立并沒有從根本上解決問題，反而

---

❶　見《語法講義》4.14，商務印書館，1982年，北京。

把問題弄得更復雜了。實際上,所謂的區別詞與地道的形容詞在句法上并不是對立的,而是活動能力大小的關係,"區別詞"經常出現的兩個位置,一般形容詞也都可以占據。總之,我們認為從語義量上特徵來給形容詞分類,并進而解釋它們句法活動能力強弱這一作法比較合理。

　　結構主義方法在給語言成分的分類中是行之有效的,它使得混沌的語言現象歸為有序,使我們對語言的構架有個清晰的認識。隨着研究工作的深入,這種方法已經顯得捉襟見肘,表現為目前通行的中等和高等學校教材所述的語法規律沒有一條是經得起嚴格檢驗的,譬如說名詞是可以加數量詞修飾的,而飲食、生計、倫常、心性、體態、景況、怒火等都不能用數量詞修飾,即使有也是限於被某一特定的數量詞修飾;說名詞都不能加"不"否定,可是時間詞有一部分卻可以,譬如假期、春節、星期天、夏天等,有的人認為時間詞特殊,可是同時表時間的名詞昨天、後天、現在、明年、將來等卻又不能用"不"否定;說動詞是可以加"不"或"沒"否定的,正如第四章所討論的,大量的動詞都不能加"不"或"沒"否定,即使在能加"不"或"沒"否定的動詞中,情況也很復雜,有的是既可以加"沒"又可以加"不"否定,有的是只能加"沒"而不能加"不"否定的,用結構主義方法很難找到問題的答案。通行的教課書都認為形容詞都是可以用"很"和"不"修飾的,正如本章所述,實際情況遠不是如此,說那些不能用"很"和"不"修飾的是例外,可是這些例外似乎比地道的形容詞還要多,給它們立個新類,結果又帶來了更多的問題。結構主義方法的最大一個缺陷是循環論證,譬如在給名詞分類之前先立一個標準:名詞是不能用"不"否定的,如果有人問名詞為什麼不能用"不"否定,就會回答"因為它是名詞"。其實,"不"是連續量否定,不論是哪個詞類,只要它是離散量的,就不能用"不"否定,名詞在量上大都是離散性的,所以不能用"不"否定,部分時間詞在量上具有連續性,所以可以加"不"否定(詳見第六章)。我們從語義量上的特徵來解釋詞語的句法現象可以打開結構主義循環論證這個"死環"。

5.5.2　所有的形容詞都可以用在"形＋名"結構中,按照能不能加助詞"的",又可分為幾種情況。

類一:"形"和"名"之間不能加"的",例如:

中世紀　中學生　中提琴　中雨　男人

類二:"形"和"名"之間一般不能加"的",偶爾也有加"的"的用法,例如:

正主任　副主任　單夾克　彩色電視機　黑白電視機　首要問題　微型錄音機

類三:"形"和"名"之間加不加"的"自由,例如:

大樹　重東西　直棍　髒鞋　紅花　軟面　乾淨衣服　安靜環境　快樂氣氛　零碎東西

類四:"形"和"名"之間必須加"的",例如:

梆硬的饅頭　冰冷的水　飛快的火車　死鹹的菜湯

油黑的皮鞋　通明的教室　圓溜溜的石頭　皺巴巴的衣服

水汪汪的眼睛　香噴噴的米飯　慢吞吞的樣子

用於名詞前的形容詞,從功能上看有兩類:(一)只是給事物分類,不表示量,形容詞直接修飾名詞的情況都是如此;(二)單純表是量,不給事物分類,形容詞和名詞之間必須有助詞"的"都屬於這

種情況。那些跟名詞結合時加不加"的"自由的形容詞,既有分類的
功能,又有表量的功能。形容詞直接修飾名詞時,要求該名詞所代
表的事物必須能按照該形容詞所代表的性質進行分類,否則就不
大能被形容詞直接修飾,譬如墨水可按照顏色分類,所以我們可以
說"藍墨水"、"黑墨水"等;而天空不能按照顏色分類,所以不能說
"藍天空"、"黑天空",而單純表程度時則可以,這時要有助詞"的",
譬如"很藍的天空"、"黑壓壓的天空"等。"水"可以按照溫度的高低
分類,可以說"涼水"、"溫水"、"熱水",人的臉不能按照溫度分類,
因此不能說:"涼臉"、"熱臉"、"溫臉",但是單純表程度時不受此
限,譬如冰涼的臉、滾熱的臉,"溫"是定量詞沒有"涼"和"熱"這種
構詞方式。那些形容詞和名詞間加不加"的"自由的詞組,表面上看
起來沒有什麼差別,不加"的"時,形容詞不能重疊或在其前加程度
副詞,因為這時它們只是單純的分類,加"的"時則可以用這些表程
度的方式,譬如不能說很大樹、大大樹,而可以說很大的樹、大大的
樹等。

5.6 對定量形容詞進行意義否定的方法

5.6.1 跟定量動詞的情況一樣,定量形容詞雖不能直接用
"不"或"沒"否定,但是我們仍然可以利用否定範圍規律尋找其它
手段從意義上對它們進行否定。實現對定量形容詞否定的常用手
段為:

一、對於沒有表相同概念的非定量詞存在的定量形容詞,它們

可以用否定判斷式"不＋是＋形＋的"來否定,例如:

㊳a.　紫花＝這朵花不是紫的。

　b.　正主任＝他的主任不是正的。

　c.　彩色電視＝這臺電視不是彩色的。

　d.　中級英語＝這本英語不是中級的。

　二、對於詞義程度極高的定量形容詞,可以利用否定範圍規律來否定它們。根據否定範圍規律,在同一概念範圍的一組詞中,詞義程度較低詞語的否定式包括了對詞義程度較高詞語的否定,因此,對於語義程度極高的定量形容詞否定可以通過語義程度較低的非定量形容詞的否定式來實現。例如:

㊴a.這碗湯死鹹＝這碗湯不鹹。

　b.　那盞燈賊亮＝那盞燈不亮。

　c.　這件行李死沉＝這件行李不沉。

　d.　外邊的路溜滑＝外邊的路不滑。

　e.　那根棍子筆直＝那根棍子不直。

　f.　教室最乾淨＝教室不很乾淨。

　g.　我最近極忙＝我最近不很忙。

詞語上面的一橫表示對它們的否定。

　三、重叠式定量形容詞的否定可以用原型詞的否定式來實現,例如:

㊵　a.　衣服乾乾淨淨的＝衣服不乾淨

　　b.　打扮得漂漂亮亮的＝打扮得不漂亮。

　　c.　房間整整齊齊的＝房間不整齊。

　　d.　箱子滿滿當當的＝箱子不滿。

第六章　名詞及其它詞類的肯定與否定

6.1　名詞前的否定詞"沒"

　　6.1.1　關於否定詞"沒"的詞性，學術界存在着很大的分歧。概括起來，主要有兩種觀點：(一)認為動詞或形容詞前的"沒"是副詞，名詞前的"沒"是動詞，這一派以呂叔湘主編的語法詞典《現代漢語八百詞》❶ 為代表；(二)認為三類詞前的"沒"都是動詞，這一

---

❶　商務印書館，1984 年，北京。

派以朱德熙《語法講義》❶為代表。

第一種觀點是用傳統語法學的方法得出來的。在傳統語法學中，強調詞類與句子成分的簡單對應，譬如認為副詞一般用於動詞前邊作狀語，由此得出結論，在動詞前作狀語的一般都是副詞。"沒"經常用於動詞前邊，就很自然地把"沒"歸入副詞類。同時又認為副詞是不能夠直接修飾名詞的，而"沒"卻經常用於名詞前邊，只好又另求新解釋，把名詞前的"沒"劃歸入動詞。朱運用轉換生成語法的變換方法，發現不論是動詞前的"沒"還是名詞前的"沒"，都具有同樣的變換方式，因此認為兩類詞前的"沒"是一個東西：都是動詞。

兩種觀點的分歧反映了傳統語法學和轉換生成語法學在分析方法上的差異。我們打個譬喻說明兩者差異的實質，甲、乙、丙分別代表三代人：

甲——爺爺　乙——兒子　丙——孫子

傳統語法學事先規定，凡是能跟甲在一塊的都是兒子，凡是能跟丙在一塊的都是父親，結果發現乙既可以跟甲在一塊，又可以跟丙在一塊，因此得出結論說，乙是兩個人：做兒子的乙和做父親的乙。轉換生成語法學則是看在甲前和丙前的乙究竟有什麼不一樣，結果發現兩處的乙的長相、行為、服飾等方面都是一樣的，因此得出結論，做兒子的乙和做父親的乙實際上是一個人。很明顯，前一種方法存在着嚴重的缺陷，後一種方法分析的結果是比較合理的。

---

❶　商務印書館，1982年，北京。

我們認為不論是名詞前、動詞前還是其它詞類前的"沒"只有一個，盡管在不同的詞類前被否定詞語的具體涵義不同，"沒"始終沒有變，都是對離散量的否定。

6.1.2　要認清否定詞"沒"的詞性，首先應該明白一個事實：可以被"沒"否定的詞類不僅包括動詞、形容詞和名詞，也包括數量詞、代詞、介詞等，而且每個詞類都不是全部都能被"沒"否定，只有那些具有離散量特徵的詞語才能用"沒"否定。也可以反過來說，不論是什麼詞類，只要具有離散量性質，都可以用"沒"否定。關於"沒"對動詞、形容詞的否定限制已在第四、五章中做了詳盡的討論，從中我們可以得出結論，"沒"只能否定動詞、形容詞的非定量成分中具有離散量特徵的那一部分。在對名詞、量詞等其它詞類的否定上，"沒"受到了同樣的限制，即它們都必須是非定量的和離散量的。對於名詞，用"沒"否定的條件是必須可以用數量詞稱數，因為這意味着該名詞兼有離散量和非定量雙重性質。對於量詞，用"沒"否定的條件是必須可以被數詞自由地替換，否則不能用"沒"否定。例如：

① a.　一（兩、三、……）本書。

　　b.　架子上沒有書。

② a.　一（兩、三……）桶水。

　　b.　池子裡沒水。

③ a.　一腔怒火。

　　b. * 兩（三、四……）腔怒火。

　　c. * 他沒有怒火。

④ a. * 一（兩、三、……）? 景況。

　　b. ＊沒有景況。

⑤　a.　一（兩、三……）點意見。

　　b.　他沒一點意見。

　　c.　一些意見。

　　d. ＊兩（三、四……）些意見。

　　e. ＊他沒一些意見。

⑥　a.　想了一（兩、三、……）遍。

　　b.　他沒想一遍。

　　c.　想了一番。

　　d. ＊想了兩（三、四、……）番。

　　e. ＊他沒想一番。

　　名詞的定量有兩種：一是只能用某個特定的數量詞修飾，譬如例③中的“怒火”只能為“一腔”修飾；二是乾脆不能用任何數量成分修飾，譬如例④中的“景況”。量詞的定量一般為其前要求某一個或兩個確定數詞，這些數詞是不能被其它數字替換的，例如⑤⑥中的“些”和“番”的前邊只能用數詞“一”。下節將會談到，名詞和量詞最典型的量上特徵是離散的，只要是非定量的名詞，幾乎都是離散性的，所以只須根據它們的定量和非定量性質就可斷定能否用“沒”否定。

　　通過以上分析，可以看出“沒”實際上只有一個，不管詞語所表示的內容是行為、性質、數量還是具體的事物，只要它們具有離散量的特徵，都可以用“沒”否定；否則不能用“沒”否定。

6.2 定量名詞和非定量名詞

6.2.1 根據能不能自由地用數量詞稱數，可以把名詞分為兩類：（一）可用數量詞自由地稱數的為非定量名詞，如類一；（二）不能用數量詞自由稱數的相應地稱之為定量名詞，這裡包含有兩層意思，一是指那些只能為某一個或幾個特定的數量詞修飾，二是完全不能被任何數量詞修飾，如類二。

類一：非定量名詞

筆 書 草 燈 詞 炮 錐 米 火 雪 題 田 土

車 碗 鎖 塔 肉 傘 脾 其 錢 槍 鍬 琴 人

馬 戲 辦法 報紙 被單 鼻涕 鞭炮 餅乾 玻璃

布景 蒼蠅 鏟子 撣子 地圖 點心 電池 釘子

東西 耳朵 饅頭 理想 職業 制度 主張 政策

債務 災荒 原則 意見 學問 消息 命令 紙張

書籍 車輛 湖泊 信件 船只

積極性 可讀性 延展性 對抗性

以上所列的非定量名詞，都可以用數量詞稱數，也都可以用"沒"否定。"理想"、"積極性"等的情況比較特殊，只能被表示約數的數量詞"有點"、"許多"、"很大"修飾，盡管如此，其中量性成分"多"、"點"、"大"已經顯示出被修飾的詞語在量上具有界限分明的離散量特徵，因此可以用"沒"否定。"很大"和"很"雖然都是表程度的，但是它們的量上特徵很不一樣，用"很大"修飾時往往是把所修

飾的對象看做一個完整的個體,即把它作為離散量的,而"很"卻只
能修飾連續量的詞語,譬如只有連續量性質的形容詞和順、乾脆、
孤單、憨厚、和氣等只能用"很"修飾,不能用"很大"修飾;而只有
離散量性質的名詞筆、火、人、馬、蒼蠅則只能用"很大"修飾,不能
用"很"修飾。由此可進一步證明,能為"很大"等修飾的抽象名詞跟
筆、火等一樣,也是離散量的,因此可以用離散量否定詞"沒"否定。

　　類一中的集合名詞紙張、書籍、車輛、湖泊、信件、船隻等都能
為"很多"修飾,"很多"的量上特徵與"很大"相同,它也是把所修飾
的對象看做離散量的,因此都可以用"沒"否定。用法比較特殊的是
"車輛","車"在任何環境下都可以用"數詞＋輛"自由稱數,也可用
"很多"修飾,因此"車"可以自由地被"沒"否定;"車輛"只能用"很
多"修飾,而且也僅限於在這樣的句子中:"路上有很多車輛",其它
語言環境就不能這樣說了:"＊我們學校有很多車輛","＊車庫裡
有很多車輛",等等,因此只有在前一種情況下才能被"沒"否定,例
如:

　　⑦　a.　路上沒有車輛。

　　　　b.＊我們學校沒有車輛。

　　　　c.＊車庫裡沒有車輛。

　　跟"車輛"用法相同的還有"人類",如果意指我們這些會說話、
思維、勞動的高等動物,它是定量的,不能用任何數量詞稱數,因此
沒有"學校沒有人類"、"大街上沒有人類"等說法;如果指生物進化
歷史中我們這種高等動物的出現,則可以有"那時地球上已經有很
多人類"之類的說法,這時是把人類作為動物群體中的一員,即把
"人類"看做是離散量的,因此也就可以有這樣的說法:"那時地球

上還沒有人類"。由此可見,同一個詞語在不同的語言環境下可變化其量的性質,它們能不能加"沒"否定的情況也不同。

類二、定量名詞

景況	生計	飲食	倫常	心性	世交	機緣	形態	怪樣
形勢	體態	狀態	時樣	風光	景物	春光	氣象	面貌
奇觀	長相	步伐	儀表	儀態	神情	神采	神態	目光
聲色	喜氣	怒容	怒火	怒氣	凶相	風采	性質	音質
通病	症結	微利	流弊	積弊	特性	異樣	局面	牢籠
方面	領域	天地	世界	官場	文壇	楷模	典範	藝林
譜系	山系	表面	外部	門面	實質	基本	要害	本位
主腦	尺碼	師表	師範	品質	質地	分野	牛勁	鼎力
元氣	稱謂	英名	名目	姓氏	性情	表性	稟性	故態
體格	操行	賢德	作風	天倫	貞操	膽力	膽略	海量
資質	才智	情思	思潮	匠心	內心	心裡	心頭	心弦
心靈	心目	心術	意旨	惡感	意氣	卓見	高見	

以上所列的名詞都不能用數量詞自由稱數,都是定量的,因此一般不能直接加"沒"否定。這些詞所表意思比較抽象、空靈,一般也不單獨使用,通常要受到其它詞語修飾限制之後才能充當句子的成分。其中有一部分詞語是可以用"各種各樣"或者"數詞+種"修飾,譬如景況、狀態、風光、神情、神態、質地、天性等都可以用兩個詞組修飾,這似乎是例外,事實上,"種"和"樣"跟一般量詞本、匹、張、盞的涵義很不一樣,兩者是根據事物本身的性質或特點而給它們分類,并不一定把所分類的事物作為有明確個體的離散量看待,也就是說定量的事物也可以根據性質或特點("種"和"樣")

來分類；但是用"本"、"張"等量詞修飾的詞語一定是有明確個體的離散量，凡不能用這類量詞修飾的都是定量名詞，都不能用"沒"否定；凡能用這類量詞修飾的都是非定量名詞，都可以用"沒"否定。

度量、頭腦、心腸、水平、人格、形象、性格、身材、樣子、風度等都是不能用數量詞自由稱數的，都是定量名詞，因此它們雖然有時可以用"沒"否定，但意義上已經發生了偏移，例如：

⑧ 他沒有度量。

⑨ 他沒有頭腦。

⑩ 他這個人沒有心腸。

⑪ 這件事上他辦得沒水平。

⑫ 這件衣服沒有樣子。

⑬ 張教授沒有風度，但很有學問。

"度量"的本義為"能寬容人的限度"，而在例⑧中是指"較大的能寬容人的限度"。"頭腦"的本義為"思想能力"，而在例⑨中是指"較強的思想能力"。"心腸"的本義為"對事物的感情狀態"，而在例⑩中是指"較硬的對事物的感情狀態"。"水平"的本義為"在文化、技術、業務等方面所達到的高度"，而在例⑪中是指"較高的高度。""樣子"的本義為"形狀"，而在例⑫中是指"較好的形狀"。"風度"的本義為"舉止姿態"，而在例⑬中是指"美好的舉止姿態"。其餘的幾個詞身世、性格、形象、人格等如用於否定式，它們的意義都向積極的方面轉化。"度量"等這些意義抽象、空靈的詞語，如果受了積極性質限制之後，它們的意義就轉化為具體的、完整的，也就是說成為了界限分明的個體，這樣就使得它們具有了離散量的性質，因此也就可以用"沒"否定了。"度量"等在否定式中發生的語義偏移證實了這一點。

　　"度量"等用於"有(沒有)＋名"結構所組成的整個短語相當於個形容詞,還可以用程度詞修飾,譬如"這個人很(十分、最)有(沒)度量。""有＋名"是非定量成分,因此可以用專職否定式"沒＋名"否定;"沒＋名"雖也是非定量成分,但是由於否定詞之間的互斥性,所以不能再用否定詞否定。

　　6.2.2　客觀世界中各種各樣的事物,包括人、動物、生物和其它無生命的物體,都具有明確的個體,表現為可以用自然數計量或稱數。名詞是從客觀世界中各種各樣事物中概括出的名稱,最典型的量的特徵就是離散性,在語言系統內部就是可以用數量詞修飾。幾乎全部的非定量名詞都只具有離散量特徵,沒有連續量特徵,所以只能用離散量否定詞"沒"否定,不能用連續量否定詞"不"否定。書、馬、人、車、大樓、電視等都只能被"沒"否定,而不能被"不"否定,這是每一個說漢語的人都明白的一個事實,原因如上所述。在第四章中我們分析了動詞的量上特點,得出結論動詞最典型的量上特徵是離散性的,表現為可以用動量詞稱數,因此用"沒"否定最為自由。同時,絕大部分非定量動詞也具有連續量的性質,因此可以用連續否定詞"不"否定。為什麼名詞只有離散量性質,而動詞卻兼有離散和連續兩種量的性質呢? 下面我們以"車"和"看"來說明名詞和動詞量的差異。

　　車

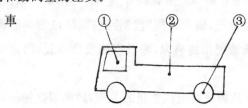

看　　　　①　　　　　②　　　　　③

"車"和"看"都分別可以用數量詞"輛"和"次"稱數，所以它們都具
有離散量性質，也都可以用"沒"否定，譬如沒車、沒看。從整體和部
分之間的關係就可以看出"車"和"看"在量上的重要差別："車"作
為一個整體是不可再切分的，它的構成部分都不能再叫做"車"了，
譬如圖中的①是車窗，②是車箱，③輪子，等等，只有它們組裝到一
起的時候才是車。總之，"車"是個完整的個體，沒有連續量的性質。
但是，"看"的情況就不同了，假設"看一次"持續的時間為一秒鐘，
圖中的①、②、③分別表示萬分之一秒、千分之一秒、百分之一秒，
我們不論是站在①、②或③哪個時間點上來觀察"看"這個行為，結
果都是行為"看"，也就是說"看"是可以切分的，行為的局部與整體
都是同質的東西。這意味着"看"具有連續變化的過程，也就是說，
它具有連續量的性質。這樣我們就可以明白，"車"不能用連續量否
定詞"不"否定而"看"則可以的原因。

　　所有的非定量名詞都與"車"的特點相同，可用數量詞稱數，是
非定量的，可用"沒"否定；整體和局部不同質，沒有連續性，因此不
能用"不"否定。絕大多數的非定量動詞都與"看"的用法一致：可用
數量詞稱數，是離散量的，因此可用"沒"否定；同時也有局部體現
整體的特徵，有個連續變化的過程，即具有連續量性質，因此又可
以用"不"否定。

　　6.2.3　根據自然語言肯定和否定的公理，語義程度極高的詞

語只能用於肯定結構之中,第四、五兩章中有一部分不能用於否定
結構的定量勸詞和形容詞就屬於這一類。名詞的肯定和否定的用
法也同樣遵循該公理,語義程度極高的名詞一般也都不能直接加
"沒"否定,例如:

a. 聲息　聲音　洪鐘

b. 事兒　責任　使命

c. 包袱　擔子　重荷

d. 過失　錯誤　罪惡

e. 賺頭　利潤　橫財

f. 見識　眼力　膽識

g. 墨水　學問　絕學

h. 話頭　話語　語句

i. 實話　真話　心聲

j. 二話　怨言　流言

k. 粗話　髒話　惡語

l. 提議　建議　動議

m. 交情　友誼　世交

n. 景致　風景　奇觀

o. 頭緒　條理　脉絡

p. 目的　宗旨　大旨

q. 來頭　根源　淵源

r. 名氣　名聲　聲望

s. 用場　作用　特效

t. 迹象　症狀　症候

u.　名堂　收獲　結晶

上述二十一組詞中,是按照它們語義程度由低到高排列的。除 a 組的"聲息"和 j 組的"二話"詞典釋義中已注明是"只用於否定結構"外,其餘各組的左端成分都不一定是只用於否定結構的,因為不是每一組同義詞中都能找到語義程度極低的詞,而且有些組中左端的詞和中間語在語義程度上很難說誰高誰低,重要的是明白一個事實,位於右端的詞都是各自組中語義程度極高的,而且一般不能直接用"沒"否定。還應注意一點,有多個義項的詞可能會屬於不同的詞語序列,譬如"名堂"有三個義項:①花樣,名目;②成就,成果;③道理,内容,u 組中所用的是"名堂"的義項②。

根據公理判別出來的只用於肯定結構的詞語也都不能用數量詞自由稱數,它們也符合定量詞的特點,因此用定量和非定量的標準來看這些詞也是不能用"沒"否定的。由此可見,公理與定量和非定量概念在實質上相通的。例如:

⑭　a.　一(兩、三、……)件事兒。

　　　　這星期沒有事兒。

　　b.　很大(一些、……)責任。

　　　　在這件事上他沒有責任。

　　c.　*一(兩、三、……)? /很大(一些、……)使命。

　　　　*我們沒有使命。

⑮　a.　一(兩、三、……)個過失。

　　　　他沒有什麼過失。

　　b.　一(兩、三……)個錯誤。

　　　　我沒有錯誤。

c. *一(兩、三、……)個罪惡。

　　*他沒罪惡。

⑯　a.　一(兩、三、……)句實話。

　　他嘴裡沒有實話。

　b.　一(兩、三、……)句真話。

　　他沒有真話。

　c. *一(兩、三、……)句心聲。

　　*他沒有心聲。

⑰　a.　很多(有點、有些、……)名堂。

　　幹了大半年,也沒有幹出什麼名堂。

　b.　很多(有點、有些、……)收獲。

　　我們的工作沒有收獲。

　c. *很多(有點、有些、……)結晶。

　　*我們的工作沒有結晶。

6.2.4　跟動詞和形容詞的情況一樣,同一個名詞的不同義項定量和非定量的性質可能不一樣,因此各個義項的肯定和否定用法也有差別。一些常用名詞的基本義項是可用數量詞修飾,是非定量的,可用"沒"否定;而它們的引申義項則可能是定量的,不能用數量詞修飾,因此也就不能用"沒"否定。下面以"人"的各個義項用法為例來加以說明。

義項1(非定量):能制造工具并使用工具進行勞動的高等動
　　　　　　　　物。

⑱　教室裡沒有人。

義項2(非定量):指某種人

⑲　他倆沒有介紹人。

義項 3（非定量）：指人手、人材

⑳　我們這裡正沒有人。

義項 4（定量）：每人；一般人

㉑　這本書人手一冊。

義項 5（定量）：指成年人。

㉒　兒子已經長大成人了。

義項 6（定量）：別人。

㉓　他待人很誠懇。

義項 7（定量）：指人的品質、性格或名譽。

㉔　這樣做真丟人。

義項 8（定量）：指人的身體或意識。

㉕　送到醫院人已經昏迷過去。

　　"人"的非定量義項都可以用量詞"個"稱數，而且在句子中的位置比較自由，譬如例⑱可以變換為："人教室裡沒有"，"教室裡人沒有了，""人沒有在教室裡"，等等。相反，"人"的定量義項都不再能用數量詞稱數，而且在句法上也受到了很大的限制，一般不能自由變更其位置，譬如義項 4 一般只能在句首做主語，同樣的例子有"人所共知"。

　　下面列表舉例常用名詞的定量和非定量義項，它們的用法也都與"人"的用法相同，定量義項不能用數量詞稱數，不能用"沒"否定，而且句法上也受到很大的限制；非定量義項則可以用數量詞稱數，可用"沒"否定，句法活動能力也比較強。

例詞	非定量義項	用例	定量義項	用例
火	物體燃燒的光	點火	憤怒	心頭火起
心	推動血液循環的器官	豬心	中心	江心
血	人等循環系統中的液體組織	流了很多血	剛強	血性/氣
雪	空中降落的白色結晶	下雪了	光彩象雪的	雪亮
數	數目	有幾個數	幾個	數小時
書	著作	買書	信函	家書
手	人體能拿東西的部分	手拿東西	技能、本領	他有一手好手藝
勢	勢力	他家很有勢	趨向	來勢甚急
式子	算式	這道題沒有式子	姿勢	式子擺好了。
石	堅硬的物質	石頭	石刻	金石
神	精靈	無神論	神氣	瞧他那個神兒，準是有什麼心事。
色	顏色	紅色	種類	貨色
名	名字	人名	名義	以學習為名
門	出入口	車門	派別	儒門

6.2.5 非定量的動詞或形容詞重疊後轉化為定量的,不能再用"沒"或"不"否定,而且動詞或形容詞定量以後在句法上呈惰性,

失去了原來的很多功能。同樣,部分具有容量的物質名詞,可以用重叠的形式表示遍指,這時它們就變成了定量的,除偶爾可用數詞"一"修飾外,不再能用其它數詞稱數,因此不能被"沒"否定,而且也一般只能在句首作主語。例如:

⑯　A　a.　很多人的要求都滿足了。

　　　　b.　很多人都知道這件事。

　　　　c.　他瞭解很多人。

　　　　d.　教室裡沒有人。

　　B　a.　人人的要求都滿足了。

　　　　b.　人人都知道這件事。

　　　　c.　＊他了解人人。

　　　　d.　＊教室裡沒有人人。

⑰　A　a.　四個箱子都裝滿了衣服。

　　　　b.　四個箱子的衣服都是乾淨的。

　　　　c.　他裝滿了四個箱子。

　　　　d.　他沒有四箱子衣服。

　　B　a.　箱箱都裝滿了衣服。

　　　　b．箱箱衣服都是乾淨的。

　　　　c.　＊他裝滿了箱箱衣服。

　　　　d.　＊他沒有箱箱衣服。

⑱　A　a.　所有的碗裡都有肉。

　　　　b.　他盛滿了所有的碗。

　　　　c.　所有碗裡的湯都是鹹的。

　　　　d.　他砸了所有的碗。

B　a.　碗碗都有肉。

　　b. ＊他盛滿了碗碗。

　　c. ＊碗碗湯都是鹹的。

　　d. ＊他砸了碗碗。

　　名詞重疊表遍指都已定量化,譬如不能説"一個人人"、"兩個人人",等等,因此也不存在"沒有人人"之類的説法。表遍指的重疊式名詞一般只能做主語或其定語,不能單獨出現在賓語的位置,譬如例㉘中"所有的碗"和"碗碗"的涵義沒什麼差別,而它們的句法功能卻很不相同,"所有的碗"可以用做賓語,而"碗碗"則不行。

　　陸儉明❶指出,名詞重疊表遍指時,其謂語的肯定式多於否定式,譬如下面的説法都是很別扭的:

　　? 顆顆麥粒都不飽滿。

　　? 條條大路都不通北京。

　　? 頓頓晚飯都沒有魚、肉。

　　? 件件家具都不自己買。

名詞重疊表遍指做主語的句子,其謂語一般都是肯定式的。這種句型肯定式和否定式的不對稱性,其背後是由這樣一條規則在制約着:名詞重疊表遍指時,語義上要求要有所為,譬如"具有某種性質","擁有某種東西",在其內發生了什麼情況,等等。這就是重疊名詞只做主語不做賓語的原因。上述特徵還可以從它們帶謂語動詞的性質中得到旁證。名詞重疊表遍指時不僅不能在句末做句子

---

❶　陸儉明《周遍性主語句及其它》,《句型和動詞》79—93頁,語文出版社,1987年,北京。

形式上的賓語,也不能做意義上的賓語,即在語義關係上不能是謂語動詞的受事。例如:

㉙　a.＊人人他都瞭解。

　　b.＊人人都被狗咬了。

　　c.＊人人都被車撞倒了。

　　d.＊人人他都看見了。

㉚　a.＊箱箱衣服他都賣了。

　　b.＊箱箱都砸了。

　　c.＊箱箱都運走了

　　d.＊箱箱衣服都被倒空了。

㉛　a.＊碗碗湯他都喝完了。

　　b.＊碗碗都喝完了。

　　c.＊碗碗都碎了。

　　d.＊碗碗都被舀滿了。

　　以上三例如換為語義上等值的"所有＋名"詞組則可以做謂語動詞的受事,譬如"所有的人他都瞭解","所有的箱子都運走了","所有的碗都碎了",等等。名詞重疊表遍指做定語時,整個詞組也不能處於句子賓語的位置,也不能做受事主語,譬如"碗碗湯裡都有肉"是可以說的,而不能說"他喝完了碗碗湯"和"碗碗湯他都喝完了",因為前者是形式上的賓語,後者是意念上的受事,兩者都不符合名詞重疊表遍指的語義要求。

　　本書的 3.3"否定性詞語"一節,曾經指出一種現象:如果做主語中心語的定語的詞是語義極小時,要求其謂語一般採用否定式,譬如:

㉜　a.　照面的機會不多。

　　b. ＊照面的機會很多。

㉝　a.　景氣的地方沒有幾個。

　　b. ＊景氣的地方有好幾個。

“照面”和“景氣”都是語義程度極低的，它們做謂語時一般只能採
用否定式，即使做主語的定語時也制約着其謂語一般也只能是否
定式。相應地可以把名詞重叠表遍指的語義看作是程度極高的，跟
“照面”等的情況恰好相反，制約着謂語一般只能採用肯定式。上述
現象可以給我們三點啟示：

　　一、句子成分在決定句型中的作用沒有大小之分，即使是做定
語的詞也會對整個詞組在句子中的位置和謂語的動詞類型及肯定
否定的形式產生關鍵性的影響。

　　二、不同的詞類對句型的選擇都有一定的影響，過去我們把研
究句型的重點放在動詞上，正如這裡所看到的，名詞在有些情況下
在決定句型的作用上往往比動詞還重要。

　　三、局部上的不對稱往往意味着更大範圍裡的對稱。譬如語義
程度極小的詞語做主語的定語時，其謂語一般只能是否定式，單獨
地看它們是肯定和否定不對稱的；如果把我們的觀察範圍擴大到
整個語言系統，就會發現語義程度極高的詞做主語的定語時，其謂
語一般只能是肯定式，由此可見，在整個語言系統中它們又是肯定
和否定對稱的。又如，“介意”等一般只用於否定式，單獨地看它們
是肯定和否定不對稱的；而同時又存在着“銘記”等只用於肯定結
構的詞，所以在更大的範圍看又是對稱的。語言中肯定和否定的用
法印證了這樣一條哲理：在較低層次上的不對稱往往意味着較高

層次上的對稱。

6.2.6　本節考察一下語義程度極低的名詞的句法特點,幫助我們更深刻地理解名詞重叠表遍指的句法。

"二話"、"好氣兒"、"聲息"在詞典釋義都注明是"一般只用於否定式",前邊舉例中也可以看出它們都是各自概念義相同的一組詞中語義程度最低的一個。另外,"碴兒"的本義是小碎片,引申作"事兒"講時語義程度也很低,也是經常用於否定結構。下面我們以這四個詞為例來説明語義程度極低的名詞的句法特點。

㉞　a.　他没説二話。　　　　他没看書。

　　b.　他二話没説。　　　　他書没看。

　　c.＊二話他没説。　　　　書他没看。

㉟　a.　他没有好氣兒。　　　他没有書。

　　b.＊他好氣兒没有了。　　他書没有了。

　　c.＊好氣兒他没有。　　　書他没有。

㊱　a.　院子裡没一點聲息。　教室裡没有人。

　　b.＊院子裡聲息没有了。　教室裡人没有了。

　　c.＊聲息院子裡没有。　　人教室裡没有。

㊲　a.　没人理他的碴兒。　　没人同意他的建義。

　　b.＊他的碴兒大家都不理。　他的建議大家都不同意。

　　c.＊他的碴兒没人理。　　他的建議没人同意。

語義程度極小的詞語一般只能做句子的賓語,頂多只能充當句子的小主語,如㉞中 b 的"二話",絕不能放在句首做整個句子的主語。而各例的右邊一欄中的中性詞語的句法相當活躍,既可以做主語,又可做賓語。由此可見,名詞跟動詞、形容詞的情況一樣,非

定量名詞的句法十分活躍,句子中凡是能出現名詞的地方都有它
們的身影,定量名詞的句法受到了很大限制,一般只能在句子中某
一固定的位置出現.更有趣的現象是,語義程度極高的詞和語義程
度極低的詞在句法位置上是對稱的,極高的只能出現於句首做主
語,而且在意義上必須是謂語動詞的施事;極低的一般用於句尾做
賓語,而且在意義上必須是謂語動詞的受事.

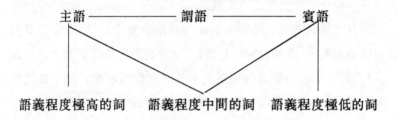

注意,這裡所說的語義程度極高的詞主要是指採用重疊這種
語法手段使得名詞表遍指這種情況。那些單個的語義程度極高的
詞語,由於受其本身的詞彙意義或習慣用法的影響,可能會與上述
規則有出入。

6.3 可重疊表遍指的詞的特徵

陸儉明《周遍性主語句及其它》[1] 談到,不是所有的量詞都能
重疊表示周遍意義,能重疊表示周遍意義的量詞大約只占整個量

---

[1] 見《句型和動詞》84 頁,語文出版社出版,1987 年 4 月,北京。

詞的 12% 左右。還有其它學者也嘗試用統計的辦法來劃出這類詞的範圍。用統計的方法得出的結果，雖然有助於對上述現象的認識，但是無法回答為什麼有些詞可以用重疊的方式表遍指，而有些詞則不能等問題。本節我們從語義的量上特徵方面給出判別具有重疊表遍指功能的詞語的嚴格條件，凡是符合這個條件的，重疊以後一定表遍指，凡是不符合這個條件的，或者是不能重疊表遍指，或者是即使可以重疊也不表遍指。

有人認為碗、桶、車等兼有名詞和量詞雙重詞性，當它們單獨用時是名詞，直接加數詞時是量詞。這種觀點也是傳統語言學作繭自縛的又一表現，先是假定漢語中的名詞都是不能直接用數詞修飾的，而"碗"等卻可以加數詞稱數，就只好說它們變成了量詞。這種名稱上的游戲沒有必要去深究，在下邊的討論中，只注意詞語的量上特徵，而不管人們是把它們叫做量詞還是名詞。在 6.4 節所討論的時間名詞中，也將會看到，不論是傳統上認為的動詞、名詞還是形容詞，只要它們的量上特徵相同就會有相同的句法表現。

下面是具有重疊表遍指功能的詞語應滿足的條件：

一、凡是可重疊表遍指的詞都必須能夠用數詞直接修飾。例如：

人	家	戶	箱	桌	桶	車	個	根	條	張	層	包
頁	件	節	章	題	門	粒	樣	年	天	月	期	場	雙
碗	綱	盤	頓	間	勺	盆	瓶	筐	塊	個	套	份	座
條	把	項	枝	挂	幅	支	匹	臺	棵	片	墩	沓	疊
輛	對	扇	首	盞	管	冊	段	卷	截	部	樣	副	口
餐	份	所	棟	幢	架	處	道	面	滴	撮	朵	束	瓣

句 圍 盒 列 批 筆 頂 瓣 樓 株 篇 本 摞 灘
孔 封 串 行 針 鍋 壺 籠 杯 籃 簍 袋 幕 斗
船 遍 次 趟 下

"人"可以說"八十人"、"九十人",等等,因此可以說"人人都知道這件事"。如此類推。普通名詞不能直接用數詞修飾,要稱數時必須在它們和數詞之間插入量詞,這類詞都沒有重叠表遍指的功能,例如:

　書 水 布 火 光 電 草 菜 山 葉 馬 牛 鶏
磚 牙 鋼 土 油 酒 錢 歌 圖 表 紙 肉 湯 飯

二、凡是重叠表遍指的詞都必須是能够自由地替換其前修飾語的數字。在可用數詞直接修飾的詞語中,又可分為兩類:(一)其前數字可自由地為其它數目替換,只有符合這個標準才能重叠表遍指;(二)其前只限於用某一個或幾個特定的數,此類詞雖直接能用數詞修飾,也不能重叠表遍指。下面以量詞為例加以説明。

㊴ a. 想一遍。　　　　　　　想了一番。

　　b. 想了兩(三、……)遍。　*想了兩(三、……)番。

　　c. 遍遍都有收穫。　　　　*番番都有收穫。

㊵ a. 下了一場雨。　　　　　下了一陣雨。

　　b. 下了兩(三、……)場雨。　*下了兩(三、……)陣雨。

　　c. 場場都下透了。　　　　*陣陣都下透了。

㊶ a. 看了一次。　　　　　　看了一眼/兩眼。

　　b. 看了兩(三、……)次.　　*看了三(四、……)眼。

　　c. 次次都看見了。　　　　*眼眼都看見了。

㊷ a. 一句話。　　　　　　　一席話。

b. 兩(三、……)句話。　　　*兩(三、……)席話。

c. 句句都在理。　　　*席席都在理。

㊸ a. 一把斧子。　　　一把眼淚。

b. 兩(三、……)把斧子。　　　*兩(三、……)把眼淚。

c. 把把都很鋒利.　　　*把把都——。

常見的要求其前是某一個或幾個數詞的量詞有：陣(下了一陣雨)，記(打了一記耳光)，綫(一綫生機)，絲(一絲希望)，派(一派胡言)，片(一片新氣象)，番(別有一番天地)，宗(一宗心事)，碼(兩碼事)，抹(一抹晚霞)，灣(一灣河水)，幫(一幫小朋友)，等等。這些詞都沒有重疊表遍指的功能。同一個量詞在與不同的詞語搭配中會有不同情況，譬如例㊸的"把"稱數斧頭時是自由量詞，可重疊表遍指；而稱數眼淚時則為限定量詞，只能用數詞"一"修飾，就不能重疊表遍指了。同樣的例子還有"副"，稱數藥時是自由量詞，可重疊表遍指，譬如"在這個醫院共抓了三副藥，副副都很有效"；而稱數"笑容"、"笑臉"時就轉化為限定量詞，失去了重疊表遍指的功能。

三、凡是可重疊表遍指的詞都必須是單音節的。在可用數詞自由稱數的詞中，只有單音節的才能重疊表遍指，上面所舉的例子都符合這一條件；那些雙音節的詞都沒有重疊表遍指的功能，例如

箱子　架次　人次　千瓦　小時　星期　來回　擔子　汪子
桌子　盒子　攝子　汽車　房間　杯子　籃子　勺子　筷子

四、凡是可重疊表遍指的詞所指的對象必須是一個個完整的個體，即必須是種界限分明的離散量。上述所舉的可重疊表遍指的詞都符合這一語義特徵。名詞重疊表遍指也就意味着所述範圍裡

存在着多個相互獨立存在的個體。這一語義要求就把表度量衡的量詞排除在外。度量衡的詞不是稱數事物個體的多少，而是從容積，長度、重量等方面描寫事物的量，它們描寫事物時都是把它們做為一個整體來看待，而不管所描寫的對象是一個還是多個。因此度量衡的量詞都不能重疊表遍指，例如：

尺 米 斤 兩 裡 升 元 角 分 噸 畝 碼 寸

磅 克 丈 斗 石

五、凡是符合上述四個條件的詞，重疊以後一定是表遍指，例如家家、人人、張張、個個等；凡是與四個條件中任何一個不相符的詞都沒有重疊表遍指的功能，即使個別可以重疊的也沒有遍指的意義，例如：

爺爺 奶奶 爸爸 媽媽 姐姐 弟弟 太太 寶寶 猩猩

形形色色 婆婆媽媽 瓶瓶罐罐

能夠直接加數詞修飾的名詞有一個共同的語義特徵：它們都有一定的容量，都是一個個完整的個體，譬如盒、箱、桶、車等、"人"似乎是個例外，語義上也可以把它作為具有一定容量的實體，因為它可以"容得下"各種各樣的性質、狀態、行為等。"箱"等可直接用數詞稱數完全是由它們語義上的量上特徵決定的。一般人都認為漢語語法的最大一個的特點是，數詞和名詞結合時兩者之間必須插入"量詞"，這只是適於純粹表物質的名詞，例如布、水、紙、光、草等。英語中與這幾個詞相對的 cloth，water，paper，light，grass 等稱數時一般也要有適當的量詞，而數字不能直接與它們相配，譬如 one piece of cloth，one mouth of water，three sheets of paper，等等。漢語跟英語等印歐語言在名詞稱數上的真正差別在於，對同樣一種東西，漢語往往是從總體上給以命名,所以稱數個體的多少時往往需要加上適當的量詞,譬如"三本書";而英語有可能是從個體上給以命名,所以可以直接用數詞稱數個體的多少,譬如 three books。盡管如此,漢語和英語在名詞的稱數上有不少地方是相通的。漢語和印歐語言在名詞稱數上的差異也反映了我們漢民族與歐洲人的思維習慣的不同:我們漢民族的思維習慣往往是從大到小,從整體到個體,在給事物命名時着眼於一個個的個體,因此不能够直接加數詞修飾名詞。

6.4 時間詞的量上特徵與句法

6.4.1 漢語中有些表時間的名詞跟動詞的用法相似,可用副詞修飾,加完成態助動詞"了",用"沒"修飾,例如:

⑭ a. 已經星期天了。

b. 還沒有星期天呢,你怎麽就不做作業了?

c. 今天又不星期天,不能睡懶覺。

⑭ a. 春天了,花兒都開了。

b. 還沒有春天。

c. 已經春天了。

⑭ a. 已經元旦了。

b. 還沒有元旦。

c. 今天不元旦,明天才元旦。

根據是否具有動詞的特徵可以把時間名詞分為兩類:(一)可用副詞"已經"等修飾,可跟助動詞"了",及可用"不"或"沒"否定的,如下面的類一;(二)沒有動詞的特徵,只是單純的名詞,如下邊的類二。

類一:

年終　月終　半輩子　十五歲　十年　春天　夏天　秋天

冬天　雨季　旱季　淡季　初伏　正月　元月　二月　臘月

中旬　下旬　星期日　星期一　初一　立春　清明　夏至

春分　節日　六一　除夕　大年　初一　春節　元宵節

端午節　中秋節　重陽節　聖誕節　復活節　休假　愚人節

晌午　下午　晚上　白天　黃昏　半夜　深夜　三小時　五

更

類二:

今天　昨天　將來　時間　當晚　當天　明天　今年　明年

年份　晚年　青春　童年　一生　年齡　以後　今後　後頭

近來　最近　以前　事前　過去　從前　中期　初期　期限

期間　平時　平常　時代　年代　朝代　古代　近代　當代

6.4.2　上節中兩類時間詞用法的差異是由它們各自語義上的量上特徵不同造成的。下面以"星期天"與"今天"、"昨天"、"明天"為例加以說明。

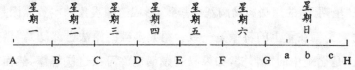

"星期天"有一個起始點 G——H,而且這個星期天與下個星

期天之間具有一定的間隔 A——G,這一點跟非定量名詞或非定量動詞的量上特徵一樣,具有離散性,因此可以用數量詞稱數,可用離散量否定詞"沒"否定:"還沒有星期天"。跟名詞不同的地方是,"星期天"在時間上具有一個發展過程,在上圖即為從 A 到 G,這一特徵與動詞的一致,因此也可以加時態助詞"了":"已經星期天了","星期"單用時也可以加時態助詞"過":"我們已經星期過了"。"星期天"在量上的一個最重要特徵是,它的整體與局部是同質的,譬如 G 到 H 是某月的 7 日,a、b、c 代表 7 日這個時間的三個點,即可以說 7 日是星期天,又可以站在 a、b、c 三點是說"現在是星期天"。在 6.2.2 中談到名詞是整體和局部不同質的,動詞是整體和局部同質的,即在一個單獨的行為中,在任一瞬間觀察都與整體的行為一致,"星期天"這一點上也是與動詞的量上特徵一致,即具有連續性,因此可以用連續否定詞"不"否定:"今天又不星期天,你玩什麼?""星期天"的量上特徵和用法可以給我們這樣一個啟示,不管語義上是表示事物、行為還是性質,也就是說不管它們是名詞、動 詞還是形容詞,只要它們有共同的量上特徵就有共同的句法表現。在"今天已經星期天了"這句話中,"星期天"做句子的謂語,受副詞"已經"修飾,加"了",而且還可以用"不"或"沒"否定,可見"星期天"的用法與動詞基本一致,形成這種現象的本質原因是,它與動詞在量上的特徵是一致。絕大多數的語法書都認為"星期天"是名詞中的"例外",如果只有幾個也許可以這樣解釋,然而在表時間的名詞中,凡與"星期天"有共同量的特徵的詞也都有共同的句法表現,譬如假期、春節、元旦、正月、臘月、中秋節、星期一、星期二、星期三、星期四、星期五、星期六、元宵節、聖誕節等,更重要的是應明白這樣一個事實：凡與"星期天"的量上特徵不一致的詞在句法上也就有不同的表現形式，譬如下面要講的"三小時"和"今天"等。

在 6.4.1 類一中所舉的時間詞"三小時"、"十五歲"、"十年"等與"星期天"相同的地方是，具有明確的起迄點，即從零到自身的量，同時這也意味着它們在時間上有一個動態的變化過程，因此可以用離散量否定詞"沒"否定，可受到副詞修飾，也可加時態助詞"了"，例如：

    ⑰a.   他沒有十五歲。

      b.   他已經十五歲了。

"三小時"等與"星期天"不同之處是，它們在量上沒有連續性，表現為整體與部分不同質，譬如把零點作為計算的起點，零點和三點之間的任何瞬間都不能稱為"三小時"，只有到三點這一時刻才能說"三小時"，由此可見，"三小時"等這些計量時間長短的詞不能用連續否定詞"不"否定，如沒有這樣的說法："還不三個小時"。量上特徵與"三小時"一致的時間詞都有共同的句法表現，譬如五年、七個世紀、八十天、三十分鐘、十秒、五個月等。

"今天"是對時間的指稱，任何一日都可以叫做"今天"，而在既定時刻都只能指說話時的這一天，因此它沒有確定的起迄點，也沒有時間上的動態變化過程，可見"今天"沒有離散量的性質，因此不能用"沒"否定❶。用名詞定量和非定量的標準也可以看出這一點，

---

❶ 在"沒有今天就沒有明天"這種表假設的特殊結構中，"今天"可以被"沒"否定。

"今天"是不能用任何數量詞稱數的,其涵義是指說話時的這一時刻,很明顯它表示的是一個量點,是定量名詞,因此不能用"沒"否定。"今天"也沒有"星期日"那種連續量性質,譬如我寫文章這一時刻是 1991 年 4 月 2 日,可以從總體稱"我今天寫了十頁",但是站在這一日的任何一刻都不能說"現在是今天",因此"今天"不能被連續否定詞"不"否定。凡與今天有共同量的特徵的詞都有共同的句法,譬如前天、昨天、明天、後天、大後天、上星期、下星期、上月、這月、下月、前年、今年、明年、後年、上一世紀、下一世紀等。

在 6.4.1 的類二時間詞中,時間、工夫、期限等都可以用數量詞稱數,如三個時間、很多時間、兩天工夫、很多工夫、幾個期限,可見它們都是離散量名詞,因此跟"今天"等不同,可以用離散否定詞"沒"否定。

6.5 定量量詞和非定量量詞

6.5.1 在 6.3 中討論量詞重疊表遍指時,曾把量詞分為兩類:(一)其前的數字是可以自由替換的,如個、張、條等;(二)其前只限於用某一個或幾個特殊數字的,如碼、陣、番等。第一種量詞定義為非定量量詞,第二種為定量量詞。

量詞都是用來稱數事物的個體,它們都屬於離散量性質,跟名詞一樣,量詞也沒有連續量性質,因此凡是非定量量詞都可以用"沒"否定,所有的量詞,不管是定量的還是非定量的都不能用"不"否定。

在下例中，"一些"、"一會兒"、"一陣"、"一番"等量詞前的"一"不能為其它數字替換，是定量量詞，因此不能用"沒"否定；而相應的"一張"、"一分鐘"、"一次"、"一遍"等量詞前的"一"可以為共它數字自由替換，是非定量量詞，可被"沒"否定。例如

⑱　A　a.　小趙有一些建議。

　　　　b.　＊小趙有兩（三、……）些建議。

　　　　c.　＊小趙沒有一些建議。

　　B　a.　小趙有一點建議。

　　　　b.　＊小趙有兩（三、……）點建議。

　　　　c.　小趙沒有一點建議。

⑲　A　a.　他學了一會兒。

　　　　b.　＊他學兩（三、……）會兒。

　　　　c.　＊他沒學習一會兒。

　　B　a.　他學了一分鐘。

　　　　b.　他學了兩（三、……）分鐘。

　　　　c.　他沒有學習一分鐘。

⑳　A　a.　下了一陣雨。

　　　　b.　＊下了兩（三、……）陣雨。

　　　　c.　＊沒下一陣雨。

　　B　a.　下了一次雨。

　　　　b.　下了兩（三、……）次雨。

　　　　c、　沒下一次雨。

㉑　A　a.　他想了一番。

　　　　b.　＊他想了兩（三、……）番。

c. *他沒想一番。

B a. 他相了一遍。

b. 他想了兩(三、……)遍。

c. 他沒想一遍。

有時會碰到這樣的說法,“不一會兒他又上樓去了”。這裡的“不”是個羨餘否定,起強調時間短的作用,沒有實際的涵義,“不一會兒”和“一會兒”在涵義上沒有什麼差別。“一會兒”是個離散量,如硬在其前加上連續否定詞“不”就使得它失去了否定的意義,結果造成了羨餘否定現象。漢語中有不少羨餘否定現象都是由同樣的原因造成的,譬如“好”和有些形容詞之間不能插入“不”,硬插進去時就會失去否定的作用,結果就形成了否定式表達的實際上是肯定式意思,例如:

(52) 這個地方好不熱鬧呀!=這個地方好熱鬧呀!

(53) 小趙長得好不漂亮呀!=小趙長得好漂亮呀!

6.5.2 根據自然語言肯定和否定公理,語義極小的成分一般用於否定結構。量詞的用法也是如此。那些表示極小義的量詞雖然不能自由地更換其前的數字,但是在公理的作用下可用於否定結構,而且一般也只用於否定結構。可見,定量量詞跟定量動詞或定量形容詞一樣,語義極小的是多用於或只用於否定結構,語義中性的或極大的是只用於肯定結構。

“絲”的本義是蠶絲,引申做量詞時是指極少或極小的量,例如:

(54)a. 外邊沒有一絲風。

b. 兩件東西一絲不差。

"星"的本義是夜晚天空中閃爍發光的天體,引申作量詞時是指"細碎或細小的東西",也可重疊表示細小的點兒,例如:

⑤a.　瓶裡沒有一星兒水。

　b.　天空晴朗,一星星兒薄雲也沒有。

"丁"的本義是指蔬菜、肉類等切成的小塊,跟"點兒"組成復合詞"丁點兒"意為極少或極小,程度比"點兒"深,例如:

㊶　a.　新買的這匹馬沒有一丁點兒毛病。

　b.　這一丁點兒事不必放在心上。

我們從工具書和其它書面材料中共收集到"絲"、"星兒"和"丁點兒"三個量詞的十餘條用例,全部都是否定句。這也說明語義程度極低的量詞是一般只用於否定結構的。由此可見,自然語言肯定和否定規律不謹適用於不同的語言,而且也適用於同一種語言內的不同詞類。

6.6　定量名詞的句法

6.6.1　在 6.2 節討論了部分定量名詞的語法特點,在那裡看到,名詞重疊表極大量(遍指)時只能用於句首,而且要求謂語動詞必須是它們擁有的性質、發出的行為等;表極小量的名詞一般只用於句末作賓語,頂多可作主謂謂語句中的小主語,而且要求它們是謂語動詞的受事。其它定量名詞也在句法活動能力上受到了很大限制,在變形中遠沒有非定量名詞自由。

下面我們以本章前幾節中出現的定量名詞為例來說明它們的句法。

"使命"是定量名詞,"事情"是非定量名詞,兩者的句法變換如下。

一、主＋謂＋賓

㊄ a. 我們要辦完這件事情。

　　b. 我們要實現這一歷史使命。

二、主＋把＋賓＋謂

㊄ a. 我們把這件事情辦完了。

　　b.＊我們把這一歷史使命實現了。

三、主＋被＋謂

㊄ a. 這件事情被辦完了。

　　b.＊這一歷史使命被實現了。

四、名＋不＋形

㊿ a. 這件事情不困難。

　　b.＊這一歷史使命不困難。

"罪惡"是定量名詞,"錯誤"是非定量的,兩者的句法變換如下。

一、名＋形

㊅ a. 罪惡極大。

　　b. 錯誤極大。

二、名＋不＋形

㊅ a.＊罪惡不大。

　　b. 錯誤不大。

三、把＋名＋動

㊅ a.＊把罪惡糾正過來。

       b.   把錯誤糾正過來。

四、名＋被＋動

⑭ a. ＊他的罪惡被糾正過來了。

       b.   他的錯誤被糾正過來了。

這裡只是補充説明定量名詞在句法上的限制。前文談到的時間詞在句法上的對立也可以看到定量詞句法上的限制,譬如"今天"、"昨天"是定量名詞,一般只能在句首做主語或在動詞前做狀語,如"今天是星期天""他昨天上北京了",而"假期"、"星期天"是非定量詞,除有"今天"的兩條句法功能外,正如6.4節所看到的,它們還可以做謂語,受副詞修飾,跟時態助詞"了",可用"不"或"沒"否定,等等。

6.7 代詞和副詞的肯定否定用法

    6.7.1   代詞本身都不能用數量詞稱數,它們的定量和非定量性完全是由所替代的對象決定的。

    指代人、事物、處所、時間、數量的代詞,都具有離散量性質,因為這些對象也都是離散性質的,譬如誰、什麼、哪、這、那、我、你、他、我們、你們、它們、哪兒、什麼地方、這兒、那兒、幾個、多少、這麼些、那麼些等。其中疑問代詞用於否定結構都失去了詢問的作用,要麼是完全否定,譬如"沒有誰知道這件事"是說任何人都不知道這件事,"沒有哪兒生產這種東西"是說別的地方都不生產這種東西;要麼是表示具有一定的量,譬如"沒有什麼東西"是指有點兒但不多,"沒有多少問題"是指問題不多,"沒有幾個錢"是指錢不多,等等。關於疑問代詞在肯定式和否定式中所發生的語義變異將在第八章中詳細討論。

指代時間的代詞分兩類：(一)凡是替代或詢問時間長短的代詞都具有離散量性質，可用"沒"否定，譬如多長時間、幾天、那麼長（時間）、這麼長（時間）等，這類詞所指代的是諸如兩星期、十天、三個月等，顯然，"兩星期"等也是離散量的，可用"沒"否定；(二)凡是替代或詢問某一特定的時間的代詞都是定量性質的，不能用"沒"否定，譬如多會兒、幾時、什麼時候、這會兒、那會兒、這時候、那時候等，它們所指代的是諸如昨天、上月、將來、前年、上星期等，顯然，"昨天"等是定量名詞，不能用"沒"否定。

"自己"的用法比較特殊，是復指一句話中前頭的名詞或代詞，而其它代詞都可直接替代客觀存在的人或物。因為"自己"所替代的對象一般是不能稱數的，所以它也具有了定量的性質，例如：

⑥a.　他很瞭解自己。

　　b.　瓶子不會自己掉下來。

"他"指代現實中的某一個人時，人是可以稱數的，因此"他"可用"沒"否定；而"自己"是在句子中指代"他"，因為代詞"他"是不能稱數的，所以"自己"不能被"沒"否定。例⑥b 中的"瓶子"在這個句子中是不能稱數的，譬如不能說"兩個瓶子不會自己掉下來"，可見"自己"所替代的仍然是個定量成分。

"大家"是指一定範圍內所有的人，它所替代的是一個整體，不能用數量詞稱數，因此，它是定量的，不能用"沒"否定。"各個"在語義上與"大家"相當，是遍指一定範圍內的所有對象，因此它也是定量的，不能用"沒"否定。

指代性質、狀態、方式、程度的代詞,大都具有離散和連續兩種性質,因此它們既可以用離散否定詞"沒"否定,又可以用連續否定詞"不"否定,譬如怎樣、怎麼樣、這樣、那樣、這麼樣、那麼樣等。這些代詞所替代的詞類一般是動詞或形容詞,因此他們兼有兩類詞的量上性質。用法比較特殊的是"這麼"、"那麼",在5.3節中指出,只有連續量性質的形容詞籠統、乾脆、和順、孤獨等,只能被"不"否定,不能被"沒"否定,而它們用在"這麼"、"那麼"後則可以用兩個否定詞中的任何一個否定,例如:

⑥ a.　文章這麼一改,就顯得不那麼籠統了。

　　b.　文章我已經讀過了,不像你說的,沒那麼籠統。

用"這麼"和"那麼"指代性質時,是表示一種確定的程度或狀態,可以把這種詞組所表示的性質看做為一個完整的單位,因此就帶上了離散量的性質,也就可以用"沒"否定了。

6.7.2　絕大部分副詞都是定量的,這可以從它們所表示的意義上看出,譬如表確定程度的非常、最、太、極、更加、比較、稍微、過於、越發、格外等,表示情狀的親自、互相、肆意、竭力、大力、大肆、相繼、陸續、悄悄、趕緊等;表示時間、頻率的立刻、正在、馬上、已經、曾經、常常、剛、永遠、漸漸、忽然、才、便、就、又、再三、頓時、暫且、仍舊、依然、終於、一直、一向、始終等;表示範圍的都、才、統統、也、僅僅、只、一共、全都、莫非、豈、大概等。

以上所舉的副詞,如果從量上來劃分,應該把它們歸入定量形容詞一類,即與粉、紫、中、初級、優良、嶄新是同類的。定量詞的語義範圍很窄,根據只能用語義範圍較窄的詞來修飾語義範圍較寬的詞這條規則,定量詞經常用做修飾語來限定其它成分。那麼為什麼上邊所列的副詞經常做動詞或形容詞的修飾語（狀語），而"粉"等卻常作名詞的定語呢？這完全是由於它們所表達的意義範疇不同造成的。都知道，動詞指陳述人或事物的動作、行為、變化的，形容詞是表示人或事物的性質或狀態的，兩類詞所代表的對象具有程度、情狀、時間、範圍、語氣等方面的屬性，凡是表這幾個方面的定量詞一般用來修飾動詞或形容詞。而顏色、新舊、等級等方面的屬性，只有作為實體的人或事物才有，因此這幾方面的定量詞常用來修飾名詞。當然，動詞、形容詞和名詞也存在着共同的屬性，凡是表共同屬性的定量詞就可以用來修飾三類詞了，譬如僅僅、好好、快等，既可說"僅僅花了五塊錢"，又可說"僅僅上海生產這種產品"；既可說"好好地學習"，又可說"好好的錄音機"；既可說"快跑"，又可說"快刀"。同樣一個詞，在修飾不同的詞類時語義上可能會出現一些細微的變化，但是我們認為它們本質上還是同一個東西。

"副＋動/形"構成的偏正短語根據能用哪個否定詞否定和能否用否定詞否定兩個標準分幾種情況：（一）可用"不"否定的，如很、十分、太、過於、親自、僅、只等；（二）可用"沒"否定的，如親自、互相、立刻、馬上、一直、始終、全都等；（三）既不能用"沒"也不能用"不"否定的，如最、極、比較、陸續、曾經、剛、忽然、才、便、就、又、頓時、暫且、仍舊、難道、究竟等。

6.8　介詞的產生、性質及其肯定否定用法

6.8.1　幾乎所有的語法專著和教課書都認為，"他在教室裡"

的"在"是動詞,而"他在教室裡看書"的"在"是介詞。解釋這種區分的原因常是,"介詞不能單獨充當謂語"。這是典型的循環論證,如問第一句的"在"為什麼是動詞,回答是它充當了謂語;如問第二句的"在"為什麼是介詞,回答是它沒有充當謂語。這兩個位置上的"在"究竟有什麼區別,不得而知,單純依據結構主義的方法也沒辦法解決這個問題。也有人認為做介詞時失去了動詞的很多功能❶,譬如同樣一個詞,作為動詞,有的可以重疊,可以帶"了、着、過"等後綴;可是作為介詞在句子裡出現的時候就不能重疊,也不能帶"了、着、過",譬如"到了北京了"可以説,而"到了上海去"則不能説。這種方法比前一種更合理些,但是像遇到"在"這種作"動詞"和作"介詞"時都是既不能重疊又不能跟"了、着、過"情況時,此種解釋也就無能為力了。

　　現在來比較一下同一個詞作"動詞"和作"介詞"用時的句法差異,然後用地道的動詞來替換位於"動詞"和"介詞"位置上的那個詞,看一看與前者又有什麼異同。

⑥⑦　A　a.　"圍棋比賽已經開始了大半天,你怎麼現在才來?你到底還比不比?""我比。"

　　　b.　我們比了。

　　　c.　我們已經比過了。

　　　d.　我們正在比着呢。

　　　e.　我們比比看。

　　B　a.　你比他高。

---

❶　見朱德熙《語法講義》174 頁,商務印書館,1982 年,北京。

　　　　　　b.＊你比了他高。

　　　　　　c.＊你比過他高。

　　　　　　d.＊你正在比着他高。

　　　　　　e.＊你比比他高。

　　例⑥⑦A組的"比"被認為是動詞,B組的"比"被認為是介詞❶。單就這一個例子來看似乎很有道理,因為B組中的"比"失去了動詞的很多功能。如果用普通動詞分別替換⑥⑦A組和B組的"比"就會發現問題。

　　⑥⑧　A　a.　"你知道不知道這件事?""我知道。"

　　　　　　b.　"我知道了。"

　　　　　　c.　"讓我也知道知道,別瞞着我了。"

　　　　B　a.　我知道他高。

　　　　　　b.＊我知道了他高。

　　　　　　c.＊我知道知道他高。

　　⑥⑨　A　a.　我估計需要七個人。

　　　　　　b.　我估計過了。

　　　　　　c.　讓我來估計估計。

　　　　B　a.　我估計他高。

　　　　　　b.＊我估計了他高。

　　　　　　c.＊我估計估計他高。

　　⑦⑩　A　a.　我看電影。

　　　　　　b.　我看了(過、着)電影。

───────────

❶　見胡裕樹主編《現代漢語》335頁,上海教育出版社,1987年6月第4版。

      c.   我看了看電影。

B   a.   我看他高。

      b. ＊我看了(過、着)他高。

      c. ＊我看了看他高。

　　看了上述三例就會發現問題了，"知道"、"估計"、"看"不論是用於 A 組還是 B 組都只能認為是動詞，然而三個詞的用法跟"比"一樣，在 A 組中都保持着動詞的特點，而在 B 組中都失去了動詞的大部分特點，不能重疊和跟"了、着、過"。可見，把⑥⑦A 組的"比"作為動詞，B 組的"比"作為介詞是很有問題的，因為按照這種觀點"知道"、"估計"、"看"也都屬於兩個詞類，A 組的是動詞，B 組的是介詞。其實，在例⑥⑦和⑦⑩中，同一個詞在 A 組和 B 組中的句法差異不是它們有幾個詞類的問題，而是由於所用的句型造成的。B 組中都有個表確定性質的從句"他高"，在第四、五兩章討論動詞和形容詞的定量時曾看到表確定的性質或狀態也可以使詞語定量化，從而使它們失去原來詞類的大部分功能，這裡的情況也是如此，也是由於從句的確定性質使其前的動詞定量化，從而使它們的句法活動能力減弱。因此，既然我們把 A 組和 B 組中的"知道"、"估計"、"看"都看作動詞，也沒有什麼理由把兩組中的"比"看做不同的詞類。這一點也可以從另一個方面得到旁證，如果把從句"他高"換為不定的"誰高"其前的動詞活動能力也就強一些，除"知道"外，都可以重疊了，例如：

⑦① a.   你比誰高？

     b.   你比比誰高。

⑦② a.   你估計誰高？

　　　　b.　　你估計估計誰高。

　⑦③　a.　　你看誰高？

　　　　b.　　你看看誰高。

　　以上三例，從句前的動詞單用時句子為疑問語氣，重疊時就轉化為祈使語氣。⑦②a 的"比"人們都會認為是"介詞"，b 的"比"又會認為是"動詞"，這種"介詞"和"動詞"之分已毫無價值了，實際上與動詞的原形和重疊式的叫法沒什麼區別。

　　單獨一個例子還不足為證，再看一看其它所謂的"介詞"與一般動詞的句法比較。

　⑦④　A　a.　　"你到什麼地方？""我到北京"。

　　　　　b.　　他已經到了北京。

　　　　　c.　　他曾經到過北京。

　　　　B　a.　　他到北京買衣服。

　　　　　b.　*他到了北京買衣服。

　　　　　c.　*他到過北京買衣服。

　⑦⑤　A　a.　　"百米賽你到底還跑不跑？""我跑"。

　　　　　b.　　我跑了半天，也沒找到地方。

　　　　　c.　　北京我已經跑過了，沒有這種零件。

　　　　　d.　　你跑跑，這段距離看你需要多長時間。

　　　　B　a.　　他跑北京買衣服。

　　　　　b.　*他跑了北京買衣服。

　　　　　c.　*他跑過北京買衣服。

　　　　　d.　*他跑跑北京買衣服。

　　例⑦④A 組的"到"通常認為是動詞，B 組的"到"通常認為是"介詞"。其實跟"比"的情況一樣,如果把 B 組中的"到"換為"跑",同樣也失去了原來做動詞的許多功能,也不能加"了、過",不能重疊。自然,我們不會把⑦A 組的"跑"作為動詞,⑦B 組的"跑"作為介詞,同理也應該把⑦A 組和 B 組的"到"看作一個東西。同樣的例子又如:

⑦ A a. "錢你到底給不給?""我給"。

　　 b. 他給了我一枝筆。

　　 c. 他給過我一枝筆。

　　 d. 你給給試試,看他收不收。

　 B a. 她給我打針。

　　 b. *她給了我打針。

　　 c. *她給過我打針。

　　 d. *她給給我打針。

⑦ A a. "錢你送不送?""我送"。

　　 b. 錢我已經送了。

　　 c. 錢我送過了。

　　 d. 你送送試試,看他收不收。

　 B a. 我送她到上海。

　　 b. *我送了他到上海。

　　 c. *我送過他到上海。

　　 d. 我送送他到上海。

例⑦A 的"給"一般認為是"動詞",B 的"給"一般認為是"介詞"。從⑦也可以看到,普通動詞"送"在 B 句型中也失去了動詞的絕大部分功能,跟前邊的道理一樣,也應該把例⑦A 組和 B 組的

"給"看做一個東西。

　　那麼為什麼會形成同一個詞在不同格式中的句法差異呢？這主要是由時間的特性造成的。時間從過去到現在再到將來永不間斷地向前發展，跟物體的三維性質相比，可以把時間看作是一維的。這是時間的一個主要特性。另一方面，時間的存在和發展無法直接感知，只有通過事物的運動、變化才行，諸如鐘表指針的旋轉，日落日出，人的容貌由年輕到衰老，等等。時間必須根據事物運動變化的量度來計算，物理學中的計算時間公式 $t=S/V$[1] 恰好反映了這一點。這是時間的另外一個特性。時間的上述兩個特性決定了，當多個運動發生在同一個時間內時（如下圖），一次只能選用其中一個運動來計算時間。

$$V_1$$
$$V_2$$
$$V_3$$
$$\vdots$$
$$\vdots$$

$$\longrightarrow$$

　　上述現實規則在語言中的投影即為，在一個句子中包含兩個或兩個以上的動詞時，如果這些動詞所代表的行為變化是發生在同一時間內，如上圖所描繪的情況，只有其中一個動詞可藉助各種語法手段來表示時間信息。因為時態助詞"了、着、過"、動詞的重疊式、許多副詞等都與時間信息的傳遞有關，在上述情況下，只有其

---

[1]　t 代表時間，S 代表運動的距離，V 代表速度。

中的一個動詞才具有這些語法特徵，其它動詞則喪失了動詞的這些特徵。究竟哪一個動詞被用作中心動詞，即可具有與時間有關的句法特徵，受很多因素的影響。漢語中的中心動詞一般是位於後邊的那一個，所以，前例一些不合法的句子，只要把與時間有關的語法形式移後就可以了。例如：

⑦⑧ a. ＊你比了他高。　　　你比他高了。

　　b. ＊你比過他高。　　　你比他高過。

⑦⑨ a. ＊他到了北京買衣服。　他到北京買了衣服。

　　b. ＊他到過北京買衣服。　他到北京買過衣服。

⑧⑩ a. ＊他跑了北京買衣服。　他跑北京買過衣服。

　　b. ＊他跑過北京買衣服。　他跑北京買過衣服。

　　c. 他跑跑北京買衣服。　他又跑北京買了買衣服才回來。❶

⑧① a. ＊她給了我打針。　　　她給我打了針。

　　b. ＊她給過我打針。　　　她給我打過針。

　　c. ＊她給給我打針。　　　她給我打了打針。

⑧② a. ＊我送了他到上海。　　我送他到了上海。

　　b. ＊我送過他到上海。　　我送他到過上海。

　　由此可見，所謂的介詞實際上是屬於多個動詞共處於一個時間段中，在時間一維性作用下，只有其中一個動詞可藉助於各種語法手段表時間觀念的總問題。當多個動詞共存於同一時間過程時，

---

❶ 這裡的"才"前後的三個行為"跑"、"買""回來"共處於一個過程中，時間概念已在"買"上實現了，因此句末的"回來"不再能跟"了、過"。

稱那一個可用語法手段表示時間觀念的為中心動詞，其餘的為伴隨動詞。從上面的分析中可以看出，普通動詞都可以既作中心動詞，又作伴隨動詞。通常認為是地道的介詞那些詞，是由於本身詞義的限制，經常作伴隨動詞罷了。跟行為、變化密切相關的是主體（施事），對象（受事），參與者（與事），憑藉的工具，處所，時間，等等，因此引進這些方面涵義的詞常作為伴隨動詞或只作為伴隨動詞出現，它們就是通常認為的介詞，例如：

一、引出施事：被　叫　讓　由

二、引出受事：將　把

三、引出與事：跟　給　對　為　比

四、引出工具：用　以

五、引出處所或時間：在　到　從　於

我們并不是想評說介詞的立類是否合理，而是把它們放在普通動詞這個大環境裡來考察，目的是為了揭示它們產生的本質根源。為什麼其它語言中跟上述所列漢語介詞的涵義相應的詞也大都是介詞呢？譬如英詞中的 by（被）、with（用）、from（從）、at（在）等也都是介詞。這是因為在時間一維性的作用下，多個動詞共處於同一時間過程中其中只有一個能做為中心動詞，而這些所謂的介詞的涵義都是與動詞的意義關係最緊密的，因此它們經常作伴隨動詞出現。這樣長期使用的結果，它們作伴隨動詞的句法功能固定下來，與普通動詞有了明確的差異，除帶賓語這一點相同外，失去動詞其它方面的功能，最後出現了介詞。全人類都生活在同一個客觀世界中，都受時間一維性的影響，因此都有介詞或者類似介詞的詞類。假如在另外一個世界中，時間是多維的，也許就不會有介詞這個類。

有人認為漢語是多焦點的，印歐語言是單焦點的，意思是説漢語的句子中多個動詞同現時只有一個中心動詞，即只有一個動詞可以有形態變化。其實，不論是漢語還是英語等印歐語言，只要是一個句子中幾個動詞所表的行為共處於一個時間段中，就只能有一個中心動詞；如果不在一個時間段中，有幾個動詞就有幾個中心。前面所舉的例子都屬於單中心的，例⑧、⑧的幾個動詞不再一個時間段中，因此也就成為多中心的，例如：

⑧　每天早上我都要鍛煉鍛煉身體，洗洗衣服，抱抱孫子，做做飯。

⑧　我已經讀完了課文，做完了數學作業，拖完了地，洗好了菜，還有什麼要做的碼？

例⑧中，sit，somke 和 wonder 共處於一個時間段中，只有 sit 作中心動詞，可有各種形態變化，其餘只能加 ing 表伴隨動作，不能再有共它形態變化。重要的是，多個行為共存時必須選定一個作中心動詞。

⑧ I sat smoking and wondering what to do。

例⑧中，幾個動詞不在一個時間段中，因此都可以用形態變化表時間概念。

⑧ They drank, sang, and talked with each other all night。

6.8.2　現在讓我們來考察一下介詞的否定問題。所有的介詞跟普通動詞一樣，都可以加賓語，因此可用賓語數量成分增刪法來鑒別它們的定量和非定量性質。幾乎所有的介詞都是非定量的，例如：

⑧ a. 這個水塔比(兩棵、三棵)樹高。

　　b. 在(兩個、三個)學校開運動會。

　　c. 給(兩個、三個)病人打針。

　　d. 到(兩個、三個)商店買東西。

因此,它們都可以用"不"或"沒"否定:

⑧ a. 這個水塔不比樹高。

　　b. 不在學校開運動會。

　　c. 沒給病人打針。

　　d. 不到商店買東西。

　　例⑧的四個例子,應該認為否定詞都是否定緊隨其後的介詞及其賓語,⑧a 不是說"水塔不高",而是說沒有達到樹的高度;⑧b 不是說"不開運動會",而是說"開運動會的地點不在學校";⑧c 不是說"沒打針",而是說"打針的對象不是病人";⑧d 不是說"不買東西",而是說"買東西的地方不在商店"。

　　用法比較特殊的是"把"和"被",它們引進的對象一般是定指的,譬如"他把杯子打碎了"和"他把兩個杯子打碎了"中的"杯子"和"兩個杯子"都是定指的。可見,"把"字短詞所表示的是確定範圍裡的某一個或幾個對象,它們只具有離散量性質,沒有連續量性質,因此只能用"沒"否定,不能用"不"否定,例如:

⑧ a. 他沒把杯子打破。

　　b. ＊他不把杯子打破。❶

⑨ a. 他沒被狗咬住。

---

❶ 在表虛擬的假設句中則可以,如:你如果不把杯子打破就不用上街再買了。

b. ＊他不被狗咬住。

也可以換個角度解釋例⑧、⑨的用法，在"把"字句和"被"字句中，其謂語動詞通常是述補結構，在 4.3 節中談到述補結構的動詞都是離散量的，從而使其前的介詞短語也轉化成離散量的，因此只能用離散否定詞"沒"否定，不能用連續否定詞"不"否定。

6.9　連詞和像聲詞的數量特徵及其肯定否定用法

6.9.1　連詞和、同、與、或等，助詞的、地、得、着、了、過等，語氣詞嗎、呢、吧、啊等，這些詞語義空靈，只表示某種語法意義，沒有量上的大小問題，不能獨立運用，只能伴隨其它成分出現，可以把它們作為定量詞，也都不能用否定詞否定。

像聲詞都是摹擬客觀事物的各種各樣聲音的，所表示的都是確定的狀態，跟定量動詞的特徵相同，因此大都不能加"不"或"沒"否定。常見的像聲詞有：

乒乓	嘩啦	叮當	哈哈	哇哇	呼嚕
哼哼	汪汪	咕咕	隆隆	烘烘	冬冬
當啷	咯噔	吧嗒	咔嚓	嘎吱	咕咚
嘟嘟	刷拉	突突	嘩嘩	呱呱	咪咪

像聲詞既然是定量的，說明它們的語義範圍比較窄。根據語義範圍窄的詞往往作修飾語來限定其它成分的規則，加之像聲詞都是描摹各種行為變化的聲音的，因此它們經常用作狀語來修飾動詞，譬如"哈哈大笑"、"哇哇直哭"、"水嘩嘩地流"，等等。像聲詞也可以用作謂語的中心語，即跟一般動詞的功能一樣，因此可以根據

其後的數量成分能否自由地增删來判定它們的定量性,例如:

(91) a. 外邊當啷一聲。

b. *外邊當啷兩(三、……)聲。

c. *外邊當啷。

d. *外邊不(没)當啷一聲。

(92) a. 屋裡嘩啦了一聲。

b. *屋裡嘩啦了兩(三、……)聲。

c. *屋裡嘩啦了。

d. *屋裡没(不)嘩啦了。

嘆詞跟擬聲詞的用法一致,是定量的,一般不能加"不"或"没"否定。例如:

(93) a. 他哎喲了一聲。

b. *他哎喲了三(四、……)聲。

c. *他哎喲了。

d. *他没(不)哎喲。

(94) a. 他哼了一下。

b. *他哼了兩(三、……)下。

c. *他哼了。

d. *他没哼。

由上述分析可以看出,不論是哪個詞類,它們的肯定和否定用法都由其語義上的數量特徵所決定——是定量的還是非定量的。

第七章　肯定結構與否定結構

7.1　肯定結構

7.1.1　前幾章中我們是以單個的詞為單位來考察肯定和否定的用法,本章我們將以單個的詞組成的結構作為考察的對象。

"形＋程度補語"結構是肯定性定量結構,"形"前不能再用程度詞修飾,也不能加"不"或"沒"否定。例如:

① a. 質量好極了。

　 b. ＊質量有點（很、最）好極了。

　 c. ＊質量不好極了。

② a. 天氣暖和多了。

　 b. ＊天氣有點（很、最）暖和多了。

　 c. ＊天氣不暖和多了。

③ a. 衣服難看死了。

　 b. ＊衣服有點（很、最）難看死了。

　 c. ＊衣服不難看死了。

④ a. 人悶得慌。

　 b. ＊人有點（很、最）悶得慌。

　 c. ＊人不悶得慌。

　　用於上述結構的形容詞必須是非定量的，因為跟程度補語的
作用是給其前的形容詞確定出一個量級，如果是定量的就不可能
也無須確定出一個新的量級。以上四個用例都是語義程度極高。
"形＋程度補語"跟一般的"動＋補"不同，後一種雖不能同"不"否
定，但可以用"沒"否定，譬如"沒吃飽"、"沒看完"等；而前者既不能
用"不"否定，也不能用"沒"否定，①至④例的情況都是如此。表示
如意的、積極的形容詞，其後可以跟各種大小不等的程度補語，譬
如可說"好點了/些了/得很"，也可說"暖和點了/些了/得很"；表示
不如意的、消極的形容詞，其後限於跟極大量的程度短語，譬如不
說"難看點兒了"、"難看些了"，等等。另外，還值得注意的一點是，
"很"既可以用在"形"前作狀語，又可以用在"形"後作程度補語，但
是，前一種情況可以加"不"否定，譬如"質量不很好"，後者則不能，

譬如不說"質量不好得很。"這可以從兩種情況的程度差異上看出來,說"質量很好"是客觀地叙述質量高出一般,如說"質量好得很"比前者的語義程度要高,是強調一種極端的情況。其它程度詞都只能用於形容詞前,而不能用於其後作補語。

7.1.2　在"動/形＋得＋形"結構中,形容詞既可以表性狀也可以表程度,但是兩者的活動能力差別很大;表程度時不能用程度詞分量級,是定量的,因此不能用"不"否定;表性狀則不是定量的,肯定否定自由,可以用程度詞分量級。例如:

⑤　a.　小趙知道得多。

　　b.　小趙知道得有點(很、最)多。

　　c.　小趙知道得不多。

⑥　a.　這個房間舒服得多。

　　b.＊這個房間舒服得有點(很、最)多。

　　c.＊這個房間舒服得不多。

例⑤中的"多"是表性狀的,活動能力強;例⑥中的"多"是表程度的,活動能力極弱,只能以自身的形式出現。凡是"得"前是動詞的,其後的形容詞一般有兩層涵義,譬如"他瞭解得清楚"、"他跑得快"、"他寫得好"等,一是指有"瞭解清楚"、"跑快"、"寫好"的可能或能力,這時的形容詞都是定量的,不能加"不"否定;二是指"瞭解"、"跑"、"寫"的結果分別是"清楚"、"快"、"好"的,這時的形容詞都是非定量的,既可用程度詞修飾,又可加"不"否定。如果"得"前是形容詞,整個結構一般是表確定的程度,即為定量性,既不能用程度詞修飾,又不能加"不"否定,譬如"漂亮得很"、"快得多"、"高得多"等。

　　沒有助詞"得"的"動/形＋補"結構的用法跟上面的一樣,"補"前為動詞時,整個結構還可以被"沒"否定;"補"前是形容詞時,整個結構表示的是一種確定的量,既不能被"沒"否定,又不能被"不"否定。例如:

⑦　a.　眼睛看壞了。　　　　　　　眼睛沒看壞。

　　b.　鋼筆寫壞了。　　　　　　　鋼筆沒寫壞。

　　c.　他樂壞了。　　　　　　　＊他沒樂壞了。

　　d.　他高興壞了。　　　　　　　＊他沒高興壞了。

⑧　a.　樹旱死了。　　　　　　　　樹沒旱死。

　　b.　狗打死了。　　　　　　　　狗沒打死。

　　c.　嘴乾死了。　　　　　　　＊嘴沒乾死。

　　d.　我渴死了。　　　　　　　＊我沒渴死。

　　例⑦的a、b用的是本義,c、d用的是引申義,表示程度極高。例⑧的情況也是這樣。一些"形＋不＋補"短語,用於客觀描寫時,其中的"不"可以用"得"替換,由否定式轉化為肯定式,表程度時一般沒有這樣的變換。例如:

⑨　a.　她的病好不了。　　　　　　她的病好得了。

　　b.　這箱子輕不了。　　　　　＊這箱子輕得了。

　　c.　那幢樓高不了。　　　　　＊那幢樓高得了。

　　現在來考察一下"得"後成分對前邊動詞肯定否定用法的制約關係。前面講過"得"後的成分如果是表能力或可能的,整個結構是定量的,既不能加"不"否定,又不能加"沒"否定。"得"後如果是形容詞而且是表性狀的,其前的動詞能否加"沒"否定的條件是:其後的形容詞如能加"不"否定,其前動詞則可用"沒"否定;其後的形容

詞如不能加"不"否定,其前的動詞也不能加"沒"否定。例如:

⑩　a.　信上説得清楚。

　　b.　信上説得不清楚。

　　c.　信上沒説(得)清楚。

⑪　a.　信上説得很(太、十分)清楚。

　　b.　信上説得不很(太、十分)清楚。

　　c.　信上沒説得很(太、十分)清楚。

⑫　a.　信上説得最清楚。

　　b.＊信上説得不最清楚。

　　c.＊信上沒説得最清楚。

⑬　a.　看得很清楚。

　　b.　看得不很清楚。

　　c.　沒看得很清楚。

⑭　a.　看得清清楚楚。

　　b.＊看得不清清楚楚。

　　c.＊沒看得清清楚楚。

　　從前面幾章中也可以看出,由於受肯定和否定公理的制約,語義程度極高的詞都不能用於否定結構。由詞組成的結構也遵循這條法則,"得"後的成分是表語義程度極高的,使其前的動詞也嚴式定量化,既不能加"不"否定,又不能加"沒"否定。

　　7.1.3　有些句子由於受一些特殊副詞或語氣詞的限制其謂語中心動詞必須採用肯定的形式。譬如語氣詞"來着"表示曾經發生過什麼事情,要求句子只能是肯定式,不能是否定式。例如:

⑮　a.　他剛才是在這兒來着。

　　　　b、*他剛才不在這兒來着。

⑯　　a.　原來我有支這樣的筆來着。

　　　b.＊原來我沒有支這樣的筆來着。

　　副詞"將"表示勉強達到一定的量,修飾的動詞結構不能加
"沒"或"不"否定。例如:

⑰　　a.　買來的面包將够數兒。

　　　b.＊買來的面包將不够數兒。

⑱　　a.　這間房子將能容納十個人。

　　　b.＊這間房子將不能容納十個人。❶

"將＋動"整個結構也是定量的,這可從它後邊賓語的數量成分不
能自由地增删上看出來,整個結構跟動詞"得"的情況一樣,要求其
後必須有個具體數量成分,譬如例⑱a 中的數量成分"十個"去掉
後就不成話了,不能說"這間房子能容納人"。因此,也就沒有"不將
够數兒"、"沒將能容納十個人"的說法。由此可見,不論是單詞還是
結構,都可用賓語量性成分增删法來判別它們肯定和否定的用法。

　　"比較"涵義為"具有一定的程度",其後的形容詞只能是肯定
式,不能是否定式。例如:

⑲　　a.　從這裡走比較近。

　　　b.＊從這裡走比較不近。

⑳　　a.　今天比較冷。

　　　b.＊今天比較不冷。

㉑　　a.　問題的答案比較明顯。

---

❶　"將"作估計未來的情況時,可以這樣說。

b. ＊問題的答案比較不明顯。

部分動詞也可以用"比較"修飾，它們也不能是否定式，譬如可以説"現在他也比較會辦事了"、"我比較喜歡打藍球"，而不説"他比較不會辦事"、"我比較不喜歡打藍球"。"比較"組成的偏正詞組語義上也是確定的，因此不像"很"構成的偏正詞組，不能再用"不"否定，譬如不能説"不比較冷"、"不比較明確"。

7.1.4　句型"別提＋多＋形/動＋了"表示程度很深，這很明顯。其中的形容詞或動詞都是定量的，不能再用"不"或"沒"否定。例如：

㉒　a.　在桂花林裡散步，別提多香了。

　　b. ＊別提多不香。

㉓　a.　這座樓蓋得別提多結實了。

　　b. ＊這座樓蓋得別提多不結實了。

㉔　a.　這個人辦起事來，別提多囉唆了。

　　b. ＊這個人辦起事來，別提多不囉唆了。

㉕　a.　一張小嘴別提多會説話了。

　　b. ＊一張小嘴別提多不會説話了。

用於上述四例的動詞或形容詞都是非定量的，在一般結構中它們都可以用"不"或"沒"否定，譬如"花不香"、"樓不結實"。進入該句型的形容詞或動詞還必須是非定量的，定量的都不行，譬如可説"那花別提多紅了"，不説"那花別提多紫了"；可説"那水別提多熱了"，不説"那水別提多溫了"。

在句型的"別提"和"多"之間如有動詞"有"，句末不能再有"了"；兩者之間沒有"有"，句末必須有"了"，例如：

㉖　a.　桂花別提有多香。

　　b. ＊桂花別提有多香了。

　　c.　桂花別提多香了。

　　d. ＊桂花別提多香。

　　從所舉例子也可以看出，上述句型是表示語義程度極高的，因此進入句型中的形容詞或動詞都被轉化為定量的，不能再用"不"或"沒"否定。

　　7.1.5　句型"才＋形＋呢"也是強調其中形容詞的程度高，用於其中的形容詞也被定量化了，不能再用程度詞修飾，因此只有肯定式。例如：

㉗　a.　這才好呢。

　　b. ＊這才有點（很、最）好呢。

　　c. ＊這才不好呢。

㉘　a.　昨天那場球賽才精彩呢。

　　b. ＊昨天那場球賽才有點（很、最）精彩呢。

　　c. ＊昨天那場球賽才不精彩呢。

　　7.1.6　句型"動＋着＋都＋形"中的動詞都是定量的，"着"不能為"了、過"替換，動詞也不能重疊，自然也不能用"不"或"沒"否定。例如：

㉙　a.　這事聽着都新鮮。

　　b. ＊這事聽（了、過）都新鮮。

　　c. ＊這事沒聽着都新鮮。

㉚　a.　那人看着都乏味。

　　b. ＊那人看（了、過）都乏味。

c. * 那人沒看着都乏味。

㉛ a. 　那東西聞着都乏味。

b. * 那東西聞了(了、過)都惡心。

c. * 那東西沒聞着都惡心。

上述句型都是強調其中形容詞的程度極高,進入該結構的形容詞也都定量化,既不能用程度詞修飾,也不能用"不"否定,譬如不説"這事聽着都不新鮮"、"這事聽着都最新鮮"等。有時形容詞也可以是否定式的,譬如"這東西吃着都不對勁",但是,這時又只限於否定式,不能去掉"不"而轉化為肯定式。一些表示積極意義的形容詞,加上否定詞之後仍可以用程度詞序列切分,譬如"不舒服"之前還可以被"有點"、"很"、"最"等修飾,它們有時也可以用否定的形式進入上述結構,譬如"瞧着都不舒服"。但是,相應的消極詞則只能用肯定式,譬如只能説"瞧着都難受",而不能説"瞧着都不難受"。

7.1.7　動詞或形容詞一般不能用數字直接修飾,可是數字"一"有時可以直接用在動詞或形容詞之前起強調的作用。這時被強調的動詞或形容詞轉化為定量的,不能再用否定詞否定。例如:

㉜ a. 　這部電影值得一看。

b. * 這部電影值得一看了(着、過)。

c. * 這部電影值得一看看。

d. * 這部電影值得一沒看。

㉝ a. 　那馬猛然一驚,直立起來。

b. * 那馬猛然一驚了(着、過),直立起來。

c. * 那馬猛然一沒驚,直立起來。

㉞　a.　房間粉刷一新。

　　b. ＊房間粉刷一有點(很、最)新。

　　c. ＊房間粉刷一不新。

　　從上述用例也可以看出，"一"後的動詞不能再跟任何成分，當然不能再有數量成分；其後為形容詞時也不能用程度詞修飾，根據賓語量性成分增删法或者程度詞法來判別，它們也都是定量的。例㉞a的"粉刷"由於受其後"一新"的影響，也變成定量的了，不能再被否定。這裡的"一新"相當於定量量詞"(一)番"、"(一)陣"等，其前只限於數詞"一"，它們都使得其前的動詞定量化。

　　7.1.8　句型"有＋的＋是＋名"是強調其中的名詞所代表的事物數量很大，它還可變換為"名＋有＋的＋是"。位於該結構的動詞"有"和"是"都是定量的，不能再加"沒"或"不"否定。例如：

㉟　a.　他有的是力氣。

　　b.　他力氣有的是。

　　c. ＊他有的不是力氣。

　　d. ＊他沒有的不是力氣。

㊱　a.　他有的是書。

　　b.　他書有的是。

　　c. ＊他有的不是書。

　　d. ＊他沒有的是書。

㊲　a.　他有的是錢。

　　b.　他錢有的是。

　　c. ＊他有的不是錢。

　　d. ＊他沒有的是錢。

　　該句型的表達功能是強調其中名詞所代表的事物數量之大，因此進入該結構的名詞也都定量化了，不能再用數量詞稱數，譬如不能説"他有的是一些力氣"、"他有的是三本書"、"他有的是十塊錢"等，而這些名詞在其它句型中是可以用數量詞稱數的。正是由於結構中的名詞定量化了，位於結構中的動詞或形容詞也轉化為定量的了。

　　7.1.9　句型"(動＋數)＋(動＋數)"中的兩個數量成分必須是一致的，而且數詞往往只限於"一"，不能為其它數詞所替代。這種量上的限制使得位於該結構中的兩個動詞定量化，不再能被否定。例如：

㊳　a.　過一天樂呵一天。

　　b. ＊過三天樂呵三天。

　　c. ＊沒過一天沒樂呵一天。

㊴　a.　幹一行愛一行。

　　b. ＊幹兩行愛兩行。

　　c. ＊不幹兩行不愛兩行。

㊵　a.　吃一點是一點。

　　b. ＊吃兩點是兩點。

　　c. ＊沒吃一點不是一點。

㊶　a.　辦一件放心一件。

　　b. ＊辦五件放心五件。

　　c. ＊沒辦五件沒放心五件。

　　在 4.4 節我們曾討論定量動詞的句法時曾看到，定量動詞除不能用"不"或"沒"否定外，還失去了非定量動詞的絕大部分句法功能,如不能加時態助詞了、着、過,不能重疊等,用於例㊳—㊶句型中的動詞也是這樣,句法活動能力極弱,一般只能用動詞的原型,不再能有其它變換。

有一種類似於例㊳—㊶句型的結構,所不同的是前後的數量成分不要求一致,例如:

㊷ a. 隔五米種一棵樹。

　　b. ＊隔五米沒種一棵樹。

㊸ a. 打一次球累好幾天。

　　b. ＊打一次球沒累好幾天。

㊹ a. 看一場電影評論一番。

　　b. ＊沒看一場電影評論一番。

㊺ a. 得一個獎樂半天。

　　b. ＊沒得一個獎樂半天。

7.1.10　句形"有＋代＋的＋名＋動"的表達功能是強調其中的名詞所代表的事物數量很多,進入該結構的動詞和"有"都是定量的,不能再用否定詞"不"或"沒"否定。例如:

㊻ a. 有你的錢花。

　　b. ＊有你的錢不花。

　　c. ＊沒你的錢花。

㊼ a. 有你的福享。

　　b. ＊有你的福不享。

　　c. ＊沒有你的福享。

㊽ a. 有你的罪受。

　　b. ＊有你的罪不受。

c.＊没有你的罪受。

例㊻—㊽句子中的動詞“花”、“享”、“受”都不能再跟時態助詞，也都不能重叠，而在普通結構中它們都可以。句中的名詞“錢”、“福”、“罪”等也都不能再用數量詞稱數，譬如不能說“有你的很多錢花”，而在普通結構中它們卻都可以用數量詞稱數。

上述句型中的“有”也可以用“缺不了”、“少不了”等語義相近的詞語替換，結構中的動詞仍然是定量的，例如：

㊾ a.　缺不了你的錢花。

b.＊缺不了你的錢不花。

(59) a.　少不了你的飯吃。

b.＊少不了你的飯不吃。

(51) a.　少不了你的報看。

b.＊少不了你的報没看。

7.2　否定結構

7.2.1　句型“才＋不＋動＋呢”的表達功能是加强對動詞所表行為的否定語氣，該結構不能去掉“不”轉化為肯定式。例如：

(52) a.　我才不去呢。

b.＊我才去呢。

(53) a.　我才不幹呢。

b.＊我才幹呢。

上述結構中的“不”換為語氣相近的“懶得”也可以說，譬如“我才懶得去呢”，“我才懶得幹呢”。“懶得”的涵義為不願意做某件事，相當於一個否定詞,因此它和否定詞“不”在這裡才可以相互替換。由此可見,不論是詞彙否定還是語法否定,所遵循的規則是一樣的。

7.2.2　句型“沒＋個＋動/形”的表達功能是加強動作的語氣或者表示性質的程度高,不能去掉“沒”轉化為肯定式。從另外一個角度看,進入該結構的動詞或者形容詞也都定量化,不能用否定詞否定。例如:

(54) a.　他的主意沒個更改。

b. ＊他的主意有個更改。

(55) a.　出門在外沒個不累的。

b. ＊出門在外有個不累的。

(56) a.　他說起話來沒個完。

b. ＊他說起話來有個完。

(57) a.　他玩起來沒個完。

b. ＊他玩起來有個完。

(58) a.　不管葷的、素的都沒個味兒。

b. ＊不管葷的、素的都有個味兒。

(59) a.　他這個人沒個正經的。

b. ＊他這個人有個正經的。

7.2.3　句型“沒/不＋疑問代詞＋其它”的表達功能是指出疑問代詞後的成分具有一定的程度,結構中的疑問代詞又恢復了疑問的功能,句子也由陳述句自動地變為疑問句。這種句型也可以認為是否定結構。例如:

(60) a.　做飯沒有什麼奧秘。

　　b.　做飯有什麼奧秘？

⑥　a.　他不比你強多少。

　　b.　他比你強多少？

⑥　a.　他的數學不怎麼好。

　　b、(?)他的數學怎麼好？

　　例⑥a 不能去掉"不"而轉化為疑問句。還有一種跟上述類似的結構是"沒＋代＋這麼＋動＋的"，在陳述句中不能去掉"沒"轉化為肯定式，而可以用"有"替換"沒"然後加上疑問語氣詞"嗎"變為疑問句。例如：

⑥　a.　沒你這麼問的。

　　b.　＊有你這麼問的。

　　c.　有你這麼問的嗎？

⑥　a.　沒你這麼幹的。

　　b.　＊有你這麼幹的。

　　c.　有你這麼幹的嗎？

⑥　a.　沒你這麼不講道理的。

　　b.　＊有你這麼不講道理的。

　　c.　有你這麼不講道理的嗎？

⑥　a.　沒你這麼弄的。

　　b.　＊有你這麼弄的。

　　c.　有你這麼弄的嗎？

　　例⑥—⑥的 c 問句都是反問語氣，所表達的意思實際上與各自的 a 句相同。

　　7.2.4　句型"凡是＋名，沒＋代＋不＋動＋的"的表達功能是

強調在既定範圍裡動詞行為作用的周遍性,結構中的"沒"也不能被"有"替換,也不能去掉否定詞"不"。例如:

⑥⑦　a.　凡是學校的事兒,沒他不管的。

　　　b.＊凡是學校的事兒,有他不管的。

　　　c.＊凡是學校的事兒,沒他管的。

⑥⑧　a.　凡是玩的事兒,沒他不參加的。

　　　b.＊凡是玩的事兒,有他不參加的。

　　　c.＊凡是玩的事兒,沒他參加的。

　　7.2.5　句型"有＋名＋沒＋處＋動"的表達功能是強調名詞的程度,其中的"有"和"沒"不能自由替換。例如:

⑥⑨　a.　有冤沒處說。

　　　b.＊有冤有處說。

　　　c.＊沒冤沒處說。

⑦⓪　a.　有苦沒處訴。

　　　b.＊有苦有處訴。

　　　c.＊沒苦沒處訴。

⑦①　a.　有勁沒處使。

　　　b.＊有勁有處使。

　　　c.＊沒勁沒處使。

⑦②　a.　有錢沒處花。

　　　b.＊有錢有處花。

　　　c.＊沒錢沒處花。

　　例⑥⑨—⑦②中的動詞"說"、"訴"、"使"、"花"和名詞"冤"、"苦"、"勁"、"錢"都是定量的,前者只能用原形,不能再在它們之前加

"不"或"沒"否定;後者也不能再用數量詞稱數。

7.2.6　句型"沒＋動＋極小量性成分"的表達功能是完全否定,其中"沒"不能去掉而轉化為肯定式。該句型也可以變換成"極小量性成分＋沒＋動",而意思不變。例如:

⑦　a.　他沒往家裡寄過半分錢。

　　b.＊他往家裡寄過半分錢。

⑦　a.　他沒有半點私心。

　　b.＊他有半點私心。

例⑦a 也可以說成是"他半分錢沒往家裡寄過",而意思沒有什麼變化。量詞"一點"比較特殊,它位於動詞後邊可以去掉"沒"轉化為肯定式,用於動詞前則不能夠。例如:

⑦　a.　這個計劃沒有一點問題。

　　b.　這個計劃有一點問題。

　　c.　這個計劃一點問題也沒有。

　　d.＊這個計劃一點問題也有。

7.3　肯定結構和否定結構的共同特徵

在本章中我們共列舉了十餘種肯定或者否定受到限制的結構,盡管不是窮盡了漢語中所有同類的結構,也可以從這些結構的共同特徵中得到一些結論。

一、所列的十餘種結構都與程度有關,有的是從肯定方面加強結構中某一成分的程度,有的是從否定的方面加強程度,結果使得所表程度達到極大量。有些結構盡管不是表極大量的,它也是表某種確定的量。把這些結構做為一個個整體來看，它們與單個的詞所遵循的肯定和否定法則一樣，當表示極大量或者確定的量時，其肯定和否定必然受到限制。普通的主謂、動賓結構等是中性的，在量上沒有明顯的傾向性，因此它們的肯定否定自由。

二、絕大部分肯定或否定結構都是強調其中的某一個成分的程度極高，被強調的成分自然定量化，肯定或否定受到限制，而且它還形成一個強勢語義場，使進入該結構的其它有關成分也帶上了定量性質，除了肯定或否定受到限制外，同時也喪失了它原來的絕大部分功能。譬如"有你的錢花"是強調錢多，除名詞"錢"不能再用數量稱數以外，結構中的"有"和"花"也被定量化，除不能轉化為否定式外，還不能跟"了、着、過"，不能重疊。

三、結構的肯定與否定跟單詞的在本質上是相通的，因此也可以用數量成分增删法或程度詞法來鑒別它們的肯定和否定的用法。譬如"副＋動"詞組的前邊有時可以加"沒"否定，有時則不能，那麼我們就可以根據動詞後的數量成分有無限制來判別。譬如"認真學習功課"、"認真學了兩門功課"都可以説，可見詞組"認真學習"是非定量的，因此可以説"沒認真學習功課"；而"將够八十塊錢"不能説成是"將够錢"，可見詞組"將够"是定量的，因此不能説"沒將够八十塊錢"。

四、從前幾章中我們也可以看到，同一個詞由於義項不同，其用法相差甚遠。譬如"看"做"把視綫投向某處"講時，幾乎具備動詞的所有功能，可帶賓語，可跟"了、着、過"，可重疊，可用副詞修飾，等等；而"看"作觀察講時，是定量的，除保留帶賓語這一點外，其它功能全部喪失。更復雜的情況是，同一個詞同一個義項在不同的結

構裡用法也很不同。譬如"看"同是作把視綫投向某處講，在"看電
視"中它的句法很活躍，所有的動詞功能都具備；而在"等考上了大
學後有你的電視看"中它只能用動詞原型，失去了動詞的其它功
能。

第八章　肯定式和否定式的語義變異

8.1　否定結構中疑問代詞的涵義變化

　　8.1.1　從表面上看，有些詞既有肯定式也有否定式，而實際上用於肯定式和用於否定式的同一個詞在意義上已經發生了變化，而且這種改變是必然的。這種現象可以稱之為肯定式和否定式語義不對稱，相應地前幾章中講的只用於或多用於肯定式或否定式是結構上的不對稱。

8.1.2 否定結構中的疑問代詞都喪失了疑問的功能,它們所表示的意義可以分為兩類:(一)表示事物具有一定的數量,或者性質具有一定的程度,譬如"什麼"、"多少"、"怎麼"、"怎麼樣";(二)表示完全否定的,譬如"誰"、"哪裡"等。例如:

① a. 他沒有什麼錢。=他有一點錢。

   b. 我沒有多少意見。=我有一點意見。

   c. 這個戲他不怎麼會唱。=這個戲他會一點。

   d. 這瓶墨水不怎麼黑。=這瓶墨水黑的程度不高。

   e. 這家的香蕉不怎麼樣。=這家的香蕉質量不高。

② a. 沒有誰知道這件事。=所有的人都不知道這件事。

   b. 沒有誰去過那裡。=所有的人都沒有去過那裡。

   c. 沒有哪裡他沒去過。=所有的地方他都去過。

   d. 沒有哪裡能生產這種產品。=所有的地方都不能生產這種產品。

例①的各疑問代詞都是表程度的,例②都是表完全否定的。這種用法上的差異是由疑問代詞量上的特徵決定的,第一類疑問代詞都可以用來詢問事物的量或者性質的程度,第二類都是詢問在給定範圍裡某一個或幾個對象,沒有詢問量或者程度的功能,表現在用第一類疑問代詞詢問時可以用數量成分作答,或者直接放在數量成分前詢問程度形成的原因;第二類疑問代詞答語只能是確定的某一個或幾個特定的對象,沒有第一類詞那種用法。例如:

③ a. 附近蓋了什麼新房子沒有?

   ——蓋了三十多座新房子。

   b. 房裡還有什麼東西嗎?

　　　　　　──還有四張椅子。

④　a.　你多會兒去北京？

　　　　　　──兩星期以後。

　　b.　你多會兒買的汽車？

　　　　　　──已經三年了。

⑤　a.　你已經發表了多少文章？

　　　　　　──十三篇。

　　b.　你有幾個兄弟？

　　　　　　──四個。

⑥　a.　這種布怎麼這麼白呢？

　　b.　教室裡怎麼只有三個人呢？。

⑦　a.　剛買的那瓶墨水怎麼樣？

　　　　　　──非常黑。

　　b.　小趙長得怎麼樣？

　　　　　　──很漂亮。

⑧　a.　都是誰知道這件事情？

　　　　　　──＊五個人。

　　b.　你們中間誰到過廬山？

　　　　　　──＊三個人。

⑨　a.　國內哪裡可以生產錄像機？

　　　　　　──＊四個地方。

　　b.　去年暑假你到哪裡去了？

　　　　　　──＊五個地方。

例③─⑤中的疑問代詞都可以詢問數量或程度，可從它們的

答語中都是數量成分上看出來，例⑥的"怎麼"是詢問程度或數量
的原因，例⑦的"怎麼樣"的後邊不能再有其它成分，它也可以用來
詢問程度。例⑧、⑨中的"誰"、"哪裡"在任何情況下都不能用數量
成分做答，譬如⑧a 的答語可以是"張三、李四"，⑨a 的答語可以是
"上海"等。

　　用於例③—例⑦中的疑問代詞詢問數量時是假定所問對象具
有相當的數量或者程度，譬如例⑤d 是假定對方至少發表了兩篇
或者兩篇以上的文章時才會這樣問，如果對方是否發表過文章還
不知道，這只能以正反問句"他發沒發表過文章"來詢問。第一類疑
問代詞詢問量時的這種預設決定了它們用於否定結構中的涵義，
在否定結構中是假定疑問代詞所表示的是相當數量或程度的量，
或者說是大於或等於兩個量級的量，在 2.5 節中曾經談到，自然語
言否定詞的涵義是"不及"或"不夠"，否定後的詞語的涵義只是比
否定前的低一個量級，而不是完全否定，因此，類一的疑問代詞用
於否定結構時整個詞組仍表示具有一定的程度。

　　用第二類疑問代詞"誰"和"哪裡"詢問時，不論被詢問的對象
是單個或者多個都是把它們作為具有某種屬性的整體。譬如⑧b
是問在你們中間到過廬山的人的全體，所問的對象可能是一個也
可能是多個，但都是"到過廬山的人"這一個整體。我們可以把
"誰"和"哪裡"看作是一個量級，根據最小量的否定等於完全否定
的規則，有"誰"和"那裡"的否定結構的涵義是周遍否定，或者是完
全否定。

8.2 否定結構中副詞、連詞的語義變異

8.2.1 有一類副詞或者連接詞語義上要求所修飾的成分必須是肯定式,如果用於否定式就必須使它改變本義而轉為引申義。這類詞用於否定式的引申義一般都是表程度的,加強否定的語氣。

8.2.2 "又"的基本涵義為:(一)表示某個動作或狀態重復發生,兩個動作或狀態相繼發生或反復交替,譬如"這個人昨天來過,今天又來了","他低着頭走過來又走過去";(二)表示幾個動作、狀態、情況累積在一起,譬如"他是個聰明人,又肯努力,所以不到半個月就都學會了","那一天正好是三伏的第一天,又是中午,又沒有風,不動也會出汗"。這兩個義項一般不能用於否定式,否定式中的"又"大都是表示某種語氣,例如:

⑩ a. 心裡有千言萬語,嘴裡又説不出來。

　　b. 既怕冷又不願多穿衣服。

⑪ a. 他又不會吃人,你怕什麼?

　　b. 他怎麼會知道的?我又沒告訴他。

　　c. 我又不是百事通,怎麼會知道這些事情呢?

　　d. 事情是明擺着的,人家又不是沒長眼睛,難道看不出來?

⑫ a. 下雪又有什麼關係?咱們照常鍛煉。

　　b. 這點花招又能騙誰?

　　c. 這點小事又費得了多大功夫?

例⑩的"又"是表示轉折語氣的,例⑪的是加強否定的語氣,例

⑫各例都是反問句,用肯定形式表示反問的涵義,"又"的作用跟例⑪的相同,譬如例⑫a 是說"下雪又沒有什麼關係"。"又"表語氣的用法幾乎都是否定句。

8.2.3 "再"的基本涵義為:(一)表示一個動作或一種狀態重復或繼續,譬如"去過了還可以再去","你敢再賽一場嗎?";(二)表示某一動作將要在某一情況下出現,譬如"今天來不及了,明天再回答大家的問題吧","下午再開會吧,上午先讓大家準備準備";(三)用在形容詞前,表示程度增加,譬如"還可以寫得比這再精煉些","再好的筆也禁不起你這麼使呀"。在這三個義項上,"再"的作用是使語氣更強,有"永遠不"的意思。例如:

⑬ a. 自從上次批評了他一次,他再也不來見我們了。

　　b. 他再沒說什麼,掉頭就走了。

　　c. 您再也別說這些客氣話了,這是我們應該做的。

"再"用於否定結構之中一般都是加強語氣的,而且它加強語氣的用法一般也只出現於否定結構。

8.2.4 "才"的基本涵義為:(一)表示事情在前不久發生,剛剛,譬如"我才從上海回來不久"、"你怎麼才來就要走?";(二)表示事情發生或結束得晚,譬如"他明天才能到","跳了三次才跳過橫竿";(三)表示數量少,程度低,譬如"我才看了一遍,還要再看一遍","他才是個中學生,你不能要求太高"。以上三個義項一般不用於否定句,用於否定句時,"才"一般是強調否定語氣,例如:

⑭ a. 我才不去呢!

　　b. 讓我演壞蛋,我才不幹呢!

　　c. 我才不管人家的事呢!

d. 這麼冷的天，我才不去游泳呢！

8.2.5 "還"的用法跟"又"、"才"的正相反，它的基本義項可以用於否定式，引申義項卻不能。"還"的基本義項為"表示動作或狀態持續不變，仍然"，這時既有肯定式，又有否定式，譬如"他還在圖書館裡"、"老趙還沒回來"、"天還不很冷"。"還"的引申義為"把事情往大裡、高裡、重裡說，更加"，這時只有肯定式，沒有否定式，例如：

⑮ a. 二勇比他哥哥大勇還壯。

b. ＊二勇比他哥哥大勇還不壯。

⑯ a. 新車間比舊車間還要大。

b. ＊新車間比舊車間還不大。

⑰ a. 那種微型電池比這顆鈕扣還略小一些。

b. ＊那種微型電池比這顆鈕扣還不小。

⑱ a. 這個節目八點鐘還要重播一次。

b. ＊這個節目八點鐘還不重播。

8.2.6 "并"的本義是表示兩件以上的事情同時進行，或對兩件以上的事同等對待，這一義項的用法沒有否定式，譬如"這兩件事不能相提并論""學習外語應當聽、説、讀、寫并重"。"并"加強語氣的用法只出現於否定結構，常用於表示轉折的句子中，有否定某種看法，説明真實情況的意味。例如：

⑲ a. 計劃訂得再好，可是并不實行，等於沒訂。

b. 我們之間并沒有什麼分歧。

c. 你說的這件事，他并沒告訴我。

d. 試驗多次，證明新農藥并無副作用。

　　　　e.　我們順河邊走并非貪圖路近,而是要看看風景。

　　例⑲中各句話不能去掉否定詞而直接轉化為肯定式。

　　8.2.7　有一種很有趣的現象,表達同一概念有兩個詞,其中一個主要擔任肯定的職務,把否定的任務都交給了另外一個。典型的例子是"可以"和"能"。"可以"有四個義項,分別表示可能、有某種用途、許可、值得,"不可以"是義項"許可"的否定,"不值得"是義項"值得"的否定,對"可能"和"有某種用途"兩個義項的否定任務推給了"能"。這樣的結果使得"能"形成了一個專門用於否定結構的義項,即"能"表情理上許可或環境上許可時多出現於否定結構。例如:

　⑳　a.　這間屋子可以住四個人。

　　　b.　*這間屋子不可以住四個人。

　　　c.　這間屋子不能住四個人。

　㉑　a.　我可以告訴你答案。

　　　b.　*我不可以告訴你答案。

　　　c.　我不能告訴你答案。

　　上例中看起來好象詞義縱橫交錯,其實各自的職責分明,掌握起來很容易。

　　在表可能概念的詞語中,表情理上許可或者環境上許可的詞語義程度都很弱,根據自然語言肯定和否定的公理,這類詞語多用於否定結構。同類的例子還有"好",它也具有表情理上或環境上許可的義項,該義項多用於否定結構中;如果是肯定式,詞義則自然地轉變為表目的,意為"為了"、"以便",例如:

　㉒　a.　別人都出去了好一個人待在家裡。

      b.   別人都出去了不好一個人待在家裡。

㉓ a.   別忘了帶傘，下雨好用。

      b.   我不好用別人的傘。

㉔ a.   多去幾個人，有事好商量。

      b.   他這個人性格倔，這件事不好跟他商量。

㉕ a.   你留個電話，到時候我好通知你。

      b.   你這麼忙，我不好打擾你。

例㉒—㉕各組的 a 句"好"都是肯定式，意為"便於"；b 句的"好"都是否定式，意為情理上或環境上許可。這種肯定式和否定式意義上的差別是必然的，即在肯定式中"好"沒有"情理上或環境上許可"義項，在否定式中又沒有表目的義項。

8.3　形容詞、動詞的肯定式和否定式的語義變異

    8.3.1　"錯"用於否定式時有兩種情況：(一)用作本義"錯誤"時，整個否定式不能再用程度詞修飾，譬如可以說"這道數學題不錯"、"計算的結果不錯"，但不能說"這道數學題有點(很、十分)不錯"、"計算的結果有點(很、十分)不錯"。(二)"錯"作好壞的"壞"講時，整個否定式還可以用程度詞修飾，例如：

㉖ a.   你已經十分不錯了，年紀輕輕的就提了教授。

      b.   他那個人很不錯，對別人的事情熱心得很。

“錯”單用時只能表示本義“錯誤”,譬如“這道題錯了”;“錯”用於否定式而且其前又有程度詞修飾時,只能是引申義“壞”。

“錯”的反義詞“對”也有類似的用法。“對”的本義是“正確”,其不論用於肯定式還是否定式都不能再用程度詞修飾,譬如“＊這道題很/十分不對”。“對”的引申義項“正常”只能出現於否定式,而且整個否定式還可以用程度詞修飾,例如:

㉗　a.　我看他的神色不對。

　　b.　我看他的神色有點不對。

8.3.2　“含糊”的本義是不明確、不清晰,肯定式否定式都可以用,譬如“含糊其辭”、“他的話很含糊,不明白是什麼意思”。而“含糊”用於引申義“示弱”時,一般只出現於否定式,并且整個否定式還可以用程度詞修飾;其本義的否定式沒有這種用法。例如:

㉗　a.　要比就比,我絕不含糊。

　　b.　他那手乒乓球可真不含糊。

　　c.　這活兒做得真不含糊。

例㉗各句中的“含糊”都是作“示弱”講,都不能去掉否定詞而成立。

8.3.3　“得(děi)”的本義是表示情理上、事實上或意志上的需要,應該,必須,這一涵義不能用於否定式,譬如“遇事得跟大家商量”、“這個工作得三個人”這兩句話中的“得”前都不能加上“不”或“沒”對其進行否定。但是,“得”作引申義“可以”、“能夠”講時,只出現於否定結構,“得”弱讀為.de。例如:

㉘　a.　不符合以上條件者不得錄用。

　　b.＊符合以上條件者得錄用。

㉙　a.　未經允許不得入內。

　　b. *-已經允許得入內。

　8.3.4　"用"的本義是使用,肯定否定自由,譬如"用筆寫字"、"不用筆寫字",當它用作引申義項"需要"時,一般只出現於否定結構,例如:

㉚　a.　天還很亮,不用開燈。

　　b. * 天已黑了,用開燈。

㉛　a.　東西都準備好了,您不用操心。

　　b. * 東西都沒準備好了,您用操心。

　8.3.5　"如"的本義是如同、好像,只有肯定式,譬如"愛校如家"、"十年如一日"、"如身臨其境"等,而它用於引申義"及"、"比得上"來比較得失或高下講時,只能用於否定式。例如:

㉜　a.　在體育上我不如他。

　　b. * 在體育上我如他。

㉝　a.　這件衣服不如那件衣服。

　　b. * 這件衣服如那件衣服。

㉞　a.　不如這樣辦合適。

　　b. * 如這樣辦合適。

　8.3.6　"能"、"會"、"肯"等都是表可能概念的,它們的語義程度都較低,譬如顯然低於同概念的"一定"、"必然"等的肯定程度。"能"等用於疑問句時,它們的涵義往往會偏移為否定的,例如:

㉟　鳳! 你看不出來,現在,我怎麼能帶你出去? ——你這不是孩子話嗎?

㊱　你哥怎麼會把我的病放在心上?

㊲　姑娘,你看看,這麼個破茶館,能用女招待嗎?我們老掌櫃

呀,窮得亂出主意。

㊳ 你要不到這兒周家大公館幫主兒,這兩年盡聽你媽媽的
話,你能每天吃着、喝着,這大熱天還穿得上小紡綢麼?

㊴ 其實他只要待十來分鐘,玉蘭就也到這裡交售烟葉。可是
他哪裡會知道呢?

以上都是從文學作品中摘錄的例子,"能"和"會"所在的問句都是
反問的語氣,用肯定的形式表示否定的含義,譬如例㉟是說"我不
能帶你出去"。

在3.4節中曾經談到過,"得"字結構的肯定式語義程度是很
弱的,而它們用於否定式的語氣相當強。這種肯定式和否定式語義
程度上的變化也屬於同一個成分在肯定式和否定式中語義發生變
異的問題。關於這一點已在3.4中有詳細的討論,這裡不再贅述。
下面只討論"得"字結構肯定式和否定式引申義的語義程度上的不
對稱。"得"字結構肯定式的語義程度弱,它的引申義多表示小的、
勉強的量;其否定式的語義程度高,由此而發展出的引申義多是表
大的、程度高的,例如:

A. 過得去:① 無阻礙,通得過;

② (生活)不很困難;

③ 説得過去;

④ 過意得去;

B. 過不去:① 有阻礙,通不過;

② 爲難;

③ 過意不去,抱歉;

"過得去"的義項④只用於問句,在現實句中實際上也只有三個義

項。A和B各自的義項①是相對的。否定式B的②、③義項都是表程度高，譬如"他想方設法刁難我，成心跟我過不去"。而肯定式A②、③義項都是表示一種較弱的程度，譬如說"生活過得去"是指勉強能生活下去，絕不是指很富裕；再譬如"他的成績還過得去"是指他的成績是一般水平，或者再稍差一些，而不可能是成績很好。

第九章　羨餘否定

9.1　好＋形＝好＋不＋形

下列詞組的肯定式和否定式的意思是一樣的。

a.　好不容易＝好容易

b.　好不漂亮＝好漂亮

c.　好不熱鬧＝好熱鬧

d.　好不傷心＝好傷心

e.　好不難受＝好難受

以上五例看起來都是肯定式等於否定式,實際上存在着重要的差別,a 式的"不"有實在的涵義,取等式左端的意義;其餘四式的"不"都沒有否定的功能,取等式右端的意義。這是我們解釋上述現象的一個關鍵點。另外,我們也應該認識到,"好"在這裡的作用相當於一個程度副詞。下面我們就來考察一下,上述各個形容詞的肯定式和否定式用程度詞修飾的情況。

	有點	比較	很	太	十分	最
容易	+	+	+	+	+	+
不容易	+	+	+	+	+	+
難受	+	+	+	+	+	+
不難受	—	—	—	—	—	—
傷心	+	+	+	+	+	+
不傷心	—	—	—	—	—	—
漂亮	+	+	+	+	+	+
不漂亮	—	—	—	—	—	—
熱鬧	+	+	+	+	+	+
不熱鬧	—	—	—	—	—	—

很顯然,"容易"加上"不"之後整個詞組仍能用程度詞修飾,也就是說,在程度詞和"容易"之間可以插入否定詞,因此 a 式中的"不"是有實際意義的。其餘四個形容詞,加上否定詞"不"後就不再能用程度詞修飾,如果硬在程度詞和形容詞之間插入一個"不",就會使得否定詞失去了否定的功能,因此這四式中的否定詞"不"都是多餘的,都是取右端肯定式的意思。

　　還有一個問題需要回答:既然"容易"的肯定式可以用"很"等

程度詞修飾,那麼"好"也是一個程度詞,應該保持它自身的涵義,為什麼會帶上了否定的意義呢? 這可從"好"和"容易"的語義特點上來解釋。"好"的意義為"用在形容詞、動詞前,表示程度深",這點與普通程度詞十分、非常沒有什麼兩樣,另外"好"還有感嘆語氣,這就要求它所修飾的形容詞有大的、難的、令人吃驚的性質。再來看一下"容易"的涵義,其義為"做起來不費事的",這與"好"的感嘆語氣不大相符,因此就產生了詞義的偏移,使肯定式的"容易"的真正涵義變為否定式"不容易",因為"不容易"語義上相當於"困難",而"困難"的程度與"好"的感嘆語氣相符合。其實,"好容易"也有字面上的用法,例如:

①這道題好容易呀,不到五分鐘我就做出來了。

②賣衣服賺錢好容易呀,不到半年我就淨落了兩萬多。

例①、②的"好容易"都是字面上的意思,相當於"很容易"。有趣的是,單獨作謂語時,一般只用肯定式"好容易",表示的是字面的意思,一般不能說"這道題好不容易呀,做了半天還沒有做出來";而作狀語修飾動詞時,一般只用否定式"好不容易",如果用肯定式其含義與否定式相同,譬如"這道題好不容易才做出來"和"這道題好容易才做出來"兩句話的意義一樣。在狀語位置上,"好容易"一般沒有字面涵義,譬如一般不說"我好容易辦完了很多事情"。由此可見,"好容易"和"好不容易"只有在做修飾語中才是同義的,而且不是羨餘否定,實際上是空缺否定。

9.2 "差點兒"、"幾乎"和"險些"

　　"差點兒"、"幾乎"、"險些"是漢語中最為典型的羨餘否定現象,其後的否定詞"沒"有時有實際涵義,有時候沒有,例如:

③　A　a.　差點兒沒有鬧笑語＝差點兒鬧笑話

　　　　b.　差點兒沒答錯＝差點兒答錯

　　　　c.　差點兒沒摔倒＝差點兒摔倒

　　B　a.　差點兒沒見着≠差點兒就見着了

　　　　b.　差點兒答不上來≠差點兒答上來

　　　　c.　差點兒沒買到≠差點兒買到了

　　　　d.　差點兒沒考上甲班≠差點兒考上甲班

④　A　a.　幾乎沒摔倒＝幾乎摔倒

　　　　b.　船幾乎沒翻了底＝船幾乎翻了底

　　B.　a.　事情幾乎沒辦成≠事情幾乎辦成了

　　　　b.　幾乎沒考上甲班≠幾乎考上甲班

⑤　　　a.　險些沒把他撞倒＝險些把他撞倒

　　　　b.　事情險些沒辦成≠事情險些辦成了

　　朱德熙❶給上述現象總結出了兩條規律:(一)凡是説話人企望發生的事情:肯定形式表示否定意義,否定形式表示肯定意義。(二)凡是説話人不企望發生的事情:不管是肯定形式還是否定形式,意思都是否定的。呂叔湘等也持類似的觀點❷。我們發現以上兩條規律有很多例外,例如:

---

❶　朱德熙,《現代漢語語法研究》,188頁,商務印書館,1985年,北京。

❷　見呂叔湘主編的《現代漢語八百詞》有關條目。

⑥　這一下差一點没有把張維氣死,氣得他直瞪着眼,大張着嘴,足有一分鐘没有説上話來。(趙樹理《張來興》)

⑦　大媽往外一指,我一看,正是我媳婦來啦,當時高興得我呀,差點兒没翻倆跟頭,一個箭步就冲過去了!(常更新《浪子四頭》)

例⑥中的"張維"是小説主人翁的讎人,這是主人翁講述他一次懲治"張維"的故事,"把張維氣死"這件事對主人翁來説是企望發生的,按照朱總結出的規律一,應該是已經把"張維"氣死了,從後文來看,實際上"張維"并没有死。例⑦的"翻倆跟頭"對"我"是樂意幹的事情,按照上面的規律一應該是已經翻了倆跟頭,而實際上也是没有翻。這樣的例外在日常語言中有很多。朱還認為例③—⑤是結構上不可分化的多義句式。下面我們就嘗試從另外一個角度來解釋上述現象產生的原因,并從結構上對其進行分化。

先來看一下,"差點兒"、"幾乎"、"險些"的詞義:

差點兒——相差一定的程度,接近。

幾乎——將近於,接近於。

險些——差一點。

以上三個詞的意義相近,下面只以"差點兒"為代表來討論。在 2.5 中曾説過自然語言的否定詞都是差等否定,由"差點兒"的詞義可以看出,它相當於一個否定詞。在例③中,"差點兒"在三種情況下都相當於一個否定詞,譬如 Aa 式的右端"差點兒鬧笑話"等於"没鬧笑話"。Ba 式的左端"差點兒没見着"遵循否定之否定等於肯定的規則,義為"見着了";Ba 式的右端"差點兒就見着了"等於"没有見着"。其實情況比較特殊的只有 Aa 式的左端"差點兒没鬧笑話",按照否定之否定等於肯定的規律,應是"鬧笑話了",而它的實際意義則是"沒"鬧笑話。

現在用積極成分和消極成分來替代企望發生的事和不企望發生的事,這兩種說法既有相同之處,也存在着重要差別:前者強調普遍性、穩定性,後者則是隨說話者的主觀願望而變化。位於"差點兒"之後的一般是述補結構或者結果動詞,根據 4.3 節所述,它們都是離散量的,因此都不能用"不"否定,譬如沒有"差點兒不鬧笑話"、"差點兒不辦成"等的說法。

積極成分的述補結構的"述語"和"補語"之間的關係鬆散,可以分離;消極成分的述補結構的"述語"和"補語"之間的關係緊密,一般不能分離。例如:

⑧ a.　事情辦成了。

　　b.　這件事辦了很長時間,還沒有辦成。

　　c.　你辦一辦試一試,看能不能成。

　　d.　辦了三次,三次都沒有成。

　　e.　事情他已經去辦了,成不成還不知道。

⑨ a.　他摔倒了。

　　b. ＊他摔了很長時間,還沒有摔倒。

　　c. ＊你摔一摔試一試,看能不能倒。

　　d. ＊摔了三次,三次都沒有倒。

　　e. ＊他已經摔了,倒不倒還不知道。

"辦成"是積極成分,述語和補語之間可以插入各種成分,述語的行為動作是人們主觀上可以控制的,補語的結果不一定必然出現,動作和結果之間可以有較長的時間。"摔倒"是消極成分,述語和補語

之間結合緊密，述語的行爲動作是主觀無法控制的，補語的結果必
然要出現，動作和結果凝結成一個整體。在摔跤比賽中，"摔倒"是
積極成分，"摔"和"倒"可以分離，例如：

⑩　a.　運動員小張摔了三次，三次都沒有把對方摔倒。

　　b.　你再摔摔，看這次動作合不合標準。

　　c.　你再摔一下，看能不能把對方摔倒。

　　積極成分和消極成分之間的動補關係差別還可以從它們用於
"非＋動＋不可"格式中的語義變化中看出來，例如：

⑪　在比賽的最後關頭，運動員小王下了決心，非摔倒對方不
　　可。

⑫　路上結了冰，小王這個時候外出，非摔倒不可。

例⑪是表示一種意志，例⑫是指客觀條件很可能產生某種結果。這
種差異是由述補結構中表行爲動作的動詞是否能被主觀意志所控
制造成的。例⑪是積極成分，行爲是主觀能控制的，因此句子是表
意志的；例⑫是消極成分，行爲是主觀無法控制的，因此句子是表
結果的。積極成分的述語和補語之間可分離性與消極成分的述語
和補語之間的不可分離性是解決問題的關鍵。

　　"沒"否定述補結構的復合詞或者詞組時，只能否定補語所代
表的結果沒有達到，不能否定述語所代表的行爲，例如：

⑬　a.　他沒有吃飽＝吃了，而沒飽。

　　b.　他沒有聽懂＝聽了，而沒懂。

　　c.　他沒有學會＝學了，而沒會。

　　d.　他沒有看清＝看了，而不清楚。

可以用一個式子來表示"沒"否定述補結構的涵義：

沒＋（動＋補）＝動＋（沒＋補）

"差點兒"和"沒"是等值的否定詞，積極成分的述語和補語是可分離的，"差點兒"單獨否定積極成分的情況跟"沒"的相同。

差點兒＋（動＋補）＝動＋（沒＋補）

例如：

⑭　a.　差點兒辦成了＝辦了，而沒有成。

　　b.　差點兒考上甲班＝考了，而沒進入甲班。

既然"差點兒"和"沒"只能否定動補結構的補語所表涵義，那麼它們一塊來否定積極成分時，就有下式：

　差點兒＋沒＋（動＋補）

＝差點兒＋｛動＋（沒＋補）｝

＝動＋｛差點兒＋（沒＋補）｝

＝動＋補

也就是說用"差點兒"和"沒"一塊否定積極成分時，相當於對積極成分的結果否定了兩次，根據否定之否定等於肯定的原則，整個句子仍是肯定的涵義。例如：

⑮　a.　差點兒沒辦成＝辦成了

　　b.　差點兒沒考上＝考上了

　　c.　差點兒沒見着＝見着了

　　d.　差點兒沒買到＝買到了

例⑮各例的層次關係如下圖（見下頁）。

"險些"、"幾乎"的涵義和用法跟"差點兒"相同。例③B、例④B和例⑤b都是積極成分，以上解釋了形成等式左右兩端不同義的原因。

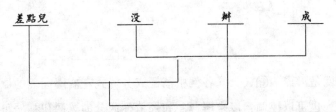

现在来看消极成分加"没"和"差點兒"的情況。單獨用"差點兒"否定的情況很簡單,它的作用相當於一個否定詞,譬如"差點兒答錯"等於"沒答錯","差點兒摔倒"等於"沒摔倒",等等。因為消極成分的述語和補語是個完整的動作,所以用"沒"和"差點兒"雙重否定的結果為:

(差點兒＋沒)動補

＝(差點兒＋動補)＋(沒＋動補)

＝差點兒動補

＝沒動補

也就是說,"差點兒"和"沒"一起否定消極成分時,符合數學中的分配律,分別對消極成分進行否定,即否定了兩次。因此,表面上看有沒有"沒"意思基本不變,實際上"沒"有加強語氣的作用,譬如"差點兒沒摔倒"就比"沒摔倒"強調行為更接近於出現的程度高。由上式可知,"差點兒"和"沒"一塊否定消極成分的時候,作用相當於一個否定詞,例如:

⑯　a.　差點兒沒答錯＝沒答錯

　　b.　差點兒沒鬧笑話＝沒鬧笑話

　　c.　差點兒沒摔倒＝沒摔倒

　　d.　差點兒沒翻了底＝沒翻底

例⑯各例的層次關係如下圖(見下頁)。

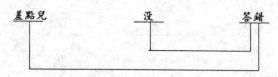

這就是形成例③、④、⑤各例中消極成分等式左右端同義的原因。

也可以換個角度來解釋。如果積極成分的述語和補語可以單獨使用，其補語就能被"差點兒"和"沒"雙重否定，譬如"辨"和"成"可單用，因此可以說"這事差點兒沒成"；但是，對於消極成分，即使其述語和補語可單獨使用，它們的補語卻一般不能用"差點兒"和"沒"否定，譬如"答"和"錯"都可以單用，可是不說"這道題差點兒沒錯"。積極成分的補語允許"差點兒"和"沒"組成雙重否定，因此兩個否定詞都有實際的涵義，遵循否定之否定等於肯定的規律，整個句子的涵義仍是肯定的；消極成分的補語不能被"差點兒"和"沒"雙重否定，只能用單個詞來否定，因此當"差點兒"和"沒"都出現於消極成分之前時，其中一個失去了否定的功能，只起加強否定語氣的作用。

回過頭來看例⑥、⑦兩個"例外"。盡管"氣死"和"翻兩頭跟頭"都是說話者企望發生的事情，但是因為它們的述語和補語不能分離，跟消極成分的情況一樣，因此它們遵循消極成分雙重否定的規律，其中的"沒"失去否定的功能而只起加強否定語氣的作用。一般不大能說"氣一氣，看它會不會死"，"氣了半天，還沒有死"，可見"氣"和"死"之間的關係是結合得很緊的。例⑦中的"兩跟頭"不是實際數目，它與"翻"凝結成一個整體，表示單純的動作，相當於"鬧笑話"中的"鬧"和"笑話"之間的關係。

9.3 其它

9.3.1 在祈使句中,"小心"和"別"一塊用在動前也出現了羨餘否定現象,有沒有"別"意思一樣,例如:

⑰ a. 小心別打碎杯子＝小心打碎杯子

b. 小心別擦破手＝小心擦破手

c. 小心別碰住油漆＝小心碰住油漆

d. 小心別看壞眼睛＝小心看壞眼睛

"小心"和"別"相當於前文所講的"差點兒"和"沒",不過前者之後只限於消極成分,後者不限。形成例⑰等式左右兩端同義的原因跟"差點兒"和"沒"否定消極成分時的相同。

9.3.2 "難免"的意思是"不容易避免",其涵義相當於一個否定詞,它和"不"一塊出現在消極成分之前,使其中一個否定詞失去否定作用,從而形成了又一種肯定式和否定式同義的現象。造成這種現象的原因與"差點兒"的相同。例如:

⑱ a. 一個人難免不犯一些錯誤＝一個人難免犯一些錯誤

b. 我沒有說清楚,難免不被人誤會＝我沒有說清楚,難免被人誤會

9.3.3 "不"加在表短暫義的時間詞之前起強調時間短促的作用,它跟肯定式的意思基本相同。例如:

⑲ a. 不一會兒他又回來了＝一會兒他又回來了

b. 不幾天事情就辦完了＝幾天事情就辦完了

"一會兒"和"幾天"是離散量的,不能用連續否定詞"不"否定,硬加

上"不"就使得它失去了否定的功能而只起強調的作用。

9.3.4 有些情況下,否定式和肯定式是從不同的角度表達相同的意思,例如:

⑳ a. 孩子懷疑事情還沒有辦完＝孩子懷疑事情已經辦完

　　b. 你過了烟癮我還沒找你收烟錢哪＝你過了烟癮我還要找你收烟錢哪

9.3.5 羨餘否定的類型有多種多樣,它們形成的原因也不完全相同。有一些從表面上看起來是羨餘否定,實際上是兩種表達不同意義的結構。從上面的分析中可以看出,純粹的羨餘否定詞是沒有的,它們都有一定的作用,通常是加強否定語氣。譬如"在沒有來之前我們已經知道了事情的真象"和"在來之前我們已經知道了事情的真象"兩句意思差不多,而實際上有沒有"沒"意思還是不一樣的,例如:

㉑ 在沒修趙洲橋之前,一條交河橫斷南北,阻礙了人們的往來,造成了不便。

㉒ 結婚之前,我沒想到她這工作那麼艱苦。

用"沒……之前"表時間時,是強調某種行為一直延續到否定結構中的動詞實現這一時刻才結束,譬如例㉑是強調"阻礙交通"的現象一直到趙州橋建成這一時刻結束。例㉒的時間短語顯然與前者不同,沒有強調"沒想到她這工作那麼艱苦"這種狀態一直持續到結婚的時候才結束,也可能是婚後好長時間還沒想到。由此可見,"沒……之前"與"……之前"是兩種表達功能不同的結構。

第十章　有標記和無標記

10.1　有標記和無標記的涵義

　　廣義地講,有標記(marked)和無標記(unmarked)是指一對成分中是否帶有區別性特徵的成分,這種區別性特徵可以把這個成分跟另一個成分區別開。有標記和無標記這一對概念在語言分析的全部層次上都起作用:音位可以是有標記的和無標記的,如|p|:|b|,這裡的|b|標記為濁音;語法項也是如此,如 boy：boys,這

裡 boys 標記為復數；語義對比也是這樣，如 deep：shallow 和 high
：low，這兩組詞 中的第一項都是基本成分或無標記成分，它們可
以用於中性意義，試比較：How deep is it? 但不能說 How shallow is
it?，除非早已明確所指的東西是"shallow"。本章討論的是語義上的
有標記和無標記在現代漢語中的各種表現形式，譬如問物體的上
下距離時，一般只說"這東西有多高"或者"這東西有多深"，而不說
"這東西有多低"或"這東西有多淺"，前者是一種客觀詢問，沒有傾
向性；後者有明顯的傾向性，只有事先已知或假定所問對象是"低
的"或者是"淺的"才會這樣問。其實，這種現象已不單純是語義範
圍的問題了，它們與各種句型縱橫交錯，情況十分復雜，同一個詞
在有些句型中是無標記的，而在別外一些句型中則可能是有標記
的；不同類型的一對詞在各種句型中的有標記和無標記的具體表
現形式也各異，因此，還牽涉到很多句法問題。

我們對英、俄、德、法、日等語言的形容詞用法做了調查，發現
它們在有標記和無標記上是高度一致的。由此人們會很自然地產
生這樣的猜想：人類語言形容詞的有標記和無標記現象的背後可
能有一條共同的客觀規則在制約着。下面將和前文的自然語言肯
定和否定公理、時間的一維性在介詞產生中的作用等部分中所使
用的方法一樣，根據分析語言學的方法，以漢語為例來嘗試揭示形
成人類語言有標記和無標記現象的現實規則。

10.2　詢問域

10.2.1　形容詞的有標記和無標記現象實質上是它們用於問

句時詢問範圍大小的問題；具有反義關係的一對詞的一方用於問句時，若它的詢問範圍包含了另一方的，則稱為無標記的；否則就是有標記的。譬如，"高"用於問句"這東西有多高"時，它所詢問的範圍包括了從下到上的任何高度，即也包括了"低"所指的高度，這時的"高"就是無標記的；而"低"用於問句"這東西有多低"時，其詢問的範圍只包括了一個較小的高度，頂多是從下到上的二分之一高度，它的詢問範圍不包括"高"的，因此"低"就是有標記的。

下文中把形容詞用於問句時所問及的對象範圍的大小稱為詢問域。

10.2.2　漢語形容詞的有標記和無標記情況主要表現在以下三類問句中：

1. 名＋形＋嗎？

2. 名＋形＋不＋形？

3. 名＋有多＋形？

不是所有的形容詞都可以進入上述三類問句中，用於上述問句的條件是形容詞必須是可以用程度詞分出一系列大小不等的量級，即必須是非定量的；定量形容詞一般不能直接進入上述問句。例如：

程度詞 / 例詞	有點	很	太	十分	最
大(小) 中	＋ －	＋ －	＋ －	＋ －	＋ －
困難 疑難	＋ －	＋ －	＋ －	＋ －	＋ －

程度詞 例詞	有點	很	太	十分	最
紅 粉	＋ －	＋ －	＋ －	＋ －	＋ －
高級 初級	＋ －	＋ －	＋ －	＋ －	＋ －

① A a. 這個東西大(小)嗎？

　　 b. 這個東西大(小)不大(小)？

　　 c. 這個東西有多大(小)？

　 B a. ＊這個東西中嗎？❶

　　 b. ＊這個東西中不中？

　　 c. ＊這個東西有多中？

② A. a. 這個問題困難嗎？

　　 b. 這個問題困難不困難？

　　 c. 這個問題有多困難？

　 B a. ＊這個問題疑難嗎？

　　 b. ＊這個問題疑難不疑難？

　　 c. ＊這個問題有多疑難？

③ A a. 那朵花紅嗎？

　　 b. 那朵花紅不紅？

　　 c. 那朵花有多紅？

---

❶ 定量形容詞一般不能直接作謂語，經常是作定語給事物分類，這也與它們的量上特徵有關。

B　a. ＊那朵花粉嗎？❶

　　b. ＊那朵花粉不粉？

　　c. ＊那朵花有多粉？

④　A　a.　那輛車高級嗎？

　　b.　那輛車高級不高級？

　　c.　那輛車有多高級？

B　a. ＊那輛車初級嗎？

　　b. ＊那輛車初級不初級？

　　c. ＊那輛車有多初級？

凡是非定量形容詞都可以用於上述三類問句，如下類一；凡是定量形容詞都不能用於三類問句，如下類二。

類一

高　低　新　舊　遠　近　輕　重　快

慢　厚　薄　好　壞　香　臭　黑　白

圓　滑　脆　緊　鬆　寬　窄　緊　光

乾淨　漂亮　靈活　深刻　自然　高興

細心　鎮靜　踏實　明確　詳細　光彩

清晰　整齊　聰明　誠實　開通　積極

類二

紫　橙　褐　溫　凹　凸　良　正　副

前　後　左　右　單　夾　別　旁　公

---

❶　定量形容詞一般不能直接作謂語，有的可以在"是……的"結構中出現，譬如"那朵花是粉的（嗎？）"。

母　雌　雄　負　總　上　下　東　西

新式　中型　慢性　甲等　特級　大號

五彩　單瓣　專職　空頭　封閉　自動

人造　抗病　這時　隨身　黑白　應屆

從上述用法中可以很自然地推知，三類問句是詢問程度的。用非定量詞詢問時，我們可以選取一個量級作答，譬如當問"這問題困難嗎?"，可以直接回答"有點困難"、"很困難"等等。而不能用程度詞修飾的定量形容詞所表示的是一個量點，即一個確定的量，它們沒有詢問程度的必要，因此不能用於上述三類問句。

10.2.3　只有非定量形容詞才存在有標記和無標記的問題，定量形容詞在任何情況下都保持着自身明確的詞彙意義，都是有標記的，所以本章的討論對象只限於非定量形容詞。

既然問句 1、2 和 3 都是詢問程度的，那麼用於其中的形容詞所可能切分出的量級都將被問到，所有量級組成了該形容詞的詢問域。盡管非定量形容詞都可以用程度詞切分出一系列大小不等的量級，但是它們可分量級的多少是不等的，也就是說它們詢問域的大小是不同的。例如：

⑤　　　　　　A　　　　　　　　　B

a. 教室最不乾淨。　　* 教室最不髒。

b. 教室十分不乾淨。　* 教室十分不髒。

c. 教室太不乾淨。　　* 教室太不髒。

d. 教室很不乾淨。　　* 教室很不髒。

e. 教室有點不乾淨。　* 教室有點不髒。

f. 教室不乾淨。　　　教室不髒。

g. 教室有點乾淨。　　教室有點髒。

h. 教室很乾淨。　　　教室很髒。

i. 教室太乾淨。　　　教室太髒。

j. 教室十分乾淨。　　教室十分髒。

k. 教室最乾淨。　　　教室最髒。

　　"乾淨"加上"不"後仍能用程度詞修飾，"髒"不行，所以"乾淨"可以切分出 11 個量級，"髒"只有 6 個，去掉中點"不＋形"，"乾淨"的量級數恰好是"髒"的 2 倍。當然，"乾淨"和"髒"都還可以用更多的程度詞修飾，也就是說還可以分出更多的量級，但是"乾淨"的量級數總是"髒"的 2 倍。例⑤"乾淨"和"髒"的語義對應關係如下：

⑥　　　a.　　教室最不乾淨≈教室最髒

　　　　b.　　教室十分不乾淨≈教室十分髒

　　　　c.　　教室太不乾淨≈教室太髒

　　　　d.　　教室很不乾淨≈教室很髒

　　　　e.　　教室有點不乾淨≈教室有點髒

　　　　f.　　教室有點乾淨≈教室不髒

因此，問句"教室乾淨嗎？"的詢問範圍包括"最乾淨"到"最不乾淨"共 11 個量級，同時也在語義上包括了"不髒"到"最髒"6 個量級，也就是說"乾淨"用於問句 1 的詢問域包括了有沒有塵土、雜質等的所有狀況，這時的"乾淨"已與它的詞義"沒有塵土、雜質等"不同，是無標記的。而問句"教室髒嗎？"只能問到自身的語義範圍，不包括"乾淨"的情況，是有標記的。

　　下面討論不同量上特徵的形容詞在各種問句中的有標記和無標記的情況。

10.3 "乾淨"類詞

10.3.1 "乾淨"類具有反義關係的一對詞,從語義上看,都有"積極"和"消極"之分。"積極成分"是表示事物肯定的、正面的、如意的性質的詞;"消極成分"是表示事物否定的、反面的、不如意性質的詞。譬如,"靈活"、"全面"、"高興"、"乾脆"、"乾淨"等屬於積極成分,"死板"、"片面"、"傷心"、"拖拉"、"髒"等屬於消極成分。大家知道,從意義上給事物分類無論其定義多麼嚴格,總難免遇到一些模棱兩可的現象。下面給形容詞分類主要是根據它們量上的特徵,也就是說是形式上的特點。有相同量級的詞在意義上往往有共同之處,從意義上說明是便於對所分出的類理解和掌握。當意義標準和形式標準發生冲突時,以形式上的特徵為準。

10.3.2 有反義關係的一對形容詞,它們的積極成分跟消極成分的量級的多少是差別很大的,積極成分的量級一般為消極成分的 2 倍。積極成分可以稱之為全量幅詞,相應地消極成分可以叫做半量幅詞。

下表中,L_i 表示量級,腳標 i 的大小與量級的大小相對應。L_i 的語義值分別為:

L_1＝最不;	L_2＝十分不;	L_3＝太不;
L_4＝很不;	L_5＝有點不;	L_6＝不;

$L_7 = $ 有點/比較[1]；　　　$L_8 = $ 很；　　　　　　　$L_9 = $ 太；

$L_{10} = $ 十分；　　　　$L_{11} = $ 最；

一個形容詞可分出的量級當然不止上述這些，我們這裡只是選了幾個由小到大的關鍵點。另外，相鄰的兩個量級究竟哪個大哪個小，頗難確定，不過這都無關緊要，重要的是某個形容詞可分出的量級幅度的大小。

從表中可以明顯看出，除中點 L_6（不 A）外，積極成分的量級數恰好是消極成分的 2 倍。造成這種現象的原因是，積極形容詞加"不"否定後仍能用程度詞分量級，而消極形容詞加"不"後就不能再用程度詞分量級了。

---

❶ "有點"多與消極成分的詞搭配，因此它不大能直接用來修飾積極成分，這時可用程度相近的中性詞"比較"替換。

	積極成分												消極成分									
	L_1	L_2	L_3	L_4	L_5	L_6	L_7	L_8	L_9	L_{10}	L_{11}		L^1	L_2	L_3	L_4	L_5	L_6	L_7	L_8	L_9	L_{10} L_{11}
乾淨	+	+	+	+	+	+	+	+	+	+	+	髒壞	−	−	−	−	−	+	+	+	+	+ +
好	+	+	+	+	+	+	+	+	+	+	+	壞	−	−	−	−	−	+	+	+	+	+ +
靈活	+	+	+	+	+	+	+	+	+	+	+	死板	−	−	−	−	−	+	+	+	+	+ +
深刻	+	+	+	+	+	+	+	+	+	+	+	膚淺	−	−	−	−	−	+	+	+	+	+ +
自然	+	+	+	+	+	+	+	+	+	+	+	牽強	−	−	−	−	−	+	+	+	+	+ +
高興	+	+	+	+	+	+	+	+	+	+	+	難過	−	−	−	−	−	+	+	+	+	+ +
細心	+	+	+	+	+	+	+	+	+	+	+	粗心	−	−	−	−	−	+	+	+	+	+ +
鎮靜	+	+	+	+	+	+	+	+	+	+	+	慌張	−	−	−	−	−	+	+	+	+	+ +
踏實	+	+	+	+	+	+	+	+	+	+	+	擔心	−	−	−	−	−	+	+	+	+	+ +
乾脆	+	+	+	+	+	+	+	+	+	+	+	拖拉	−	−	−	−	−	+	+	+	+	+ +
堅強	+	+	+	+	+	+	+	+	+	+	+	軟弱	−	−	−	−	−	+	+	+	+	+ +
明確	+	+	+	+	+	+	+	+	+	+	+	含糊	−	−	−	−	−	+	+	+	+	+ +
詳細	+	+	+	+	+	+	+	+	+	+	+	粗略	−	−	−	−	−	+	+	+	+	+ +
光彩	+	+	+	+	+	+	+	+	+	+	+	可恥	−	−	−	−	−	+	+	+	+	+ +
清晰	+	+	+	+	+	+	+	+	+	+	+	模糊	−	−	−	−	−	+	+	+	+	+ +
整齊	+	+	+	+	+	+	+	+	+	+	+	亂	−	−	−	−	−	+	+	+	+	+ +
嚴	+	+	+	+	+	+	+	+	+	+	+	寬	−	−	−	−	−	+	+	+	+	+ +
聰明	+	+	+	+	+	+	+	+	+	+	+	笨蛋	−	−	−	−	−	+	+	+	+	+ +
清楚	+	+	+	+	+	+	+	+	+	+	+	糊塗	−	−	−	−	−	+	+	+	+	+ +
果斷	+	+	+	+	+	+	+	+	+	+	+	猶豫	−	−	−	−	−	+	+	+	+	+ +
誠實	+	+	+	+	+	+	+	+	+	+	+	狡猾	−	−	−	−	−	+	+	+	+	+ +
開通	+	+	+	+	+	+	+	+	+	+	+	保守	−	−	−	−	+	+	+	+	+	+ +
積極	+	+	+	+	+	+	+	+	+	+	+	消極	−	−	−	−	−	+	+	+	+	+ +
講理	+	+	+	+	+	+	+	+	+	+	+	蠻橫	−	−	−	−	−	+	+	+	+	+ +
節約	+	+	+	+	+	+	+	+	+	+	+	浪費	−	−	−	−	−	+	+	+	+	+ +
舒服	+	+	+	+	+	+	+	+	+	+	+	難受	−	−	−	−	+	+	+	+	+	+ +
幸福	+	+	+	+	+	+	+	+	+	+	+	痛苦	−	−	−	−	+	+	+	+	+	+ +
安靜	+	+	+	+	+	+	+	+	+	+	+	嘈雜	−	−	−	−	−	+	+	+	+	+ +

	積極成分												消極成分										
	L_1	L_2	L_3	L_4	L_5	L_6	L_7	L_8	L_9	L_{10}	L_{11}		L^1	L_2	L_3	L_4	L_5	L_6	L_7	L_8	L_9	L_{10}	L_{11}
正經	+	+	+	+	+	+	+	+	+	+	+	庸俗	−	−	−	−	+	+	+	+	+	+	+
民主	+	+	+	+	+	+	+	+	+	+	+	專制	−	−	−	−	+	+	+	+	+	+	+
大方	+	+	+	+	+	+	+	+	+	+	+	小氣	−	−	−	−	+	+	+	+	+	+	+
嚴格	+	+	+	+	+	+	+	+	+	+	+	散漫	−	−	−	−	+	+	+	+	+	+	+
文雅	+	+	+	+	+	+	+	+	+	+	+	粗野	−	−	−	−	+	+	+	+	+	+	+
喜歡	+	+	+	+	+	+	+	+	+	+	+	討厭	−	−	−	−	+	+	+	+	+	+	+
重視	+	+	+	+	+	+	+	+	+	+	+	輕視	−	−	−	−	+	+	+	+	+	+	+
贊成	+	+	+	+	+	+	+	+	+	+	+	反對	−	−	−	−	+	+	+	+	+	+	+
熟悉	+	+	+	+	+	+	+	+	+	+	+	陌生	−	−	−	−	+	+	+	+	+	+	+
正確	+	+	+	+	+	+	+	+	+	+	+	錯誤	−	−	−	−	+	+	+	+	+	+	+
老練	+	+	+	+	+	+	+	+	+	+	+	無知	−	−	−	−	+	+	+	+	+	+	+
主動	+	+	+	+	+	+	+	+	+	+	+	被動	−	−	−	−	+	+	+	+	+	+	+
熱心	+	+	+	+	+	+	+	+	+	+	+	冷淡	−	−	−	−	+	+	+	+	+	+	+
認真	+	+	+	+	+	+	+	+	+	+	+	馬虎	−	−	−	−	+	+	+	+	+	+	+
安全	+	+	+	+	+	+	+	+	+	+	+	危險	−	−	−	−	+	+	+	+	+	+	+
容易	+	+	+	+	+	+	+	+	+	+	+	困難	−	−	−	−	+	+	+	+	+	+	+
輕鬆	+	+	+	+	+	+	+	+	+	+	+	緊張	−	−	−	−	+	+	+	+	+	+	+
成熟	+	+	+	+	+	+	+	+	+	+	+	幼稚	−	−	−	−	+	+	+	+	+	+	+
真實	+	+	+	+	+	+	+	+	+	+	+	虛假	−	−	−	−	+	+	+	+	+	+	+
必要	+	+	+	+	+	+	+	+	+	+	+	多餘	−	−	−	−	+	+	+	+	+	+	+

可以把積極成分和消極成分的量幅表現在區間[0,1]上,那麼它們的量級差別可以圖示如下。

圖一　積極成分的量幅

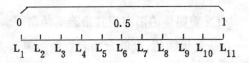

圖二　消極成分的量幅

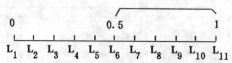

如果用 A 表示積極成分，用 B 表示消極成分，那麼對上表中的每一對形容詞來說，它們之間的語義關係為：

最不 A＝最 B；　　　十分不 A＝十分 B；

太不 A＝太 B；　　　很不 A＝很 B；

有點不 A＝有點 B；　比較 A＝不 B；

根據積極成分和消極成分上述語義上的對應關係，可以把圖一和圖二合在一起。

圖三　積極成分(A)和消極成分(B)的量級

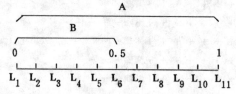

　　圖三中，積極成分的量幅區間為[0,1]，即為全量幅詞；消極成分的量幅區間為[0,0.5]，相應地叫做半量幅詞。全量幅詞和半量幅詞是從形式上劃分出的類，跟從意義上分出的積極成分和消極成分分別對應。

　　10.3.3　一對有反義關係的形容詞其語義屬於同一個概念範圍，積極性質的一方是全量幅的，也就意味着它的語義範圍廣，通過加程度詞可以照顧到整個概念範圍，從而表達了消極成分的語

義。由此可以很自然地推知,積極成分的使用頻率應該高於消極成
分的。下表是《現代漢語頻率詞典》統計的結果。

積極成分			消極成分		
例詞	詞次	頻率	例詞	詞次	頻率
好	4026	0.30630	壞	340	0.02587
高興	363	0.02762	傷心	52	0.00396
聰明	96	0.00730	笨	16	0.00122
整齊	53	0.00403	雜亂	11	0.00084
深刻	108	0.00822	膚淺	72	0.0058
熱鬧	68	0.00517	冷清	5	0.00038

根據頻率詞典的統計結果,在一對具有反義關係的詞中,幾乎
所有的積極成分的使用頻率都遠高於其相應的消極成分的使用頻
率。

10.3.4　全量幅詞的量級範圍在圖三中是[0,1],它用於問句
時的詢問域相當於整個概念範圍,也就是說照顧到了所在概念範
圍的每一個點。半量幅詞的量級範圍是[0,0.5],恰好是全量幅詞
的二分之一,所以用半量幅詞詢問時只問到了所在概念範圍的一
半。開頭提到的有標記和無標記現象實際上是詢問域的大小問題。
當我們事先只知道所問對象屬於哪種性質而不知道具體範圍時,
就用全量幅詞詢問,這時的全量幅詞就表現為無標記的。只有事先
已假定性質的範圍是在[0,0.5]區間之內才用半量幅詞來詢問,這
時整個問句的語義具有明顯的傾向性,從而形成了它們的有標記
性。

現在來考察全量幅詞和半量幅詞用於問句的情況。所有的全
量幅詞和半量幅詞都可以用於三類問句中。

問句 1：名＋形＋嗎？

⑦　a. 教室乾淨嗎？

　　a 的詢問域＝$L_1, L_2, L_3, L_4, L_5, L_6, L_7, L_8, L_9, L_{10}, L_{11}$，＋乾淨

　　b. 教室髒嗎？

　　b 的詢問域＝$L_6, L_7, L_8, L_9, L_{10}, L_{11}$＋髒

⑧　a. 游泳安全嗎？

　　a 的詢問域＝$L_1, L_2, L_3, L_4, L_5, L_6, L_7, L_8, L_9, L_{10}, L_{11}$，＋安全

　　b. 游泳危險嗎？

　　b 的詢問域＝$L_6, L_7, L_8, L_9, L_{10}, L_{11}$＋危險

詢問域也就是問話者期待對方回答的範圍，被問者可以直接從詢問域中選擇一個量級加以回答。譬如⑦a 的直接答語可以是"最不乾淨"，"有點不乾淨"，或者"很乾淨"，"十分乾淨"，等等。如果教室是"最髒"、"十分髒"、"很髒"等情況時，在例⑦a 的詢問域中就可以用"最不乾淨"、"十分不乾淨"、"很不乾淨"等語義上分別與之等值的項來進行回答。"安全"的情況與"乾淨"相同，所有全量幅詞都有上述特點。在問句 1 中，全量幅詞都是無標記的。

用例⑦b 和例⑧b 詢問時，問話者是事先已經假定或知道所問對象的性質是"髒的"或"危險的"，可直接回答的量級區間是[0.5，1]。被問者可以在相應的詢問域中選擇一個量級直接加以回答，譬如例⑧b 的直接答語可以是"有點危險"、"很危險"、"最危險"，等等。假如所問對象的性質是"乾淨"的，或者"安全"的，這就超出了例⑦b 和例⑧b 的詢問域，答話者需要先指出對方的詢問域錯了，

然後再在相對的全量幅詞的[0.6,1]區間內選擇一個量級做答。如果用 A 指全量幅詞,B 指半量幅詞,這時的答語結構一般為:

不+B,A。

不,A。

譬如,例⑦b 的可能答語為下邊的例⑨,例⑧b 的可能答語為下邊的例⑩。

⑨　a. 教室不髒,很乾淨。

　　b. 不髒,這教室最乾淨。

　　c. 不,十分乾淨。

⑩　a. 游泳不危險,很安全。

　　b. 不危險,比較安全。

　　c. 不,十分安全。

上述兩例中的 3 個答語的前段都有否定詞"不",作用是指出對方的詢問域錯了。如果直接用"很乾淨"、"十分乾淨"等做答,就會令人感到語氣突兀,或者答非所問。所有半量幅詞都有這個特點,它們在問句 1 中都表現為有標記的。

盡管用全量幅詞提問時詢問域包括了相應的半量幅詞,一般來說也不大用半量幅詞的形式作答。譬如當問"教室乾淨嗎?",直接答語不大會是"教室最髒/很髒"等。說"乾淨"是無標記的是指用它的詞彙形式來表達相對的"髒"的意義,并不是說完全在形式上也替代了"髒"的。"很髒"和"很不乾淨"所表語義相當,但是兩者表述的角度很不相同,前者是從消極的方面講的,後者是從積極的方面講的,它們在應用中也存在着細微的差別,後者比前者在語氣上顯得稍微婉轉一些。

　　用半量幅詞 B 詢問時,如果性質實際上為相應的全量幅詞 A 的[0.5,1]區間的,其答語結構一般是"不＋B,A"。這個 A 只能是跟那個 B 相對的、處於同一概念範圍的全量幅詞,而不能是其它概念的詞。譬如"教室髒嗎?"的答語絕不可能是"不髒,教室很明亮/漂亮/寬敞"等,"游泳危險嗎?"的答語也不會是"不危險,很舒服/很涼快/很鍛煉身體"等。也就是説,用半量幅詞提問時也限制了間接答語的形容詞範圍。這個限制來自於半量幅詞的一個特殊量級"不＋B",該量級相當於一個焊接點,指出了語義上與其緊密相關的另一個詞的的範圍。譬如"不髒"在語義上與"比較乾淨"相當,"髒"用於問句時,該量級的作用是限定答語只能是相同概念範圍的詞"乾淨",也可以認為"不髒"是從髒的性質向乾淨性質過度的關鍵點。

　　問句 2：名＋形＋不＋形？

⑪　a. 教室乾淨不乾淨？

　　a 的詢問域＝$L_1,L_2,L_3,L_4,L_5,L_6,L_7,L_8,L_9,L_{10},L_{11}$＋乾淨

　　b. 教室髒不髒？

　　b 的詢問域＝$L_6,L_7,L_8,L_9,L_{10},L_{11}$＋髒

⑫　a. 游泳安全不安全？

　　a 的詢問域＝$L_1,L_2,L_3,L_4,L_5,L_6,L_7,L_8,L_9,L_{10},L_{11}$＋安全

　　b. 游泳危險不危險？

　　b 的詢問域＝$L_6,L_7,L_8,L_9,L_{10},L_{11}$＋危險

　　可見,全量幅詞和半量幅詞在問句 2 中的情況跟問句 1 中的完全一樣,它們的有標記和無標記的表現形式也自然是一樣的,也就是説,在問句 2 中,全量幅詞是無標記的,半量幅詞是有標記的。

　　問句 2 的直接答語除了其詢問域的各個量級外，還常是光桿形容詞或者加"不"的否定式，譬如"教室乾淨不乾淨"的答語可以是"很不乾淨"、"比較乾淨"、"很乾淨"等，也可以是"乾淨"或者"不乾淨"。跟用程度詞所切分出的各個量級相比，光桿形容詞或者加"不"的否定式的意義更為寬泛，只是指出了性質的大致範圍。

　　問句 3　名＋有多＋形？

⑬　a. 教室有多乾淨？

　　a 的詢問域＝$L_6,L_7,L_8,L_9,L_{10},L_{11}$＋乾淨

　　b. 教室有多髒？

　　b 的詢問域＝$L_6,L_7,L_8,L_9,L_{10},L_{11}$＋髒

⑭　a. 游泳有多安全？

　　a 的詢問域＝$L_6,L_7,L_8,L_9,L_{10},L_{11}$＋安全

　　b. 游泳有多危險？

　　b 的詢問域＝$L_6,L_7,L_8,L_9,L_{10},L_{11}$＋危險

　　問句 3 跟問句 1,2 顯然不同，不論是全量幅詞還是半量幅詞，它們的詢問域都是[0.5,1]，只能照顧到所問概念範圍的二分之一。譬如用例⑬a 提問時，問話者是假定教室是乾淨的，只是乾淨的程度尚不清楚，需要對方加以說明。答話者可以在[0.6,1]區間內選擇一個量級直接加以回答，例⑬a 的可能直接答語是下邊的例⑮，例⑭a 的可能直接答語是下邊的例⑯。

⑮　a. 教室還比較乾淨。

　　b. 很乾淨。

　　c. 十分乾淨。

⑯　a. 游泳很安全。

  b.游泳十分安全。

  c.最安全。

程度詞"太"跟"很""十分"等不大一樣,除了表示程度極高外,還有贊嘆的語氣,一般不作直接答語。

  當問"教室有多乾淨?"時,如直接用"很不乾淨"、"十分不乾淨"、"最不乾淨"等作答,就會顯得答非所問,這時的答語結構一般是:先用否定詞"不"糾正對方的詢問域錯了,然後再來説明情況是屬於"有點不乾淨"、"很不乾淨"還是"最不乾淨"。

  "教室有多不乾淨?"和"教室有多髒?"的詢問域相同,所問的具體語義範圍也一樣。前者的答語可以是"有點不乾淨"、"很不乾淨"等,後者的直接答語可以是"有點髒"、"很髒"等。盡管"有點不乾淨"和"有點髒"在語義上是等值的,前面講過因為詞彙形式上的差異,它們也不大能够自由替換。"乾淨"類的其它各對詞的用法與此相同。

  從以上的分析中也可以看出,"教室有多乾淨"和"教室有多不乾淨"兩個問句的詢問域之和等於"教室乾淨嗎?"或者"教室乾淨不乾淨?"這兩個問句中的其中任何一個的二分之一,"教室有多髒?"也相當於"教室髒嗎?"的或者"教室髒不髒?"的。説"等於"只是一個大致的説法,問句3中的全量幅詞或者半量幅詞都比問句1、2的少一個中點量級"不+形",也不能用光桿形容詞回答。譬如問"教室有多乾淨?"時,直接答語不能是"不乾淨"或者"乾淨"。全量幅詞用於問句3時,缺少中點"不+形"這個焊接點,就不能指出與之相對的另一半語義範圍,這就是形成它們在問句3中的詢問域只是所屬概念的二分之一的原因。

由此可見，在問句 3 中，不論是全量幅詞還是半量幅詞，都保持着自己具體的詞彙意義，即都是有標記的。

10.3.5　從否定的角度發問的句子，全量幅詞加否定詞後的量級範圍是 $[0, 0.5]$，半量幅詞只有 0.5 一個點，它們在各類問句中的詢問域如下。

⑰　a. 教室不乾淨嗎？

　　a 的詢問域 $= L_6, L_7, L_8, L_9, L_{10}, L_{11} +$ 乾淨

　　b. 教室不髒嗎？

　　b 的詢問域 $= L_6 +$ 髒

⑱　a. 游泳不安全嗎？

　　a 的詢問域 $= L_6, L_7, L_8, L_9, L_{10}, L_{11} +$ 安全

　　b. 游泳不危險嗎？

　　b 的詢問域 $= L_6 +$ 危險

例⑰a 的答語可以是"是的，有點不乾淨"、"是的，很不乾淨"等，例⑱a 的答語可以是"是的，有點不安全"、"是的，十分不安全"等。其中的"是的"作用是認同對方的詢問域正確，然後再選取一個合適的量級作答。如果情況是屬於"乾淨"或"安全"性質範圍的，答語的結構也一般是先用否定詞"不"糾正對方的詢問域錯了，然後選取個適當的量級作答，譬如這時例⑰a 的可能答語為："不，很乾淨"，"不，教室最乾淨了"，等等；例⑱a 的可能答語為："不，比較安全"，"不，十分安全"，等等。

例⑰b 和⑱b 的直接答語只能是"不髒"或"不危險"。如果所問的性質是屬於 $[0.6, 1]$ 區間的，就需要先指出詢問域錯了，然後來作答。譬如例⑰b 的可能答語是：

⑲　a. 不，教室很乾淨。

　　b. 不對，這教室最乾淨了。

　　c. 相反，教室十分乾淨。

　　從否定的角度發問時，全量幅詞的詢問域也只能是整個概念範圍的二分之一，具有明顯的傾向性，也是有標記的。而這時的半量幅詞的詢問域更小，只有 L_6 一個量級。這樣就要求，如果要從否定的角度發問，問話者所知道的信息必須更具體，一般是事先已經知道所問對象的性質是在所在概念的二分之一範圍之內或者更小，目的是讓對方證實一下。由此可見，用於否定問句的全量幅詞或半量幅詞都有明確的詞彙意義，因此都是有標記的。

　　呂叔湘在《肯定　否定　疑問》[1]一文中提到，疑問句中除詢問原因外，很少是從否定的角度發問的。上述分析也可以部分解釋這種現象，因為從否定角度發問的句子詢問域比肯定的小，要求問話者對所問對象的性質瞭解得更準確、更具體，這就在很大程度上限制了否定問句的使用頻率。

　　問句 2 就是所謂的正反問句，也就是從肯定和否定兩個角度同時發問的句子，因此不存在單純從否定角度發問的問題。半量幅詞的否定式不能用於問句 3，譬如一般不說"教室有多不髒?"、"游泳有多不危險?"等；全量幅詞的否定式用於問句 3 的詢問域跟在問句 1 中的相當。

　　10.3.6　通過以上分析，可以把"乾淨"類詞的有標記和無標記問題歸納為如下幾種情況。下式中的 A 表示全量幅詞，B 表示半

---

[1]　刊於《中國語文》1985 年第 4 期

量幅詞,N 表示名詞性短語。根據圖一、二的量級模型,"乾淨"類詞
在三類問句中的有無標記情況為:

一、a. N+A+嗎?

A 的詢問域=[0,1]

b. N+B+嗎?

B 的詢問域=[0.5,1]

結論:A 是無標記的,B 是有標記的。

二、a. N+A+不+A?

A 的詢問域=[0,1]

b. N+B+不+B?

B 的詢問域=[0.5,1]

結論:A 是無標記的,B 是有標記的。

三、a. N+有多+A?

A 的詢問域=(0.5,1]❶

b. N+有多+B?

B 的詢問域=(0.5,1]

結論:A 是有標記的,B 是有標記的。

對於"乾淨"類詞來説,詢問域為[0,1]時,照顧到了整個概念
範圍,表現為無標記的;詢問域為[0.5,1]或更小時,只照顧到了整
個概念範圍的二分之一或更小,表現為有標記性。

---

❶ 圓括號"("表示不包括 0.5 這一點。

10.4 "大小"類詞

　　10.4.1　"大小"類詞是表示客觀事物三維性質或質量的各對具有反義關係的形容詞,本節將考察它們的有標記和無標記問題。

　　首先,列表看一下它們量幅上的特點。表中的 L_i 的語義解釋與前同。

	積極成分												消極成分										
	L_1	L_2	L_3	L_4	L_5	L_6	L_7	L_8	L_9	L_{10}	L_{11}		L_1	L_2	L_3	L_4	L_5	L_6	L_7	L_8	L_9	L_{10}	L_{11}
大	−	−	−	−	−	+	+	+	+	+	+	小	−	−	−	−	−	+	+	+	+	+	+
高	−	−	−	−	−	+	+	+	+	+	+	低	−	−	−	−	−	+	+	+	+	+	+
深	−	−	−	−	−	+	+	+	+	+	+	淺	−	−	−	−	−	+	+	+	+	+	+
重	−	−	−	−	−	+	+	+	+	+	+	輕	−	−	−	−	−	+	+	+	+	+	+
寬	−	−	−	−	−	+	+	+	+	+	+	窄	−	−	−	−	−	+	+	+	+	+	+
粗	−	−	−	−	−	+	+	+	+	+	+	細	−	−	−	−	−	+	+	+	+	+	+
厚	−	−	−	−	−	+	+	+	+	+	+	薄	−	−	−	−	−	+	+	+	+	+	+
硬	−	−	−	−	−	+	+	+	+	+	+	軟	−	−	−	−	−	+	+	+	+	+	+
稠	−	−	−	−	−	+	+	+	+	+	+	稀	−	−	−	−	−	+	+	+	+	+	+
濃	−	−	−	−	−	+	+	+	+	+	+	淡	−	−	−	−	−	+	+	+	+	+	+
長	−	−	−	−	−	+	+	+	+	+	+	短	−	−	−	−	−	+	+	+	+	+	+
遠	−	−	−	−	−	+	+	+	+	+	+	近	−	−	−	−	−	+	+	+	+	+	+

　　由上表可以清楚地看出,"大小"類詞的積極成分(表量大的)和消極成分(表量小的)的量幅都是相同的,它們都是半量幅詞。顯然,"大小"類詞跟"乾淨"類詞是很不相同的。但是,這類詞是屬於典型的有標記和無標記問題,譬如絕大多數人類語言都遵循這樣

一條規則,問事物的上下距離時一般只說"有多高",不說"有多低",除非已經假定所問對象是相當低的才會這樣問。既然"大小"類詞的雙方都是半量幅詞,就不能再用量幅的大小來解釋它們的有標記和無標記現象。"大小"類詞的共同語義特徵是表示事物質和量的規定性,這一點是解決問題的關鍵。

10.4.2 客觀存在的事物都具有長、寬、高三維性質,也都具有質量。當我們詢問事物這方面的性質時,必須有一個明確的預設:所問的對象是客觀存在的,它在長、寬、高等方面都有一定的量,也就是說這幾方面的性質不能為0。如果其中一個性質為0,就意味着該對象不存在,那麼就沒有詢問的必要。這種預先假定的"一定的量"下面簡稱為預設量。"大小"類詞用於問句都具有預設量。

每一對"大小"類詞的積極成分的量級和消極成分的量級之和恰好等於所在概念的整個範圍,可圖示如下。

圖四 "大小"類詞的積極成分和消極成分的量級特點

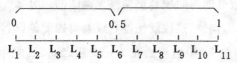

在"大小"類詞中,積極成分是一對詞中表量大、多的一個,譬如高、深、厚等;消極成分是表小、少的,譬如低、淺、薄等。圖一、二是根據可能加的程度詞制的,是表層的;圖三、四是根據語義關係制的,是深層的。

從形式上看,積極成分和消極成分都是半量幅詞,可是它們的語義特徵是很不一樣的。在圖四中,積極成分的上限(右端的邊界)是個無窮大的量,譬如不論物體有多大都屬於“大”的概念範圍,它的下限(L_6)是相對的消極成分的上限(L_6),表現為“不大”和“不小”重合為一點。對於消極成分來說,它的上限是積極成分的下限,它的下限為 0。

消極成分的上限是個具有伸縮性很大的模糊量,可以用“一定的量”來替代它。不失為一般性,設消極成分的上限為預設量。屬於“大小”類的任何一對詞共同組成一個特定的概念範圍,積極成分的量幅加上預設量總能覆蓋所在的整個概念空間,而消極成分的量幅加上預設量後不會超過消極成分的上限(L_6)。那麼,有下式:

$$積極成分的量幅＋預設量＝[0,1] \qquad (1)$$

$$消極成分的量幅＋預設量＝[0,0.5] \qquad (2)$$

(1)式表明,積極成分的量幅加上預設量後其值域為[0,1],所以用它詢問時能照顧到整個概念範圍,這樣就形成了它的無標記性。(2)式說明消極成分加上預設量後量級範圍不變,仍為[0,0.5]。所以,消極成分的詢問域為整個概念範圍的二分之一,語義上帶有一種明顯的傾向性,這樣就使得它成為有標記的。(1)(2)式的情況就好比有兩組人,甲組年齡在 1—25 歲之間,乙組年齡在 25—80 歲之間,甲組添上 25 歲以下的人後它的成員的年齡段仍然不變,所包含的仍是青少年;乙組加上 25 歲以下的人後,它的成員年齡段寬了,原來是中老年人,加上了青少年後,現在各種年齡段的人都有了。

現在來考察“大小”類詞用於三類問句的有標記和無標記情況。

問句 1　名＋形＋嗎？

⑳　a. 小趙高嗎？

　　a 的詢問域＝$L_6,L_7,L_8,L_9,L_{10},L_{11}$＋高

　　b. 小趙矮嗎？

　　b 的詢問域＝$L_6,L_7,L_8,L_9,L_{10},L_{11}$＋矮

㉑　a. 那棵樹大嗎？

　　a 的詢問域＝$L_6,L_7,L_8,L_9,L_{10},L_{11}$＋大

　　b. 那棵樹小嗎？

　　b 的詢問域＝$L_6,L_7,L_8,L_9,L_{10},L_{11}$＋小

　　在問句 1 中，積極成分和消極成分的詢問域都是整個概念範圍的二分之一，都有明確的詞彙意義，即它們都是有標記的。上述問句⑳a 是已假定小趙是高的而需要對方證實一下或說明一下高的程度才會這樣問，㉑a 是已假定樹是大的才會這樣問。⑳a 的詢問域不包括相對的消極成分“矮”的性質，如果小趙實際上是很矮的，答語就要首先指出詢問域錯了，再進行回答，譬如“不，他很矮”。㉑a 的情況也是如此，如果樹是小的，答語的結構一般是“不，樹很小”等。例⑳b 和㉑b 也都不能包括各自相對的概念“高”和“大”。由此可知，用於問句 1 中的積極成分和消極成分都是有標記的。

　　問句 2　名＋形＋不＋形？

㉒　a. 小趙高不高？

　　a 的詢問域＝$L_6,L_7,L_8,L_9,L_{10},L_{11}$＋高

　　b. 小趙矮不矮？

　　b 的詢問域＝$L_6,L_7,L_8,L_9,L_{10},L_{11}$＋矮

㉓　a. 那棵樹大不大？

a 的詢問域＝$L_6, L_7, L_8, L_9, L_{10}, L_{11}$＋大

b. 那棵樹小不小？

b 的詢問域＝$L_6, L_7, L_8, L_9, L_{10}, L_{11}$＋小

問句 2 的積極成分和消極成分的詢問域跟問句 1 相同，它們的有標記和無標記情況也完全一致，即問句 2 的積極成分和消極成分都是有標記的。

問句 3　名＋有多＋形？

㉔　a. 小趙有多高？

a 的詢問域＝[預設量＋$(L_6, L_7, L_8, L_9, L_{10}, L_{11})$]＋高

$$＝\{[0,0.5]+[0.5,1]\}＋高$$

$$＝[0,1]＋高$$

b. 小趙有多矮？

b 的詢問域＝[預設量＋$(L_6, L_7, L_8, L_9, L_{10}, L_{11})$]＋矮

$$＝\{[0,0.5]+[0,0.5]\}＋矮$$

$$＝[0,0.5]＋矮$$

㉕　a. 那棵樹有多大？

a 的詢問域＝[預設量＋$(L_6, L_7, L_8, L_9, L_{10}, L_{11})$]＋大

$$＝\{[0,0.5]+[0.5,1]\}＋大$$

$$＝[0,1]＋大$$

b. 那棵樹有多小？

b 的詢問域＝[預設量＋$(L_6, L_7, L_8, L_9, L_{10}, L_{11})$]＋小

$$＝\{[0,0.5]+[0,0.5]\}＋小$$

$$＝[0,0.5]＋小$$

問句 3 是含有預設量的,用於其中的積極成分自身的詢問域加上預設量後,可照顧到整個概念範圍[0,1],譬如例㉔a 是客觀詢問,包括"矮"的性質在內的任何高度都問到了;例㉕a 也是客觀詢問,包括"小"在內的任何程度都問到了。因此,用於問句 3 的積極成分都是無標記的。再譬如"有多深"、"有多厚"、"有多遠"中的形容詞都是積極成分,也都是無標記的。消極成分在問句 3 中顯然都有明確的詞彙意義,譬如例㉔b 只有事先假定小趙的個子是相當矮的情況下才會這樣問,例㉕b 是事先假定那棵樹是很小的才會這樣問。"有多淺"、"有多薄"、"有多近"等中的消極形容詞都是有標記的。總之,問句 3 的積極成分都是無標記的,消極成分都是有標記的。

"大小"類詞用於問句 1,2 時,答語只能是"程度詞+形"表模糊量的詞組,不能是具體的數字;而它們用於問句 3 時,答語既可以是模糊量詞組,也可以是精確的數字。譬如,當問"小趙高嗎?"時,答語可以是"比較高"、"很高"、"十分高"等,而不能是"1.7 米高"、"1.8 米高"等。當問"小趙有多高?"時,答語既可以是"比較高"、"很高"、"十分高"等,又可以是"她有 1.7 米高"、"她有 1.8 米高"等。對於具體的事物比如"人"來說,具體數字也有一個限制的範圍,"小"不可能無限地"小"、"大"不可以無限地"大",但是,從理論上看,可以在大於 0 的所有數字中取值。下面用 x 代替具體的數字,A 表示積極成分,B 表示消極成分,那麼它們用於問句 3 時取值範圍為下式:

$$x(x>0)+A \tag{1}$$

$$x(一定的量>x>0)+B \tag{2}$$

積極成分前的 x 可以大於 0 的任何數字,消極成分前的 x 只能取
小於"一定的量"大於 0 的值。這種取值上的差異是積極成分的無
標記和消極成分的有標記的表現形式,積極成分可以通過自由取
值包括相對的消極成分的性質,而消極成分則不能。在 10.3 中談
到,"乾淨"類的積極成分通過其否定式加程度詞的方法包括了相
對的消極成分的涵義,因此它們在問句 1、2 中是無標記的;而"大
小"類詞都是半量幅詞,其積極成分在問句 3 中可以通過加具體數
字的辦法表示相對的消極成分的性質,從而表現為無標記。

"大小"類詞的量上特徵是形成它們有標記和無標記的原因。
問句 3 詢問事物三維性質時,都具有預設量,預設量彌補了"大小"
類詞的積極成分的詢問域上的空缺。預設量的伸縮性是很大的,
"小"可以無限地逼近 $0(\neq0)$,"大"可以是相當高的程度,所以總
可以填補積極量詞在詢問域中留下的空缺。另外,"大小"類詞在問
句 3 中必須有預設量,因為沒有預設量就意味着所問的客體不存
在,而這時就不可能有 3 類問句了。

10.4.3 "大小"類詞的有標記和無標記現象還有以下四個特
點。

(一)只有那麼 A=只有這麼 B,例如:

㉖ a. 只有那麼大=只有這麼小

b. 只有那麼高=只有這麼低

c. 只有那麼長=只有這麼短

d. 只有那麼寬=只有這麼窄

例㉖a 各式的語義中心是等式右邊的,左端的"大"、"高"、"長"、
"寬"等都偏移為相對的消極成分的意義,可以認為這時它們都是

無標記的。其它類的形容詞都沒有上述等式，譬如"只有那麼乾淨≠只有這麼髒"、"只有那麼安全≠只有這麼危險"等等。

（二）由"積極成分＋度/量"構成的復合詞可示表示事物的量度。譬如，高度、深度、寬度、長度、厚度、硬度、濃度、密度、重量。"積極成分＋消極成分"也可以表示事物的度量，譬如大小，多少，粗細，稠稀，快慢，遠近，等等。單獨的消極成分無這種用法。

有趣的是，表示冷熱的量度的詞既不是"熱度"又不是"冷度"，而是"溫度"。原因是，"冷"和"熱"之間的量上關係跟"大小"類的很不相同，如果以 0°作為中點，0°以下的都是"冷"的性質，不管溫度是員多少度都屬於"冷"的範疇，即"冷"的上限是員無窮大的量；0°以上的都是"熱"的性質，不管是 0 上多少度都屬於"熱"的範疇，即"熱"的上限也是個無窮大的量。"熱"和"冷"之間沒有消極和積極之分，兩者在任何情況下都不能包括對方的範圍，即都是有標記的，而"高度"等的復合詞第一個詞素都必須是無標記的，這時就選用兼有"冷"、"熱"兩種性質的"溫"來作為表冷熱量度的復合詞的第一個詞素。

（三）"够＋積極成分"中的積極成分是無標記的。例如

㉗　a.窗簾够寬了

　　b.繩子够長了。

　　c.棍子够高了。

　　d.紙够厚了。

例㉗中的各例分別是指"寬度"、"長度"、"高度"、"厚度"達到某種要求。消極成分用於"够＋形"結構都有具體的詞彙意義，都是有標記的，譬如"窗簾够窄了"和"繩子够短了"中的"够窄"和"够短"意

為"很窄"和"很短"。

（四）"數量成分／名詞成分＋積極成分"中的積極成分都是表示客觀量度，沒有具體的詞彙意義，是無標記的。例如：

㉘　a. 這張桌子有四尺長。

　　b. 那口井有三丈長。

　　c. 這個東西有豌豆大。

　　d. 那棵樹有碗口粗。

消極成分都沒有例㉘的用法，譬如不能説"這桌子有四尺窄"、"那口井有三丈淺"等。

10.4.4　"大小"類詞都是表示事物三維性質的，由以上的分析可以看出，它們有共同的有標記和無標記表現形式是因為它們有共同的量上特徵。凡是有共同的量上特徵的詞，即使不是表示事物的三維性質，也具有同樣的有標記和無標記表現形式。也就是説，決定詞義有標記和無標記現象的本質是它們量上的特徵，而不是哪一方面的意義。譬如"貴"和"便宜"與"大小"類詞的量上特徵相同，"便宜"的下限為 0 圓錢（≠0），上限為一定的錢數；"貴"的下限是"便宜"的上限，其上限是個開放的量。在第三類問句中，問"這東西有多貴？"也有一個預設量，即假定"這東西"是花了一定的錢買來的，"貴"的詢問域加上這個預設量後就照顧到了"便宜"的性質，這時的"貴"表現為無標記的。當問"這東西有多便宜？"時，是事先已知道或假定所問的對象是相當便宜的，可見"便宜"是有標記的。"貴"在第三類問句中答語的情況也與"大小"類的相同，可以用具體的數量成分 $x(x>0)$ 作答，也是通過 x 的自由取值來表示相對的"便宜"的性質。"貴"在問句 1、2 中也是有標記的，這與"大小"類詞的情況一樣,譬如"這東西貴嗎?"和"這東西貴不貴?"兩個問句都是詢問價錢高這種性質的。

10.4.5 "乾淨"類詞跟"大小"類詞在有標記和無標記問題上形成了鮮明的對立:在問句1、2中,"乾淨"類的全量幅詞是無標記的,半量幅詞是有標記的;而"大小"類詞的積極成分和消極成分都是有標記的。在問句3中,情況恰好相反,"大小"類的積極成分是無標記的,消極成分是有標記的;而"乾淨"類的全量幅詞和半量幅詞都是有標記的。

1和2類問句是沒有預設量的問句,用於其中的各類形容詞的詢問域就是它們量幅自身。3類問句對於表事物三維性質和質量的形容詞是有預設量的,這就是形成"大小"類詞積極成分無標記性的原因。

10.5 "旱澇"類詞

10.5.1 "旱澇"類詞有反義關係的兩個成分表面上看起來跟"大小"類是一樣的,都是半量幅詞,而實際上它們的深層語義上的量性特點是很不一樣的。現把這類詞列表如下:

	L_1	L_2	L_3	L_4	L_5	L_6	L_7	L_8	L_9	L_{10}	L_{11}		L^1	L^2	L^3	L^4	L^5	L^6	L^7	L^8	L^9	L^{10}	L^{11}
旱	−	−	−	−	−	+	+	+	+	+	+	澇	−	−	−	−	−	+	+	+	+	+	+
熱	−	−	−	−	−	+	+	+	+	+	+	冷	−	−	−	−	−	+	+	+	+	+	+
生	−	−	−	−	−	+	+	+	+	+	+	熟	−	−	−	−	−	+	+	+	+	+	+
鹹	−	−	−	−	−	+	+	+	+	+	+	淡	−	−	−	−	−	+	+	+	+	+	+
肥	−	−	−	−	−	+	+	+	+	+	+	瘦	−	−	−	−	−	+	+	+	+	+	+
乾	−	−	−	−	−	+	+	+	+	+	+	濕	−	−	−	−	−	+	+	+	+	+	+

　　"旱澇"類詞有兩個顯著的特點：(1)從意義上看，每一對詞很難說哪一個是積極的，哪一個是消極的；(2)每對詞中的兩個成分的量級上限都是開放的，都是個無窮大的量，兩者共用一個下限。為了便於用幾何圖形表示"旱澇"類詞的量級特點，把其中一個上限定義為−∞。

圖五　"旱澇"類詞的量級特點

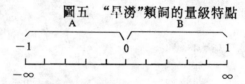

　　"旱澇"類詞的量級特點決定了，每對詞的任何一方用於所有3種問句中，其詢問域都不能照顧到相對的另一方，表現為雙方都有具體的詞彙意義，這樣就形成了"旱澇"類詞在任何情況下都是有標記的特點。例如：

　　㉙　A　a. 今年北方旱嗎？

　　　　　　b. 今年北方旱不旱？

　　　　　　c. 今年北方有多旱？

　　　　B　a. 今年北方澇嗎？

　　　　　　b. 今年北方澇不澇？

　　　　　c. 今年北方有多澇?

⑳A　　a. 今年上海冷嗎?

　　　　b. 今年上海冷不冷?

　　　　c. 今年上海有多冷?

　　B　a. 今年上海熱嗎?

　　　　b. 今年上海熱不熱?

　　　　c. 今年上海有多熱?

例⑳的 6 個問句都是已知上海是冷的或熱的,但尚不知道程度如何,需要問一下;或者是事先假定那裡是冷的或熱的,要求對方證實一下。如果對冷熱情況事先沒有任何了解,只能問"今年上海的氣溫怎麼樣"一類的話。再比如,面對一盆水,如果不知道它的溫度,只能問"這盆水是熱的還是冷的",只有已知道或者企望它是熱的,但不清楚熱的程度時,才會問"這水熱嗎?"或者"這水有多熱"。

　　"旱澇"類詞都是有標記的,這一點也可以從它們的答語中看出來。"乾淨"類詞的積極成分都是全量幅的,其用於問句1、2的直接答語可以是從"最不"到"最"的十一個量級中的任何一個,這包括了相對的消極成分的語義範圍,因此表現為無標記的;而"旱澇"類詞的雙方都是半量幅,加"不"後都不能再用程度詞切分,在問句1、2的答語中都照顧不到對方的語義範圍,因此都表現為有標記的。"大小"類詞的積極成分在問句 3 中是通過可以自由取值(x＞0)來表示相對的消極成分的性質,從而表現為無標記性;而"旱澇"的答語中不能有"三尺長"、"兩丈深"這類數量結構,譬如不能說"40°熱"、"－28°冷"等,所以它們也無法通過數字來表示相對的性質。"旱澇"類詞的上限都是一個開放的量,它們中點定為 0,其中的兩個成分可有正員值之分,因此,盡管該類詞在問句 3 中的答語可以是數量成分,但是,要麼只能在正數範圍裡取值,要麼只能在員數範圍裡取值;這點跟"大小"類的很不一樣。譬如問"有多熱"只能在 0 上取值,問"有多冷"只能在 0 下取值[❶]

10.6　有標記和無標記的語義條件

有標記和無標記對立的一組反義詞必須滿足這樣一個條件:兩者的語義範圍之和等於整個概念範圍。這只是個必要條件,不是充分條件,也就是說不滿足這個條件的一對反義詞一定不存在有無標記的問題,滿足該條件的也可能有也可能沒有。"乾淨"類的全量幅詞和半量幅詞的語義關係如圖 1,"大小"類的積極成分和消極成分的關係如圖 2。"旱澇"類的各對詞之間的語義關係也可歸入圖 2。大圈表示整個概念範圍。

不滿足上述語義條件的以及不成對的形容詞不存在有無標記的問題,這些詞在任何條件下都有自身的詞彙意義,都是有標記的。例如:

○31　A　a.這瓶顏色黑嗎?

---

❶　這裡的"0 上"和"0 下"與溫度計的不同,"0 上"指熱的性質,"0 下"指冷的性質,"0"指溫的性質。

    b. 這瓶顏色黑不黑？

    c. 這瓶顏色有多黑？

   B a. 這瓶顏色白嗎？

    b. 這瓶顏色白不白？

    c. 這瓶顏色有多白？

㉜ A a. 那盤菜香嗎？

    b. 那盤菜香不香？

    c. 那盤菜有多香？

   B a. 那盤菜臭嗎？

    b. 那盤菜臭不臭？

    c. 那盤菜有多臭？

㉝ A a. 那塊板圓嗎？

    b. 那塊板圓不圓

    c. 那塊板有多圓？

   B a. 那塊板方嗎？

    b. 那塊板方不方？

    c. 那塊板有多方？

雖然人們常把“黑”和“白”看作反義詞，但是它們兩個量級相加只是色譜上的一部分，不能覆蓋顏色概念的整個範圍，另外還有紅、黃、藍、綠等，所以凡是表顏色的詞在問句中都是有標記的。例㉛中的“黑”和“白”都有明確的詞彙意義，是有標記的。“香”和“臭”的情況也一樣，除此之外表示味覺的詞還有甜、酸、苦、澀、辣等，因此它們用於問句也不能覆蓋味覺概念的範圍，在例㉜中的也都表現為有標記的。表示物體幾何形狀的詞除了“圓”和“方”外，還有三角

形、橢圓、菱形、五角星等,跟前兩種的原因一樣,例㉝中的"圓"和
"方"也是有標記的。

有一類形容詞沒有專職的反義詞,或者乾脆找不到合適的反
義詞,它們在任何情況下都保持着自己的詞彙意義,都是有標記
的。例如:

棒　扁　潮　脆　毒　粉　乖　狠　僵

焦　爛　亂　滿　悶　猛　嫩　粘　全

傻　淺　燙　歪　旺　穩　正　斜　油

勻　準　妥當　硬朗　圓滿　正當　實在

順當　痛快　淒涼　奇怪　清白　粘乎

平安　平穩　樸實　流氣　馬虎　精神

譬如,當問"昨天的足球比賽棒嗎?"、"昨天的足球比賽棒不棒?"、
"昨天的足球比賽有多棒?"時,其中的"棒"都是有明確的詞彙意
義,也都是有標記的。

10.7　定量形容詞的問句

10.7.1　定量形容詞都不能用於前面所討論的 3 類問句,但
可以用於下述兩種問句:

問句 4　名＋是＋形＋的＋嗎?

問句 5　名＋是＋不＋是＋形＋的?

問句 4、5 分別是從問句 1、2 變形來的。前文所討論的可用於問句
1、2 的形容詞也都可用於這裡的問句,譬如"教室是乾淨的嗎?"、
"教室是不是乾淨的?"。而定量形容詞卻只能用於這兩個問句。下

面我們來考察具有反義關係的定量形容詞用於問句 4、5 的情況。

問句 4

㉞　a. 他的主任是正的嗎？

直接答語：是的；是正的；不是；不是正的；

間接答語：不，是副的。

　b. 他的主任是副的嗎？

直接答語：是的；副的；不是，不是副的；

間接答語：不，是正的。

問句 5

㉟a. 他的主任是不是正的？

直接答語：是的；是正的；不是；不是正的；

間接答語：不，是副的。

　b. 他的主任是不是副的？

直接答語：是的；副的；不是；不是副的；

間接答語：不，是正的。

例㉞和㉟的答語只有兩個值：是與非。正和副之間的關係就是邏輯學上的矛盾關係，肯定一方必然否定另一方，否定一方必然肯定另一方。譬如對於主任來說，是正的必然不是副的，不是正的必然是副的，反之亦然。具有矛盾關係的一對反義詞都是範圍明確、界限分明，一般都是定量的，譬如男－女、單－夾、雌－雄、陰性－陽性、有限－無限等，它們用於問句 4、5 中與"正"和"副"的相同。

例㉞a 的答語"不是正的"和"是副的"在語義上是等值的，但是前者可以直接來回答，後者需先用否定詞"不"糾正對方的詢問域錯了然後再來作答。原因是受詞彙形式標誌的限制，"副的"和問

句中的"正的"詞形不一致,用"副的"作答時就需要先用否定詞
"不"來實現這個詞形上的變換。還需要注意的一點是,例㉞a的間
接答語的後段不能是員判斷,即不能為"是的,不是員的",盡管從
邏輯上講"不是員的"跟"是正的"是等值的,可是它們在應用中卻
不能自由替換。由此可見,答語不僅受詢問域的限制,也受詞彙形
式上的約束,直接答語一般要求採用與問句相一致的詞彙形式,變
換詞形時需要用否定詞"不"過度,而且不同的詞形只限於用肯定
式,不能用否定式。無標記實際上是語義上的包含問題,因此可以
把"正"和"副"在問句4、5中的情況看做是互為無標記的,因為各
自取否定的值時都恰好是對方的語義範圍。

通常把本章所討論的5類問句都叫做是非問句,這是很欠妥
當的。如把問句4、5歸入是非問句還是比較合適的,因為它們只有
兩個值"是"與"非(不是)"。前3類問句都是多值的,它們的目的是
詢問性質的程度的,這一點也可以從用於其中的形容詞的類型只
能是可用程度詞修飾的非定量成分上看出來。相應地可以把前3
類問句稱之為"程度問句"。

10.7.2 還有一類具有反義關係的定量形容詞,每對所表達
的概念意義在邏輯上處於反對關係的兩個極端。在答語中,肯定一
方必否定另一方,但否定一方不能肯定另一方,因為有第三者的可
能。這類沒有上邊的"正"和"副"在問句中的互為無標記的用法,它
們都是有標記的。從語義上看,這類詞也不滿足10.6所講的具有
無標記現象的條件,兩個詞的語義範圍之和不等於整個概念範圍。
屬於這一類的詞有優-良-差、上-中-下、正-零-員、長期-
中期-短期、大型-中型-小型等。例如:

㊱　A　a. 他的成績是優嗎？

　　　　b. 他的成績是不是優？

　　B　a. 他的成績是差嗎？

　　　　b. 他的成績是不是差？

例㊱中的"優"和"差"都不能問及對方，是有標記的。

　　一些具有反義關係的動詞也可以歸入這一類，它們也具有中間狀態，用於問句中都不能照顧到對方的語義範圍，因此都是有標記的。這類的詞有勝－和－敗、輸－平－贏、批評－不批評不表揚－表揚、高興－平靜－傷心、笑－態度正常－哭等。例如：

㊲　A　a. 領導批評你了嗎？

　　　　b. 領導是不是批評你了？

　　B　a. 領導表揚你了嗎？

　　　　b. 領導是不是表揚你了？

例㊲中的"批評"和"表揚"都照顧不到對方的語義範圍，譬如 B 的兩個問句的詢問域只有兩個值："表揚了"和"沒表揚"，是前者自然不會是相對的"批評"義，是後者也不一定是"批評"，因為還有"不理會"這種中間狀態的存在；A 中"批評"的情況也是同樣。由此可見，具有反義關係的動詞大都是有標記的。

10.8　英語中的有標記和無標記與問句類型的關係

10.8.1　跟漢語前三類問句相對應的英語問句是：

Ⅰ. Be＋N＋adj?

Ⅱ. Do＋pro＋know＋whether＋N＋be＋adj＋or＋not?

Ⅲ. How＋adj＋be＋N?

上邊的句型Ⅰ相當於漢語中的問句1，句型Ⅱ相當於漢語中的問句2，句型Ⅲ相當於漢語中的問句3。下面來考察一下英語中表示事物三維性質的詞用於三類問句的語義特點。

㊳　　A　a. Is the tree high?

　　　　　b. Do you know whether the tree is high or not?

　　　　　c. How high is the tree?

　　　B　a. Is the tree low?

　　　　　b. Do you know whether the tree is low or not?

　　　　　c. How low is the tree?

㊴　　A　a. Is the well deep?

　　　　　b. Do you know whether the well is deep or not?

　　　　　c. How deep is the well?

　　　B　a. Is the well shallow?

　　　　　b. Do you know whether the well is shallow or not?

　　　　　c. How shallow is the well?

以上兩個用例的 high 和 deep 不僅跟漢語的"高"和"深"在意義上分別對應，而且有無標記的表現形式也完全一致。例㊳和㊴A組 a、b 兩個問句中的 high 和 deep 都是有具體的詞彙意義，前者意為 of great upward extent，後者義 extending far down，答語只能是性質程度如何或者屬不屬於這些性質，因此兩者都是有標記的；A組的 c 問句都是對上下距離的客觀詢問，這時 high 的詞義轉化為

measurement from bottom to top，deep 的詞義轉化為 distance from
the top down，它們的答語都可以用"number＋adj."結構，譬如例㊳
A 組 c 句的答語可以是"2 feet high"、"100 feet high"，例㊴A 組 c 句
的答語可以是"0.5 metre deep"、"18 metre deep"。可見，high 和 deep
也都是無標記的，它們的具體表現形式也與漢語的一樣，都是可以
自由取值(x＞0)來分別表示相對的性質 low 和 shallow。例㊳和㊴
中 B 組問句中的 low 和 shallow，都保持着自己的詞彙意義，在三種
問句中都是有標記。

英語中的三維性質形容詞不僅表現形式跟漢語的一樣，而且
形成的原因也都是一致的。客觀事物都具有三維性質和質量，當詢
問這方面性質時都必須有個預設量。我們全人類都生活在同一客
觀世界，都必須遵循這條規則，因此絕大多數語言的表三維性質的
積極成分都有無標記用法，消極成分都是有標記的。

10.8.2 英語的三維性質形容詞中的積極成分都具有名詞的
形式，表示事物的客觀量度。

例如：

> width ： measurement from side to side
>
> length： measurement from end to end
>
> height： measurement from bottom to top
>
> depth ： distance from the top down
>
> thickness：quality or degree of being thick

當然，漢語和英語相對應的詞在意義上的細微差別也可能形
成有無標記用法上的不同。譬如"重"可以組成復合詞"重量"表示
事物質量的大小，英語的跟"重"相當的詞是 heavy，而它卻不能象

wide、long 等那樣有名詞的形式表示事物的量度,英語中義為"重量"的詞是 weight。為什麼會有這些差異呢? 漢語中"重"的涵義是"重量大",英語中的 heavy 義為 of great or unusually hight weight,❶ 譯為漢語就是"很大的重量或者非常大的重量"。漢語中的"重"和"輕"語義範圍之和可以覆蓋表示事物質量大小的整個概念範圍,根據 10.6 所講的具有無標記現象的語義條件,"重"在問句 3 中❷和復合詞"重量"中都包括了相對的性質"輕",表示為無標記的。而英語中的 heavy 是表一種極端的程度,它和 light 的語義範圍之和不等於整個概念,中間留有空缺,譬如"有點大/有些大/比較大的重量"等這些量級都照顧不到,因此 heavy 沒有名詞形式來表示質量的大小,這時就用了中性詞 weight 來替代。我們猜想"How heavy is it?"中的 heavy 也是有具體的詞彙意義,而且它也不能用於"number+adj"結構之中。總之,heavy 不符合 10.6 所講的具備無標記現象的語義條件,因此在任何條件下都表現為有標記的。

10.9 結論

形容詞在問句中的有標記和無標記問題實際上是詢問域大小的問題。如果有反義關係的一對詞其中一個的詢問域包括了另一個的,這時它就表現為無標記的,另一個則是有標記的。形容詞的量上的特點是形成有標記和無標記現象的決定因素,有相同量上

---

❶ 據 THe Pocket Oxford Dictionary, Oxford University Press, 1984.
❷ 譬如,這稿子有多重?

特點的一對詞在有無標記的表現上總是一致的。

　　漢語形容詞的有標記和無標記現象是由各類詞的量級特點和疑問句型相互作用、縱橫交錯形成的。看起來令人難以捉摸，實際上它們之間的關係是井然有序的。可以簡單概括為以下三種情況。

　　（一）"乾淨"類詞的全量幅詞在問句 1、2 中是無標記的，在問句 3 中是有標記的；半量幅詞在 3 類問句中都是有標記的。

　　（二）"大小"類詞的積極成分在問句 3 中是無標記的，在問句 1、2 中是有標記的；消極成分在 3 類問句中都是有標記的。

　　（三）"旱澇"類詞在 3 類問句中都是有標記的。

　　有標記和無標記是人類語言中的一個普遍現象，它是在同樣一條客觀規則的制約下產生的，因此對漢語有關的現象的解釋同樣適用於其它語言。

第十一章　結語

11.1 肯定和否定對稱與不對稱的類型

　　前文我們討論了各種各樣的肯定和否定對稱與不對稱的情況,概括起來有下面幾種類型。

　　(一)肯定和否定對稱的成分。各類詞中的非定量成分都可以自由地用於肯定結構和否定結構之中,可以稱之為肯定和否定對稱的。用一個幾何圖形來表示,圓A代表肯定式,圓B代表否定式

（下同），該類詞是關於綫段 L 對稱的。

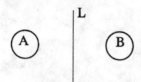

（二）只用於肯定結構的成分。這類成分是從兩個方面劃分出來的：（1）根據自然語言肯定和否定的公理，語義程度極高的詞只能用於肯定結構。對於動詞，那些對其後的賓語有特殊量上要求的，則是定量的；對於形容詞，那些不能用程度詞劃分出一系列大小不等的量級的是屬於定量的；對於名詞，不能用數量成分自由修飾的是定量的；對於量詞，其前的修飾語數詞不能自由替換的是定量，等等。盡管定量成分在不同的詞類中具體表現形式不一樣，但它們在實質上是相通的，都是量上有特殊的限制，它們的肯定和否定也都受到制約，只用於肯定結構之中。自然語言肯定和否定的公理是意義上的判別標準，定量和非定量是形式上的標準，兩種方法的判別角度不同，但結果是一致的，用公理劃分出的只用於肯定結構的詞語也都有特殊量上的要求，屬於定量成分之列。當意義標準和形式標準發生冲突時，以形式判別的結果為準。該類詞可圖示如下。

（三）只用於否定結構的成分。這類成分主要是根據自然語言肯定和否定的公理判別出來的。語義程度極小的詞一般只用於否

定結構,語義程度比較小的多用於否定結構。也可以用否定範圍的規律來解釋這種現象形成的原因。根據該規律,自然語言的否定都是差等否定,對最小一個量的否定,等於完全否定。因此,在一組概念義相同的詞中,語義程度最低的那一個否定範圍最大,相當於完全否定,所有各詞語的完全否定式都只能有這一個語義程度最低的詞擔任。這樣長期使用的結果就形成了語義程度極低的詞只用於或多用於否定結構的現象。該類詞可圖示如下

(四)肯定式和否定式的語義變異。表面上看起來,有些詞既有肯定式,又有否定式,而實際上位於肯定式和否定式的同一個詞形在意義上已經發生了變化。這類詞也都是肯定和否定不對稱的。該類詞可圖示如下。

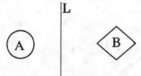

(五)肯定式和否定式的頻率差別。盡管有些詞既可用於肯定式又可用於否定式,但是使用於兩種結構的頻率差別懸殊。一般來說,一個詞的否定式的使用頻率不會高於它的肯定式的,如果否定式高於其肯定式的就值得注意,否定式的頻率顯著高於其肯定式的就可以歸為肯定和否定不對稱類,譬如第三章所討論的"得"字短語的否定式和肯定式之比為 50:1。這種現象也可以用自然語言肯定和否定的公理來解釋,凡是多用於否定結構的詞都是語義程

度比較低的。語義程度的高低跟用於肯定式或否定式的頻率的高低是緊密相關的,隨着語義程度由低到高的變化,其用於肯定式的頻率則由低到高隨之變化,而用於否定式的頻率也由高到低發生變化。本書只討論了否定式多於肯定式的頻率不對稱現象,我們預測同時也存在一類肯定式多於其否定式的現象,而且它們的語義程度也接近於極高的。驗證這個猜測需要大量統計工作,將來條件合適時再來做這個工作。該類詞可以圖示如下。

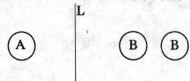

(六)羨餘否定。這類現象又分為兩種:(1)否定式的意義等同於肯定式的,即否定詞是多餘的,所表示的是肯定式的涵義;(2)肯定式的意義等同於否定式的,否定詞仍有實際的涵義,所表示的是否定式的涵義。第二種情況準確地説空缺否定。完完全全多餘的

否定詞是沒有的,它們大都具有加強語氣的作用。可圖示如上。

11.2 詞語的量上特徵與其句法之關係

11.2.1 先列出名詞、動詞和形容詞三類詞中各自的若干具有代表性的詞,然後根據幾項句法指標來考察三類詞的異同。

名詞： 人 書 碗 水 紙 燈 筆 馬

　　　 土 布 面粉 蔬菜 房子 書桌

動詞： 看 聽 說 走 跑 坐 吃 唱

　　　 念 買 學習 勞動 討論 發現

形容詞：好 長 快 明 和順 孤獨

　　　 憨厚 親切 零碎 乾脆 籠統

句法特徵	名	動	形
1. 能否用數量詞稱數	＋(前)	＋(後)	－
2. 能否用程度詞修飾	－	－	＋
3. 能否用"沒"否定	＋	＋	(＋)
4. 能否用"不"否定	＋	＋	＋
5. 能否作動詞賓語	＋	(＋)	－
6. 能否作介詞賓語	＋	(＋)	－
7. 能否作句子主語	＋	＋	＋
8. 能否作定語	＋	＋	＋
9. 能否直接作謂語	－	＋	＋
10. 能否重疊	(＋)	＋	＋

　　上表中，"＋"表示有該項特徵，"(＋)"表示部分有該項特徵，"－"表示沒有該項特徵。

　　一般的語法專著和高等學校教材給名詞、動詞和形容詞所列的語法特徵不外乎表中的10條。名詞跟動詞在1、2、3、7、8等五個特徵上完全一致，在5、6、10等三個特徵上部分一致，兩類詞共計六個半特徵是一樣的。動詞跟形容詞在4、8、9、10等四個特徵上完全一致，加上第3個部分一致，共有四個半特徵相同。再來看一下名詞跟形容詞之間的關係，它們在第8項特徵上一致，加上3、10兩個部分一致的特徵，共有兩條特徵是一致的。由此可以得出如下結論：名詞和動詞的句法最密切，動詞和形容詞的次之，名詞和形容詞的最遠。這個結果是很令人驚奇的。絕大多數學者都認為動詞和形容詞之間的關係最密切，甚至有人把它們歸為一個類“謂詞”❶。的確，單獨就能否做謂語這一項指標來說，動詞跟形容詞是一致的，同時又跟名詞有明確的區別，但是，把所有的特徵都拿來比較的話，結果就出人意料之外。為什麼會形成這種現象呢？

就各類詞的量上性質來看，名詞只有離散性而沒有連續性；動詞最典型的特徵是離散的，同時也兼有連續性；形容詞最典型的特徵是連續的，部分的兼有離散性。正是各類詞之間的量上特徵決定了三類詞之間的親疏關係。名詞和動詞都是離散性的，也就是它們都能劃分出明確的單位或個體，因此它們都可以用數量詞稱數，也都可以用離散量否定詞“沒”否定。它們的“作介詞賓語”、“作動詞賓語”、“作句子主語”等三項特徵，也都是由其量上的離散性質決定的。主語一般是行為動作的發出者（施事），賓語一般是行為動作的接受者（受事），不論是施事還是受事，都必須滿足一個條件：它們是一個實體，也就是說是明確單位的個體，即離散性的。形容詞最典型的量上特徵是連續性的，因此它可以用表示連續量的（模糊量）程度詞修飾，也可以用連續否定詞“不”否定。盡管動詞也具有連續性，但與形容詞的連續的特徵很不相同，行為動作是在時間上的連續，性質狀態是在程度上的連續，因此動詞不能加程度詞修飾，而卻可以用“不”否定。形容詞的離散性跟動詞的也不一樣。動作行為可以象具體的東西一樣分出一個一個的單位，譬如“看一

---

❶ 朱德熙,《語法講義》,55頁,商務印書館,1982年9月,北京.

次"、"看兩次"、"看三次"量上相當於"一本書"、"兩本書"、"三本書",那些具有離散性的形容詞主要表現為可加完成態助詞"了"(表明它們具有明確的終結點),一般不能一個一個稱數。本節開頭所列的單音節詞都兼有離散性,因此可以用離散否定詞"沒"否定。形容詞不能分出一個個明確的個體,既不能有所為,也不能被有所為,因此一般不能做主語或賓語。其實,在能否做謂語這一特徵上由於對謂語的概念的理解不同,對三類詞的表現就會有不同的看法。如果是指單獨作謂語的情況,名詞一般不能,動詞和形容詞一般可以。謂語是對主語所代表的事物的行為、變化、性質、狀態等方面加以陳述的,這正與動詞和形容詞的語義特徵相吻合,因此它們經常在謂語的位置出現。如果是指把句子一分為二"主語"和"謂語"時的"謂語",則三類詞都可以充當。任何事物都具有物質實體、行為變化、性質狀態三個方面的特徵,我們也就可以從這幾方面給事物分類,在語言中就表現為名詞、動詞和形容詞都可以做定語來修飾限制其它名詞。不論是名詞、動詞還是形容詞,凡是可以重疊的都必須滿足一個量上的特徵:它們是非定量的。

總之,名詞、動詞和形容詞三類詞在句法表現上的異和同完全是由它們深層的量上特徵及相互關係決定的。

不論是哪一類詞,只要具有某種量上的特徵,就必然有某種句法表現。量詞也是只有離散性沒有連續性,跟名詞的一致,它們的句法表現也一樣,譬如量詞可以用數詞稱數,用"沒"否定,作主、賓語等。時間詞星期日、聖誕節、假期、元旦等都是既有連續性又有離散性,跟動詞的量上特徵一致,因此它們在句法上也與動詞的一樣,可用副詞修飾,可加"了、着、過",可做謂語等。通常所認為的介詞在、跟、給、和、被等,其賓語的量性成分可以自由增删,符合非定量動詞的判别標準,因此也都可以用"不"或"沒"否定,等等。

11.2.2　語言中的修飾語和被修飾語遵循這麼一條法則:語義範圍較窄的可以修飾語義範圍較寬的,反之則不能。這就好比有一套大小不等的盆子,小盆子可以裝到大盆子裡去,而大盆子卻不能裝到小盆子裡去。在不同的語言環境裡,同樣的詞其語義範圍的寬窄可能發生轉化,譬如在給蘋果的分類中,紅顏色的蘋果只是蘋果類的一部分,因此可以説"紅蘋果";而在給顏色的分類中,蘋果的顏色只是其中的一類,另外還有桃紅、石榴紅等,因此可以説"蘋果紅"。自然語言中有一類詞,它們的語義範圍比較窄的特徵很穩固,因此它們只有作定語修飾、限制其它成分的句法功能。

男——女、正——副、正——員、單——雙、西式——中式、陰性——陽性、有限——無限、彩色——黑白、慢性——急性等是通常所謂的區别詞或者非謂形容詞;非常、十分、更加、稍微、過於、親自、相繼、陸續、趕緊、立刻、馬上、剛剛、頓時、終於、統統、僅僅、難道、也許、大概等是通常所認為的副詞。前者稱作區别詞的原因是它們經常用於名詞前邊,給名詞所代表的事物分類;後者稱作副詞的原因是它們經常用于動詞或形容詞前邊,從程度、時間、情狀、範圍等方面修飾動作行為或性質狀態。兩者的本質功能是一樣的,都是常作修飾語。形成這種句法特點的原因是它們的語義範圍明確、單一。譬如按照"男"和"女"之别的標準可以把人類整齊的劃分為兩大類:男人和女人;當然也有性别不確定的陰陽人,但是這些為數極少,可忽略不計。按照高低、胖瘦、好壞給人分出類的範圍都不明確,而且它們的語義也都相當寬泛,因此它們的句法活動能力都比"男"、"女"的活躍得多，不僅可以做定語或狀語，還可以做謂語，用"不"或"沒"否定，重疊，等等。男、女、正、副、十分、親自等都屬於本書所講的定量成分，之所以有些經常出現於名詞前邊，有些則經常出現於動詞或形容詞前，完全是由於它們所表達的涵義不同造成的。所謂的區別詞都是與事物的類屬、性質有關的；所謂的副詞都是表示程度、時間、情狀等方面的涵義，它們與動詞、形容詞所表示的語義最切近，因此常出現於兩類詞前做修飾語。凡事物只能有的特性如男、女、正、副等一般只出現於名詞前邊，凡行為變化或性質狀態只能有的特性如十分、剛、馬上、正在等一般只出現於動詞或形容詞之前，但是那些表示名詞和動詞或形容詞共有特性的定量詞則可以用來修飾三類詞，譬如大笑/紅/樓、共同任務/協商/承擔、局部問題/解決、自動開關/進行等。

修飾語和被修飾語之間的語義關係也是人類語言的一條普遍法則，表現在相同意義的詞往往屬於相同的詞類和具有共同的句法表現形式上。跟漢語的"立刻"、"馬上"相當的英語詞是 immediately, at once, right away，它們也都是副詞，經常用來修飾動詞；又如跟"十分"相當的英語詞是 very, fully, utterly, extremely 等，它們也都是副詞，經常用來修飾形容詞。當然，不同的民族的語言之間一些相同涵義的詞的用法也可能不盡相同。

11.2.3　名詞、動詞、形容詞、量詞、代詞、介詞等都有定量和非定量之分，盡管它們的具體表現形式各不相同，名詞是看能否用數量詞自由稱數，介詞和動詞是看其後的賓語量性成分能否自由增刪，形容詞是看能否用程度詞序列切分出一系列大小不等的量級，量詞是看其前的數字能否自由替換，代詞是根據所指代的對象

的量上性質而定的,等等。但是,它們都有一個共同的特徵:定量成
分的句法呈惰性,非定量成分句法則非常活躍。定量詞語的語義往
往是個點,即其語義範圍單一、具體;非定量詞語的語義往往是個
量幅,即其語義範圍很寬。據此,可總結出一條規律:

> 詞語的語義範圍的大小和其句法活動能力的強弱之
> 間呈正比例關係,語義範圍越小的,其句法活動能力也就
> 越弱;語義範圍越大的,其句法活動能力也就越強。

關於每一類詞的定量和非定量成分在句法活動能力上的差
別,我們在有關章節裡已做了詳細的討論,現在只重點討論一下重
疊這種語法手段在各類詞的定量化過程中所起的作用,以及重疊
式定量成分的句法特點。

可重疊的成分必須是非定量的,但是各類詞中的非定量成分
并不是都有重疊式,重疊還有更為嚴格的要求。對於只有離散量性
質的名詞、量詞來說,只有其前可以直接加各種數詞修飾的成分才
可以重疊。量詞有兩種:(一)可自由用數量詞稱數的,如張、個、條
等,這些都可以重疊表遍指;(二)要求用某一個或幾個特定的數詞
修飾,如番、碼、陣等,這些都不能重疊表遍指。名詞也有兩種:
(一)可用數詞直接修飾的,如人、箱、桶等,都可以重疊表遍指;
(二)不能用數詞直接修飾的,這又可細分為兩種情況:(1)可用數
量詞組修飾的,如水、布、土等;(2)不能用數量詞組修飾的,如體
格、飲食、景況等,屬於這兩種情況的詞全都沒有重疊表遍指的功
能。非定量名詞分為兩類,一是可用數量詞組稱數的,二是可直接
用數詞稱數的,可重疊表遍指的只限於第二類非定量成分,而且還
必須是表示一個明確個體的離散量,因此象度量衡單位的斤、克、

升等都沒有重叠表遍指的功能。這些規則是非常嚴格的，只要符合上述量上的特徵，重叠以後一定是表遍指的，而且句法位置也很固定，一般只出現於主語位置上，要求其謂語是有所為的且多是肯定式；不符合上述量上特點的，即使可以重叠，也沒有表遍指的語法意義，也沒有上述句法限制，譬如爺爺、媽媽、寶寶、猩猩等。量詞“陣”似乎是個例外，其前一般只能用數詞“一”修飾，譬如可以說“一陣歌聲”、“一陣劇痛”、“一陣掌聲”、“一陣春雨”等，而不能說“二陣歌聲”、“三陣劇痛”、“四陣掌聲”、“五陣春雨”等，很明顯，“陣”應該歸入定量量詞，按理說是不能重叠的，可是卻經常聽到這樣的話：“從遠處傳來了陣陣的歌聲”、“禮堂裡響起了陣陣掌聲”等。仔細觀察一下就可知道它不是例外，“人人都參加了”是指某範圍裡的特定成員的全體都參加了，“人人”是表周遍性質的，而“陣陣歌聲/掌聲”并不是指某一時間區域内的“歌聲”或“掌聲”發生次數的總和，其實際涵義是“一陣接着一陣的歌聲/掌聲”，也就是說這裡的“陣陣”不表周遍性的語法意義，可見不屬於例外。“陣陣＋名”在句法上也跟表遍指的重叠式不一樣。在 6.3 節曾指出，名詞重叠表遍指時，不論是單用還是作定語組成的詞組都不能作受事賓語，譬如不能說“買了箱箱衣服”、“吃了碗碗飯”等。“陣陣”既然沒有遍指的語法意義，當然也不受這條規則的約束，因此就可以有“傳來了陣陣歌聲”的說法，其中的“陣陣歌聲”是作受事賓語的。

動詞的重叠也只限於非定量成分範圍之內，而且還有嚴格的限制。下面都是符合賓語量性成分增删法的非定量動詞，卻都不能重叠。

一、靜態動詞

是　有　成爲　稱做　標誌着　作爲　能

遵照　組成　着眼　準許　肯　　會

值得　願意　需要　認爲　以爲　意味着

二、主觀意志無法控制的動詞

着急　傳染　震動　遇到　遇見　依賴

遺留　遺失　丢失　啞　　消失　誤會

誤解　瞎　　忘記　聽説　損失　失敗

失去　收獲　喪失　傷心　生氣　缺乏

牽連　輕視　碰見　迷信　滅亡　流行

三、述補結構的復合詞

説服　看見　趕上　看出　看穿　看破

看透　看重　説定　説動　説破　買通

送死　送別　送達　送給　送入　數清

背熟　睡熟

四、動賓結構的復合詞

幹活　告狀　趕車　趕集　趕脚　改嘴

看病　看脉　看相　説謊　説嘴　送氣

送信　送禮　受訓　受罪　受潮

　　上述四類詞都是不能重叠的。第四類詞雖然不能有類似"辯論辯論"、"參考參考"、"抄寫抄寫"、"測驗測驗"等雙音節動詞的重叠方式，但大都可以採用"VV＋N"的格式，譬如"幹幹活"、"看看病"、"送送信"、"受受訓"等。動詞的重叠式都是定量化了的，除了前文講的要求其賓語只能是光杆名詞和不能否定兩個句法特點外，它們還有如下一些句法上的限制。

一、重叠式中間可以插入時態助詞"了"，但不能插入"着"和
"過"。整個重叠式之後任何時態助詞都不能跟。例如：

① a. 開了開車。　　　　　　＊開過開車

　　　＊開着開車。

　　b. ＊開開了車。　　　　　　＊開開過車。

　　　＊開開着車。

② a. 討論了討論問題。　　　＊討論過討論問題。

　　　＊討論着討論問題。

　　b. ＊討論討論了問題。　　＊討論討論過問題。

　　　＊討論討論着問題。

但是，可以有"動＋着＋動＋着"的重叠格式，表示在進行某一行為
的過程中發生了另外一件意外的事情，該格式不能單獨用。例如：

③ a. 他開着開着車頭就暈了。

　　b. ＊他開着開着車。

④ a. 討論着討論着問題就吵起來了。

　　b. ＊他們討論着討論着問題。

二、動詞單用時可以跟補語，重叠後則不能够。例如：

⑤ a. 他（開車）開快了。

　　b. ＊他（開車）開開快了。

⑥ a. 他們討論完了問題。

　　b. ＊他們討論討論完了問題。

三、動詞單用時可以有各種修飾語，重叠後則沒有。例如：

⑦ A a. 馬上開車。

　　　b. ＊馬上開開車。

　　B　a.　已經開車了。

　　　　b.＊已經開開車了。

　　C　a.　心不在焉地開車。

　　　　b.＊心不在焉地開開車。

　　D　a.　慢慢地開。

　　　　b.＊慢慢地開開。

⑧　A　a.　問題我們立刻討論。

　　　　b.＊問題我們立刻討論討論。

　　B　a.　熱烈地討論問題。

　　　　b.＊熱烈地討論討論問題。

　　C　a.　我們正在討論問題。

　　　　b.＊我們正在討論討論問題。

　　D　a.　他們多次討論這個問題。

　　　　b.＊他們多次討論討論這個問題。

有些表示態度的詞可以用來修飾重疊式動詞，譬如"認真地討論討論這個問題"、"好好地學一學數學"等，不過這些都是表示祈使語氣（虛擬）的。

　　四、原形動詞的受事賓語的位置可以自由變換，重疊式的則受到很大限制。例如：

⑨　A　a.　他開車。

　　　　b.　他開車了。

　　　　c.　車他開了。

　　　　d.　他把車開走了。

　　　　e.　車被他開跑了。

B　a.　他開開車。❶

　　b.　＊他車開了開。

　　c.　＊車他開開了。

　　d.　＊他把車開開了。

　　e.　車被他開開了。

⑩　A　a.　他們討論問題。

　　b.　他們問題討論了。

　　c.　問題他們討論了。

　　d.　問題他們討論完了。

　　e.　問題被討論過了。

　B　a.　他們討論了討論問題。

　　b.　＊他們問題討論了討論。

　　c.　＊問題他們討論了討論。

　　d.　＊他們把問題討論討論。

　　e.　＊問題被討論了討論。

　　重叠式動詞的句法變換限制與前幾項特徵密切相關,譬如位於"把"字句和"被"字句中的動詞一般不能是光杆的,要跟上補語之類的成分,然而重叠式動詞之後不能有任何類型的補語,因此不能用於處置式、被動式等結構之中。

　　五、原形動詞或者原形動詞帶賓語除了作謂語外,還可以作主語或賓語,重叠式動詞一般只能作謂語。例如:

---

❶　"開開"也可以做述補結構"開動"、"打開"等講,這時它的句法跟原形動詞一樣。

⑪ A a. 他喜歡開車。

　　b. ＊他喜歡開開車。

　B a. 他學開車。

　　b. ＊他學開開車。

　C a. 開車不好學。

　　b. ＊開開車不好學。

　D a. 開車很危險。

　　b ＊開開車很危險。

⑫ A a. 他們開始討論問題。

　　b. ＊他們開始討論討論問題。

　B a. 他們熱衷於討論問題。

　　b. ＊他們熱衷於討論討論問題。

　C a. 討論問題很重要。

　　b. ＊討論討論問題很重要。

　D a. 討論問題可以幫助我們找到答案。

　　b. ＊討論討論問題可以幫助我們找到答案。

六、原形動詞自身或者加上受事賓語後可做定詞,修飾其它成分,也可以去掉中心語構成名詞性 的"的"字結構來代替行為的主體,重疊式動詞沒有這個功能。例如:

⑬ A a. 吃的東西應該放到冰箱裡。

　　b. ＊吃吃的東西應該放到冰箱裡。

　B a. 吃東西的人到餐廳去。

　　b. ＊吃吃東西的人到餐廳去。

　C a. 吃東西到餐廳去。

　　　　b. ＊吃吃東西到餐廳去。

⑭　A　a.　討論的問題事先已經擬定好了。

　　　　b. ＊討論討論的問題事先已經擬定好了。

　　B　a.　討論問題的人都在會議室裡。

　　　　b. ＊討論討論問題的人都在會議室裡。

　　C　a.　討論問題的都在會議室裡。

　　　　b. ＊討論討論問題的都在會議室裡。

　　可重疊形容詞也只限於非定量成分之內，而且也有更嚴格的
要求。在一對有反義關係的詞中，表消極的、不如意的一方的重疊
受到很大限制。例如：

　　危險（安全）　餓（飽）　粗野（文明）　煩悶（暢快）

　　骯髒（乾淨）　恥辱（光榮）　壞（好）　寒冷（溫暖）

　　憂愁（歡樂）　激動（平靜）　複雜（簡單）　空虛（充實）

　　老（新）　醜（美）　劇烈（平和）　崎嶇（平坦）　凶惡（善良）

　　討厭（喜歡）　殘缺（完整）　野蠻（文明）　痛苦（幸福）

有些例外的情況，譬如“冷淡”和“熱情”，前者是消極的，可以重疊：
“他的態度是冷冷淡淡的”，後者是積極的卻不能重疊。這與它們的
構詞特點有關。雙音節形容詞重疊，一般要求兩個詞素是相近意義
的形容詞性成分，譬如零碎、乾脆、完整等。“冷淡”符合這一要求，
因此可以重疊；“熱情”是偏正結構的，此類形容詞一般不能重疊，
又如善意、好意、好心、虛心、有趣、乏味等。

　　在第五章中，我們看到了重疊後的形容詞不能用程度詞修飾，
也不能被“不”或“沒”否定。這裡再考察一下重疊式形容詞其它方
面的特徵。

一、原形形容詞可單獨做謂語,重疊式形容詞需要加上助詞"的"後才可以。例如:

⑮　a.那棵樹高。

　　b.那棵樹高高的。

⑯　a.這件衣服乾淨。

　　b.這件衣服乾乾淨淨的。

二、原形形容詞可以用在"名₁＋形₁,名₂＋形₂"格式中表示比較或分類,重疊式形容詞則不能夠。例如:

⑰　a.　那棵樹高,這棵樹低。

　　b.＊那棵樹高高的,這棵樹低低的。

⑱　a.　這件衣服乾淨,那件衣服髒。

　　b.＊這件衣服乾乾淨淨的,那件衣服髒髒的。

三、原形形容詞可以直接做動詞的補語,重疊式的則不能。例如:

⑲　a.　那棵樹長高了。

　　b.＊那棵樹長高高的。

⑳　a.　這件衣服洗乾淨了。

　　b.＊這件衣服洗乾乾淨淨的。

在"動＋得＋補"結構中,重疊式形容詞可以充當補語,譬如"長得高高的"、"洗得乾乾淨淨的"等。

四、原形形容詞可以跟完成態助詞"了",重疊式的則不能。例如:

㉑　a.　那棵樹高了。

　　b.＊那棵樹高高了。

㉒　　a.　這件衣服乾淨了。

　　　　b.＊這件衣服乾乾淨淨了。

　五、在修飾語的位置上,情況與前幾項相反,有些不大能用原形形容詞修飾的名詞或動詞,卻可以用重疊式動詞來修飾。例如:

㉓　　a.＊地上下了一層厚的雪。

　　　　b.　地上下了一層厚厚的雪。

㉔　　a.＊語言學是一門老實學問。

　　　　b.　語言學是一門老老實實的學問。

㉕　　a.＊你再好寫一篇。

　　　　b.　你再好好寫一篇。

㉖　　a.＊把茶杯輕擱在桌子上。

　　　　b.　把茶杯輕輕地擱在桌子上。

　綜上所述,重疊這種語法手段在名詞、動詞和形容詞上表現出了高度的一致性。各類詞中可重疊的範圍都只限於非定量的成分,而且都還有嚴格的要求;重疊後都是轉變為定量化的,除不能自由地稱數和否定外,也失去了各自詞類的絕大部分語法特徵,最典型的是它們的句法位置很固定:重疊式名詞一般只出現於主語的位置,重疊式動詞一般只出現於謂語的位置,重疊式形容詞在修飾語的位置最為自由。盡管名詞、動詞和形容詞重疊式的具體表現形式各不相同,但是它們在本質上是相通的,各類詞中可重疊的詞量上特徵和重疊後的句法表現都是高度一致的。這又一次證明了名詞、動詞和形容詞之間并不存在什麼句法上的鴻溝,它們往往遵循着同樣的規律。在前文中我們也看到了,不論是名詞、量詞、動詞還是形容詞都受自然語言肯定和否定公理的制約,各類中的語義程度

極小的詞都是多用於否定結構,盡管不同的詞類所用的否定結構
的具體形式不太一樣。

11.3 打開結構主義循環論證的"死環"

　　本世紀初誕生的結構主義語言學,提出了系統的理論和一套
分析語言的方法,使語言學由傳統的語文學發展成為一門現代科
學。迄今為止,它已取得了輝煌的成就,使混沌不清的語言化為有
序的,使得人們對語言的整體輪廓和內部構造有了清晰的認識。我
們今天的研究工作是在用結構主義的方法所取得的成果的基礎之
上進行的,可以說沒有老一代語言學家的辛勤耕耘,也就談不上我
們今天的工作,所以我對他們都懷着一種深深的敬意。但是,用結
構主義的方法分析了大量的漢語事實之後,它的歷史任務也基本
上完成了,剩下的工作只是修修補補了,與此同時還有許多疑難的
問題沒有解決,這就要求我們尋找一種新的、解釋力更強的方法來
分析語言事實。打個比喻來說明我們年輕一代語言學工作者的任
務:好比開採礦山,老一代語言學家所做的工作是探礦,他們已經
探明了這裡有金礦,那裡有銀礦等等,并初步分析了各種礦石的分
布規律和外表特徵,留給我們這一代的任務是尋找更科學的方法
和更精密的儀器來分析各種礦石的物理性能和化學性質,搞清晰
它們的功用和內部構造。我們正是順應這樣的要求提出了分析語
言學。

　　分析語言學的基本觀點是,語言規律是客觀世界的規律通過
人的大腦在語言中的投影。在研究過程中,它擺脫了語言這個孤立

系統的束縛,注重於從客觀規則、思維和語言規律三者之間相互影響、相互制約的關係上來觀察分析語言現象。這種方法最顯著的優點之一是克服了結構主義循環論證的缺陷。結構主義是在語言系統自身來觀察問題、解決問題,它的很多概念和對很多現象的解釋都陷入了循環論證的困境之中;任何一門學科如果只在自身一個系統中看問題的話都會遇到無法擺脫的困境。如果循環論證只限於概念名稱的定義科學不科學的問題,那還無關緊要,從下面的分析中將會看到,它已造成了掩蓋問題的實質、防礙我們對問題認識的後果,所以,為了使語言學向前發展,就得尋找另外的方法。

用結構主義的方法給詞分類,往往會使同一個詞分屬於兩個極不相同的詞類,原因是其給詞分類時依據的原則是詞語在句子中的分布。譬如認為經常在動詞或形容詞前邊出現的詞是副詞,又給副詞下個定義:"只能用在動詞或形容詞前做狀語"。這個定義對於很、十分、馬上、陸續等很管用,可是對於否定詞"沒"或"不"的處理就感到很棘手。結構主義的常用辦法是貼上新標簽或打入"例外"的冷宮。很明顯,"沒"不僅可以用來否定動詞或形容詞,也常用來否定名詞。那麼,就把動詞和形容詞前的"沒"還稱做副詞,給名詞前的"沒"掛上"動詞"的標簽。表面上看起來這種區分也有道理,"沒看"的"沒"是否定行為的不存在,"沒事"的"沒"是否定事物的不存在。其實,這是"沒"的否定對象造成的,它的自身并沒有什麼變化,都是起單純的否定功能。用定量和非定量的思想來觀察問題,就會發現,任何一個詞類都不是全能用"沒"否定,只有那些離散性的非定量成分才可以。這更進一步證明了名詞前的"沒"和動詞、形容詞前的"沒"是一回事。絕大部分名詞不能直接用"不"否

定,而一些時間詞 則可以,例如:

㉗　現在還不假期,不能外出旅游。

㉘　今天又不星期天,睡什麼懶覺?

幾乎所有的語法專著、教材都把上述"不"的用法說成是例外,有的解釋為"不"和時間詞之間省略個"是",它們似乎都有道理。但是為什麼"不是今天"、"不是今年"等中的"是"從來不被省略呢?其實造成上述現象的原因是,"假期"和"星期天"語義上的量上特徵與"不"的否定要求相吻合,因此可以用"不"否定。在 6.2 節比較名詞和動詞的量上特徵時曾指出,名詞的整體和部分是不同質的,沒有連續性,因此不能用"不"否定。我們一再強調,凡是有共同的量上特徵的詞,不管它的名稱是什麼,都會有同樣的句法表現。"假期"、"星期天"等與動詞的量上特徵一樣,都是整體和部分同質的,譬如一個假期為三十天,取任何一個其間的時間段,都可以把它們稱做是"假期";在屬於星期天的二十四個小時中的任何一刻都可以稱"現在是星期天",可見,"假期"和"星期天"都具有連續量的特徵,因此可以用連續否定詞"不"否定。而位於"今天"或"今年"的任何一個時刻都不能稱作是"今天"或"今年",譬如不能說"公元 1991年 4 月 20 日是今年",它們只是對某一時間段的整體稱謂,可見"今天"、"今年"等沒有連續性質,因此不能用連續否定詞"不"否定。我們所提出的分析語言學的任務就是用一致的方法來解釋所謂的"例外",找到隱藏在其後的深層規律。

語言學家常把動詞和形容詞放到一塊來討論,很少有人想到它們與名詞之間有什麼聯繫。這也是用結構主義的分布方法觀察問題的結果。因為動詞和形容詞常在謂語的位置出現,所以很自然

地把它們歸為一類；名詞常在主語和賓語的位置出現，所以與前者
形成了一條天然的句法鴻溝。但是，除了位置這一個標準外，把多
個句法特徵都拿來比較，將會發現名詞跟動詞的句法特點較之形
容詞更接近。這是因為名詞和動詞典型的量上特徵都是離散性的，
形容詞的典型量上特徵是連續性的，而句法表現的決定因素是它
們量上的特點，而不是它們在句子中的位置。可見，單純用分布的
方法會掩蓋不同詞類之間的聯繫，只有從新的角度來觀察，才能有
新的發現。

　　用什麼樣的標準給詞分類是結構主義方法遇到的最大一個麻
煩。結構主義者在給詞分類時往往是先列出幾個分布標準，然後對
詞進行分類，結果總免不了各個標準之間打架的問題，也不能把這
類詞與那類詞乾乾淨淨地區別開，等調查的詞例數量大到一定程
度之後，各類詞之間的分布標準也就交織到一起，其間的界限很可
能完全模糊起來。這種現象是無法避免的，因為詞的類別總是多於
所設立的的分布標準，而且每一類別都可以有多個分布特徵，這樣
不同的詞類在分布上不是對立關係而是交叉關係，因此按照分布
原則給詞分類不可避免要導致上述現象。我們設想，將來可以根據
詞語量上的特徵和語義範疇來給詞分類，這也許能夠真正揭示詞
類之間的對立。量上特徵和語義範疇在本質上是相通的，因為有共
同語義範疇的詞往往有共同的量上特點。譬如把只有離散量的詞
語歸為一類，首先把名詞跟動詞區別開，而把名詞、量詞、代詞[1] 歸

---

[1]　不包括替代動詞、形容詞的"這麼"、"這麼樣"、"那麼"、"那麼樣"等，因為它們
兼有離散和連續兩種性質。

為一類；然後根據各自的定量和非定量表現形式再進一步細分，不能用數量詞或單獨的數詞稱數的、其定量和非定量性是由所替代的成分決定的詞是代詞，不能加數量詞 的是量詞，那些既可以用數量詞修飾又可以直接用數詞修飾的則歸入名詞；第三步，再在各類中分出定量的和非定量的兩個小類。這樣分析的的結果比較合理，同類的詞在句法上表現出了高度的一致性。我們現在所說的詞類與其句法并不掛鈎，譬如定量動詞失去了非定量動詞絕大部分特徵。從量上特徵給詞分出的類也可以避免結構主義的循環論證，譬如給名詞分類事先是根據其中一個指標"不能用'不'否定"，如果你問"不桌子"等為什麼不能說時，結構主義者又會毫不猶豫地回答："因為桌子是名詞"。分析語言學可以從詞語的量上特徵來解釋它，從而打開了上述"死環"。我們說哪一類詞具有連續性還是離散性，其根據不是能否加"不"或"沒"否定，而是根據它們所代表的事物的量上特徵。

在介詞和動詞的區別上，結構主義又陷入了循環論證的困境。他們先規定介詞是不能單獨做謂語的，這對於部分介詞從、把、被、對於等是合適的，而漢語中有很多是動詞和介詞不分的，如在、給、比等，又規定單用的時候是動詞，有其他動詞性成分時是介詞。這個定義似乎非常靈驗，永遠不會遇到問題。給出兩個名稱之後，人們也不會去想究竟兩者有什麼本質的差別。一般人都會自然地認為"他在圖書館"的"在"是動詞，"他在圖書館學習"的"在"是介詞；"小趙給他一本書"的"給"是動詞，"小趙給他打針"的"給"是介詞；"我們比比看"的"比"是動詞，"小趙比他高"的"比"是介詞。可是，我們的確看不出來這裡所謂的動詞和介詞有什麼不同。有些學者

也許意識到 了這一點，提出更細的分布規則來區別動詞和介詞，比如可加時態助詞看、了、過，可重疊時是動詞，不能加時態助詞和重疊時是介詞。這種做法，剛剛擺脫了個麻煩，又遇到了更大的麻煩。正如我們在第六章介詞部分所看到的，把普通動詞知道、看、幫、去等放到所謂的介詞位置，也都失去了單用時的大部分功能，不能加時態助詞，不能重疊。按照結構主義的方法幾乎每一個動詞都可以從中分出一個新類——介詞，這顯然是不合理的。在語言系統內部繞圈子是永遠擺脫不了循環論證的困境，只有跳出語言圈子，尋找到這些現象背後的客觀規則才能從本質上解決問題。其實，上述現象是由客觀規則——時間一維性造成的。時間的一維性是指時間永遠朝着一個方向流失，而計量時間要依賴客觀事物的運動變化。在同一個時間段內世界上發生着許許多多的事情，由於時間的一維性，在計量時只能以其中一個事情的運動變化為準。這是一個常識。這條客觀規則作用於語言的結果為，一個句子包含兩個或兩個以上的動詞時，如果這些動詞都發生在一個時間段中，只有一個動詞可以藉助各種語法手段來表示時間的概念。說到底，動態助詞、重疊及用副詞修飾等都與時間概念有關，因此，一個句子中的多個動詞位於一個時間段時只有其中一個可以具有這些語法手段。漢語、英語及其它語言都受這條規則的制約。在漢語中，這條規則長期作用的結果，使得那些引進與動作行為密切相關的事物的動詞用法固定下來，不再能單用并且失去了表時間概念的語法功能，譬如引進對象的"對於"，引進受事者的"把"，引進施事者的"被"等現在都已演化成介詞。這一點還可以從不同的語言表相同概念的詞往往有共同的語法特點中得到證明，譬如英語的 from

（從）、for（為）、by（被）、with（以）等也都是介詞。這裡討論的目的不是介詞的立類是否合理，而是幫助人們更深刻地認識介詞和動詞的區別在什麼地方，以及它們之間的本質聯繫。用分析語言學的方法也可以重構語言發展的歷史。根據以上的討論，可以推知在人類語言的初期，只有動詞沒有介詞，由於時間一維性長期作用於語言的結果，介詞才慢慢地從動詞分化出來成為一個獨立的類。

11.4 漢語句法的和諧性和嚴謹性

學過漢語語法的人都會有這樣的體驗，給各個詞總結出的句法特徵，對於嘴邊那幾個常用的詞來說，都很適用，檢驗的範圍擴大一點，也不會有多大的問題，但是用大量的材料來考察的時候，例外就會越來越多，甚至會導致懷疑當初的句法特徵是否正確。例如，幾乎所有語法專著或教材講到動詞時，都是首先指出，動詞是可以加"不"或"沒"否定的，常用的動詞如看、聽、說、吃、走等的情況的確是如此，但是考察的範圍大到一定程度後就會發現大量的例外，正如第四章所看到的，定量動詞都是不能用否定詞否定的。又如，一般人都認為形容詞的最主要的特徵是可以用"很"或"不"修飾，考察範圍稍微大一點就會發現很多例外，打開同義詞詞典，把所有的形容詞都拿來驗證一下，例外數目事實上比所謂地道的形容詞還要多。當遇到例外而又找不到滿意的解釋時，的確使人感到氣餒。結果會導致兩種情況：(一)搞語法研究中的繁瑣哲學，表現在不斷地給詞立出新類，注意力集中在個別詞語的用法上，一個詞就會給出幾條甚至幾十條規則，所總結出的規則甚至比語言現象本身還要復雜;(二)懷疑漢語沒有語法,或者說語法規律不嚴格。近來就有人認為,用結構主義方法分析漢語是誤入歧途,倡導重新回到傳統的語文學中去,研究漢語的人文特徵,可是這樣會使初步有序的漢語語法體系重新化為混沌。也有人認為,漢語的句子是語素粒子在那裡 自由碰撞的結果。第一種情況有助於漢語資料的積累,但是離實用越來越遠,也違背了科學研究中的簡單性原則,很難建立起一個科學實用的語法體系。第二種情況是自暴自弃的作法,否定漢語語法研究的科學性,因為科學研究的任務是使混沌不清的現象變為有序的,深化人們的認識。說漢語中沒有規律,實際上是對漢語的認識回到原始時代的水平之上。那麼,為什麼會有上述現象呢?漢語的規律究竟在哪裡呢?

我們認為給漢語總結出的語法規律多不嚴謹的現象是由其研究的方法造成的。迄今為止,給漢語所總結出的規律基本上是靠不完全歸納法得出的。歸納法是指根據某類中的一些事物有某一屬性推出該類全體都有該屬性的推理,如根據氮、氧、氫等氣體受熱膨脹的現象推出結論:"所有氣體受熱膨脹。"在歸納過程中并未分析事物所以具有某種屬性的原因,也不能證明與其結論相矛盾的事例是否存在,所以它的結論是不確定的,具有或然性。看到常用的動詞聽、學、說、喊、走、開等都可以用"不"或"沒"否定,就得出結論說所有的動詞都可以加"不"或"沒"否定;又看到常用的形容詞好、長、大、快、多等都可以加"很"或"不"修飾,就得出結論說,所有的形容詞都可以加"不"或"很"修飾,等等。而人們一般不會過問,為什麼動詞具有加"不"或"沒"否定的屬性;為什麼形容詞具有"很"或"不"修飾的屬性,更不會去證明這些句法特點是否適用於所有的動詞或形容詞，等等。由歸納法得出的結論不可避免地具有或然性，用該方法得出的各種漢語句法規律也不可避免地會有很多例外的存在，也不能證明某一個詞類為什麼會具有某種句法特點，當被問及"為什麼"類的問題時就陷入了循環論證的"死環"之中。象數學這樣精密的科學一般不能用不完全歸納法來證明，譬如著名的哥德巴赫(Goldbach)猜想所指的是"每一個大於或等於6的偶數都可以表示為兩個奇素數之和"，這種現象看起來很樸素、簡單，而且有人對 33×10^6 以下的每一個不小於6的偶數一一進行驗算，都表明它是正確的，然而驗算還不能代替證明。該猜想提出二百多年以來，還沒有人能夠證明。相對地說，歸納是件比較簡單、容易的工作，證明的工作就艱巨、復雜多了。由此可見，并不是我們的漢語本身的語法規律不嚴謹，而是因為所用的方法造成的。要找到漢語真正的規律，給她構擬出一個完美的語法體系來，必須尋求新的方法。首先，我們要拋弃結構主義所遵奉的"述而不作"的金科玉律，對各種句法現象進行證明，着重研究各種各樣"為什麼"的問題。

要對語言現象進行證明必須引進新的方法——演繹推理。演繹證明是用一般原理證明特殊事實，其前提和結論之間的聯繫是必然的，是一種必然性推理。如以"一切科學規律都具有主觀性"這個一般原理為論據，來證明"邏輯規律具有主觀性"這一論題，就是演繹證明。能否用演繹的方法研究語言是個有爭議的問題。有人認為語言現象是約定俗成的，帶有很強的任意性，沒有什麼道理可言，只能用歸納的方法對局部現象總結出規律，而且對所得規律不能進行推演，例外現象是無法避免的，也就是說演繹法不適用於分析語言現象。我們的觀點是,語言現象是分層次的,語音和文字層次上的問題是屬於約定俗成的,沒有什麼理據可言,不太適用於用演繹法來分析,這個層面上的規律一般不能由一種語言推知另外一種語言的情況;語義系統和語法系統是人們的思維對客觀世界各種現象概括的結果,是客觀事實或規則在語言中的投影,因此語義層面尤其是語法層面的規律如同自然規律一樣,是和諧完美的,是有理據可言的。這意味着可以用演繹的方法對語義或句法問題進行證明。

本書所用的方法實際上是演繹法和歸納法并重的,對各種句法現象力求從更深的層次上進行證明,找到隱藏在各種句法現象背後的客規規則。例如,我們先用歸納法總結出否定詞的涵義為"不够"或"不及",否定後的涵義是比否定前的在程度上低一個量級,這就要求被否定的對象在量上要有一定的寬容度,以便容得下否定後這個較低量級的存在,最後得出一個結論:"凡非定量的成分都可以用否定詞直接否定,定量的成分都不能用否定詞否定。"又用歸納法得出結論:"'不'是連續量否定,'沒'是離散量否定。"然後,就用這兩條普遍的規則來考察詞語的用法,譬如通過分析常用的動詞都是兼有連續和離散兩種非定量的性質,從而證明它們可加"不"或"沒"否定的原因;又如,常用的名詞只有離散的非定量性質,因此只能加離散否定詞"沒"否定,等等;不論是哪一類詞,凡是屬於沒有寬容度的定量成分都不能用否定詞直接否定。我們也給出了判別各類詞上述用法的公式,如賓語量性成分增删法、程度詞法等。從這個角度來看,漢語否定的規律是十分嚴謹的,描寫這種現象的規則可以和數學中的公式、定理的嚴密程度相媲美。

　　我們認為語言中的規律是客觀世界的各種規則在語言中的投影，科學的進步已經證明自然界是和諧的、統一的，可以用極為簡單的公式來描寫錯綜復雜的客觀現象，那麼就很自然地推出，語言中的規律也是和諧、統一的，它也象上帝所創造的自然界一樣完美，因此也可以用簡單明瞭的規則來描寫復雜的語言現象。例如，自然語言肯定和否定的用法表面上看來紛紜復雜，難以捉摸，實際上是遵循着一條極為簡單的公理："語義程度極小的只用於否定結構，語義程度極大的只用於肯定結構。"這條公理的背後是一條客觀世界中極為簡單、樸素的規則在制約着，即量小易趨於無，量大易保持自己的存在。全人類都生活在同一個規則空間之中，每種語言的肯定和否定的用法都會受到這條簡單、樸素規則的制約，因此從漢語中總結出來的自然語言肯定和否定公理應同樣可以用來解釋其它語言的有關現象。

　　從分析語言學的角度來看，漢語的句法規律是十分嚴謹的，凡是具有某種量上特徵的成分都必然有某種句法表現，凡是沒有某種量上特徵的成分都必然沒有相應的句法表現，紛紜復雜的現象遵循着如同數學定理一樣嚴密的規則，語言中的問題可以象任何一門精密科學一樣，用演繹的方法進行證明。根據本書所揭示的規則來看，漢語的句法規則也是十分和諧的，可以象自然科學那樣，用極為簡單的公式、定理來描寫高度復雜的現象，所謂的"例外"都遵循着極為嚴格的規律，各種句法規則都能在客觀世界中找到它們的原型，從漢語事實中總結出的規律也可以解釋其它語言的有關現象。也就是說，漢語的句法規律不僅在自身這個系統內部是和諧統一的，而且與其它語言的規律甚至和現實世界中的規則也是和諧統一的。

英漢術語對照與索引

A

B

C

E

I

K

N

O

T

U

V

W

Y

國立中央圖書館出版品預行編目資料

肯定和否定的對稱與不對稱／石毓智著.--初版.--臺北
　市：臺灣學生,民81
　　面；　　公分.--(現代語言學論叢，甲類；13)
　含索引
　ISBN 957-15-0384-3（精裝）.--ISBN 957-15
-0385-1（平裝）

1. 中國語言-文法

802.6　　　　　　　　　　　　　　　81001979

肯定和否定的對稱與不對稱

著　作　者：石　　　毓　　　智
出　版　者：臺　灣　學　生　書　局
本書局登
記證字號：行政院新聞局局版臺業字第一一〇〇號
發　行　人：丁　　　文　　　治
發　行　所：臺　灣　學　生　書　局
　　　　　　臺北市和平東路一段一九八號
　　　　　　郵政劃撥帳號 0 0 0 2 4 6 6 8
　　　　　　電　話：3 6 3 4 1 5 6
　　　　　　FAX：(0 2) 3 6 3 6 3 3 4
印　刷　所：常　新　印　刷　有　限　公　司
　　　　　　地　址：板橋市翠華街 8 巷 13 號
　　　　　　電　話：9524219・9531688
香港總經銷：藝　文　圖　書　公　司
　　　　　　地址：九龍偉業街99號連順大廈五字
　　　　　　樓及七字樓　電話：7959595
定價 精裝新台幣三一〇元
　　　平裝新台幣二五〇元
中　華　民　國　八　十　一　年　七　月　初　版

80265　　版權所有・翻印必究

ISBN 957-15-0384-3（精裝）
ISBN 957-15-0385-1（平裝）

現代語言學論叢書目

⑧ 湯廷池等 著：漢語句法、語意學論集（英文本）
　　十　　人

⑨ 顧 百 里 著：國語在臺灣之演變（英文本）

⑩ 顧 百 里 著：白話文歐化語法之研究（英文本）

⑪ 李 梅 都 著：漢語的照應與刪簡（英文本）

⑫ 黃 美 金 著：「態」之探究（英文本）

⑬ 坂本英子著：從華語看日本漢語的發音

⑭ 曹 逢 甫 著：國語的句子與子句結構（英文本）

⑮ 陳 重 瑜 著：漢英語法・語意學論集（英文本）

語文教學叢書書目

① 湯 廷 池 著：語言學與語文教學

② 董 昭 輝 著：漢英音節比較研究（英文本）

③ 方 師 鐸 著：詳析「匆匆」的語法與修辭

④ 湯 廷 池 著：英語語言分析入門：英語語法教學問答

⑤ 湯 廷 池 著：英語語法修辭十二講

⑥ 董 昭 輝 著：英語的「時間框框」

⑦ 湯 廷 池 著：英語認知語法：結構、意義與功用（上集）

⑧ 湯 廷 池 著：國中英語教學指引